国粹文丛

古 耜／主编

戏里乾坤

刘 洁／著

ISIH 中国言实出版社

图书在版编目（CIP）数据

戏里乾坤 / 刘洁著. -- 北京：中国言实出版社，
2018.10
（国粹文丛 / 古耜主编）
ISBN 978-7-5171-2855-7

Ⅰ. ①戏…　Ⅱ. ①刘…　Ⅲ. ①散文集－中国－当代
Ⅳ. ①I267

中国版本图书馆 CIP 数据核字（2018）第 151487 号

出 版 人：王昕朋
总 监 制：朱艳华
责任编辑：严　实
文字编辑：赵　歌
责任校对：张　强
出版统筹：冯素丽
责任印制：佟贵兆
封面设计：杰瑞设计

出版发行　中国言实出版社
　　　地　址：北京市朝阳区北苑路 180 号加利大厦 5 号楼 105 室
　　　邮　编：100101
　　　编辑部：北京市海淀区北太平庄路甲 1 号
　　　邮　编：100088
　　　电　话：64924853（总编室）　64924716（发行部）
　　　网　址：www.zgyscbs.cn
　　　E-mail：zgyscbs@263.net
经　　销　新华书店
印　　刷　北京温林源印刷有限公司
版　　次　2019 年 6 月第 1 版　　2019 年 6 月第 1 次印刷
规　　格　710 毫米 ×1000 毫米　1/16　14 印张
字　　数　185 千字
定　　价　68.00 元　　ISBN 978-7-5171-2855-7

活着的传统　身边的国粹

——国粹文丛总序

古　耜

在实现中华崛起、民族复兴的伟大历史进程中，文化自信至关重要。而若要问：文化自信"信"什么，哪里来？这就不能不涉及优秀的中国传统文化——对于国人而言，优秀的传统文化既是孕育文化自信的沃土，又是支撑文化自信的基石。唯其如此，我们说：从中国历史的特定情境出发，坚守中国文化立场，赓续中国文化血脉，弘扬中国文化风范，重建中国文化传统，是历史的嘱托，也是时代的呼唤。

怎样才能把优秀的传统文化发扬光大，使其重新进入国人的精神生活与社会实践？围绕这个大题目，一些专家学者发表了很有建设性的意见。譬如刘梦溪先生在一次演讲中就郑重指出："传统的重建，有三条途径非常重要：一是经典文本的研读；二是文化典范的熏陶；三是文化礼仪的训练。"（《文学报》2010年4月8日）应当承认，刘先生的观点高屋建瓴而又切中肯綮。事实上，近年来中国传统文化在全社会的强势回归与有效传播，也主要是从这三个方面展开的。

在刘先生所指出的三条路径中，所谓"经典文本研读"，自然是指对承载着传统文化基本精神与核心理念的经典著作进行研究和解读。这方面的工作以学术界为主体，着重在"知"的层面展开，其系统梳理和准确诠释固然必不可少，但更重要的恐怕还是立足于时代的高度，扬长避短，推陈出新，最终实现传统文化的创造性转化和创新性发展。而所谓"文化礼仪训练"，则包含对人，尤其是对青年一代进行思想、伦理、道德教育的内容，因而涉及学校、家庭、社会等多个领域，并更多联系着"行"——付诸实践，规范行为的因素。《论语·泰伯》曰："兴于诗，立于礼，成于乐。"意思是说，达"礼"行"礼"是人在社会上安身立命的根本和标志。孔子所言之"礼"与今日所兴之"礼"，固然有着本质不同，但圣人对礼的高度重视和反复强调，却依旧值得我们作"抽象继承"（冯友兰语）。

相对于"经典文本研读"和"文化礼仪训练"，刘先生所强调的"文化典范熏陶"，显然是一项"知"与"行"相结合的大工程。毫无疑问，在通常情况下，"文化典范"自然包括先贤佳制、经典文本，只是在刘先生演讲的特定语境和具体思路中，它应当重点指那些有物体、有形态，可直观、可触摸的优秀文化遗存。如古建筑、古村落、著名的人文胜迹、杰出的历史人物，还有艺术层面的书法、国画、戏剧、民歌、民间工艺，器物层面的"四大发明"，以及青铜、陶瓷、漆器、丝绸、茶叶、中药，等等。如果这样理解并无不妥，那么可以断言，刘先生所说的"文化典范"在许多方面同非物质文化遗产有交集、有重合，就其整体而言，则属于一种依然活着的传统，是日常生活里可遇可见的国粹。显而易见，这类文化遗产因自身的美妙、鲜活、具体和富有质感，而别有一种吸引力、亲和力与感染力。将它们总结盘点，阐扬光大，自然有益于现代人在潜移默化中走近传统文化，加深对它的理解，提高对它的认识，增强对它的感情，进而将其融入生活和生命，化作内在的、自觉的价值遵循。这应当是"典范熏陶"的优势和力量所在。

正是基于以上体认，笔者产生了一种想法：把自己较为熟悉和了解的当下散文创作同文化典范熏陶工作嫁接起来，策划组织一套由优秀作家参与、以艺术和器物层面的"文化典范"为审视和表现对象的原创性散文丛书，以此助力传统文化的重建与发展。这一想法很快得到中国言实出版社社长、实力小说家王昕朋先生的积极认同。在他的鼎力支持和热情推动下，一套视野开阔、取材多样、内容充实的"国粹文丛"，顺利地摆在读者面前。

"国粹文丛"包含十位名家的十部佳作，即：瓜田的《字林拾趣》，初国卿的《瓷寓乡愁》，乔忠延的《戏台春秋》，王祥夫的《画魂书韵》，吴克敬的《触摸青铜》，刘华的《大地脸谱》，刘洁的《戏里乾坤》，马力的《风雅楼庭》，谢宗玉的《草木童心》，张瑞田的《砚边人文》。

以上十位作家尽管有着年龄与代际的差异，但每一位都称得上是笔墨稔熟、著述颇丰的文苑宿将，其中不乏国内重要奖项的获得者。长期以来，他们立足不尽相同的体裁或题材领域，驱动各自不同的文心、才情与风格、手法，大胆探索，孜孜以求，其粲然可观的创作成绩，充分显示出一种植根生活，认知历史，把握现实，并将这一切审美化、艺术化的能力。这无疑为"国粹文丛"提供了作家资质上的保证。

值得特别指出的是，这十位作家不仅是文学创作的行家里手，而且大都有着相当专注的个人雅爱，乃至堪称精深的专业修养和艺术造诣。如王祥夫是享誉艺苑的画家、书法家；张瑞田是广有影响的书法鉴赏家和书法家；吴克敬是登堂入室的书法家，也是有经验的青铜器研究者；初国卿常年致力于文化研究与文物收藏，尤其熟悉陶瓷历史，被誉为国内"浅绛彩瓷收藏与研究的标志性人物"；刘华多年从事民间艺术和民风民俗的田野调查与理论探照，不仅多有材料发现，而且屡有著述积累；马力一生结缘旅游媒体，名楼胜迹的万千气象，既是胸中丘壑，又是笔端风采；乔忠延对历史和文物颇多关注，而在戏剧和戏台方面造诣尤深，曾有为关汉卿作传和遍访晋地古戏台的经历；瓜田作为大刊物的大编辑，一向钟情于汉字研究，咬文嚼字是其兴趣所在，也是志业所求；刘洁喜欢中国戏剧，所以在戏剧剧本里寻幽探胜，流连忘返；谢宗玉热爱家乡，连带着关心家乡的草木花卉，于是发现了遍地中药飘香。显然，正是这些生命偏得或艺术"兼爱"，使得十位作家把自己的主题性、系列性散文写作，从不同的门类出发，最终聚拢到中国传统文化的大向度之下。于是，"国粹文丛"在冥冥之中具备了翩然问世的可能。

"红白莲花共玉瓶，红莲韵绝白莲清。"我想，用宋人杨万里的诗句来形容这套"各还命脉各精神"的"国粹文丛"，大约算不得夸张。愿读者能在生活的余裕和闲暇里，从容步入"国粹文丛"的形象之林和艺术之境，领略其神髓，品味其意蕴！

戊戌秋日于滨城

| 目　录

《白蛇传》：此情深深但可疑

　　白蛇是著名的动物，据传说曾为中国历史改朝换代做出过卓越贡献。当初刘邦打算起义，需要个行动标志的时候，偏偏有条白蛇自己蜿蜒着出现了，挡住了刘邦的去路。这还了得，就它了，于是这条白蛇光荣地被记载在史书中，显然是别的蛇类的楷模和学习榜样。但是后来这条蛇越来越不着调，到了明朝，干脆就成了冯梦龙笔下的《警世通言》里"白娘子永镇雷峰塔"里的人物，变成了女的。当然，刘邦当年斩白蛇中的这条白蛇，确实不是雌性的吗？这不可考，要不干脆就认定是条雌性的蛇，觉得这个刘邦那么有成色，能改变历史，索性牺牲小我，给这个更不着调的人做点贡献也未可知。须知，刘邦是中国历史上第一位草根上位成了皇帝的家伙，关于这个人，虽然从来都是各种毁谤不绝于耳，但是人家的结果就杠杠滴摆在那里，说不准那个时候就有条雌性的蛇具备了这样的远见，就牺牲了，高风亮节的献身精神由此可见一斑。以上看来像不着调的想象，其实也是有渊源的。

　　作为一出戏，《白蛇传》绝对是经典的，非常着调的。许多大师都曾经彩扮过白娘子，京剧四大名旦中，梅兰芳的《金山寺》《断桥》以昆曲形式出演，成为此中经典；程砚秋和尚小云也对这两折戏感兴趣，尚小云除《金山寺》《断桥》之外还有《祭塔》，有唱片留下。只有荀慧生演全本，就叫《白蛇传》，荀派演绎的白娘子，今天很少见到了，比较常见的是梅派。我其实很好奇，荀派多以花旦面目出现，尤其擅长小旦，像《红娘》《豆汁记》里的人物，都是活泼可爱得紧，演白娘子如果活泼可爱了，好像说不通，难道是小青，也不对，让小青做主要人物，这个戏干脆改名叫《青蛇传》吧，不过人民群众不答应，他就做不成。

曾经对这出戏动过大刀的，是田汉老先生。田老在中国戏剧史上的贡献很大，许多戏就是在他主持下一举改了，几十年后干脆都没人知道这戏的本来面目。现在的《白蛇传》都是从白蛇青蛇下峨眉山，游湖遇雨开始的，其实人家还有个前传，讲的是这两条蛇是怎么成的好CP。话说当年青蛇还是个男的，遇到了白蛇想娶她，白蛇不乐意啊，不服来战，双方你来我往斗法不止，大战了不止三百个回合后，青蛇服了，自愿变性变成了女的，做了白蛇的侍女。清末著名演员余玉琴、李顺德曾经在这出名叫《双蛇斗》的戏里对双剑，走旋子，大开打，全活都上了，煞是好看。田老把这部分砍了，后来顺理成章地就失传了。不过没这部分也没事，前传嘛，知道的人也不多，而且英雄不问出处，不知道也没关系，就算了。

这出戏曾经被拍成了电影，是粉碎"四人帮"刚刚过去的时候，那个时候能看的古装戏很少，突然出来了这个，轰动全国。主要演员是李炳淑，著名的样板戏《龙江颂》里江水英的扮演者，名贯大江南北，戏曲功底扎实，人物演得有模有样，很得群众的爱戴。演样板戏是有条件的，刘长瑜曾经说过她当年被挑中演铁梅的经过，也是经过层层筛选，找功底扎实扮相好符合人物的年龄和身份的演员，凑成了一时之选。换句话说，那个时候定演员还是本色出演的成分大，还不太明白为什么我们的传统古装戏里的人物必须彩扮，这是今人不一定胜古人的又一鲜活事例。

　　《白蛇传》这个故事，主线就是白娘娘和许仙的爱情，为了让他们之间的爱情出现得不那么突兀，各种铺垫需要周全，从这个角度看，《双蛇斗》又有了存在的必要，且还交代了许仙和白蛇之间的救命之恩当报的线索。一个女蛇仙，想报恩，把自己给了人家，本来也算是知恩图报，只要两情相悦谁也说不出个不字，可问题是女蛇仙，人敢要吗？或者说如果当事人知道自己娶了蛇仙，还能安然地卿卿我我吗？这个大问题应该也一直盘桓在白娘娘的心中，是个隐忧，于是才有了后来的端午节现真身。

　　我一直记得电影里的那一幕，端午节到了，到处飘着雄黄酒的味道，小青已经不行了，她滴溜歪斜地扶着头来和白娘娘商量一起躲一下，可白娘娘明确表示有自己的考虑，她说不能走，理由一大堆，然后好像生离死别一样地和小青说路上珍重。我当时也很不解，总觉得奇怪。许仙按照习惯要她喝雄黄酒，她勉强喝下，体力不支被许仙搀扶到床上休息，再然后就发生了重要的一幕：许仙来给她喝醒酒汤的时候，看到一条大白蛇出现在床上了，许仙立刻被吓死了。引出了后来的折子戏《盗仙草》，许仙诚然有性命之忧，白娘娘也是要独自面对鹤仙和鹿仙，那大段的唱和武打，让看戏的人吊着心好半天。可是这个情节多年来让我迷惑，按照白娘娘的行事风格，她应该知道雄黄酒能引发的严重后果，本来可以避免的灾难为什么就生生让它发生了，这个非常奇怪。所有奇怪的事情，仔细查实起来，多半都有非常靠谱的解释，那符合这个情节出现的靠谱的理由是什么呢？想想那个隐忧，一个正常人看到自己的老婆是蛇，即使她已经修炼进化成了蛇仙，还能安然地卿卿我我吗？这个疑问长久地存在于白蛇的心中，终于在端午节这天借着雄黄酒的威力得到了验证。不过，让白娘娘失望了，许仙的反应无异于常人，他果然被吓死了。从人的角度说，许仙的反应很正常，猛然间看见自己的卧榻之上有条蛇，可能逃命的想法首先跳出来；其次，假如许仙立刻想到了更复杂的情况，即自己不小心把人与动物交配做成了事实，实在有违传统礼教。在中国历史上的此类先例，都是那些被后世批判的昏君的多个非理性举止之一，是道德上负面情况的最不堪表征。我们这个民族非常讨厌且恐惧这样的事情，许仙不过是做出了很自然的反应。

《白蛇传》的故事先后拍成的电影电视剧里，在人们的印象中比较深的是中国台湾拍的电视剧《新白娘子传奇》，里面是赵雅芝扮白娘子，那个头发上挂着飘带的样子猛一看到不太适应，后来想到这可能是为了强调白娘子仙人的身份；里面更值得一提的是扮演许仙的女演员，是的，她是女的，叶童，这个二十世纪八十年代香港电影中最具女人味的演员，扮起男人来丝毫不逊色。这一版《白蛇传》后来成了神剧之一，经常在寒暑假里回放。电影给人印象深的是《青蛇》，主人公白蛇是王祖贤扮演的，青蛇由张曼玉出演，里面有个镜头长久被人们提起，就是她们两个人一扭一扭结伴走路的样子，如果走的不是直线，就更贴近人们印象中的蛇行了。从这部片子开始，张曼玉的演技飞升，她也从花瓶进入了戏骨的行列。

文学史上，给人和动物之间的爱情正名的是《聊斋志异》，蒲松龄以多年未被带入统治阶层的经历，让他的笔下出现了各种动物和人之间的感情交流，那里面的狐女不会让读者反感，而动物，仔细想来，许仙的顾虑也是读者在阅读中会想到的，且是和通常的观念背道而驰的，能顺利地接受这样的情节安排，也是因为那是故事。而且我相信，当许仙看到那条蛇的时候，在许仙的心里，根本没有想到爱情，生存是他的当务之急。而白蛇想的一定是爱情，她想验证她长久以来的奉献和她曾经听到感受到的爱情都是真的。如果知道她是蛇会怎么样呢？她可能想了许久，终于痛下决心在端午节这个日子得到了验证的机会，只是结果让她失望了，无论从哪个角度说，许仙都会让她失望，许仙的教育，男人的基本想法，或者说男人对女人的要求，都不可能出现让白娘娘满意的结果。白娘娘终究还是条蛇，她的思想方式没有摆脱动物性，以为爱情可以抗衡人兽之间的不伦之恋带给许仙的打击，于是她才让自己获得了痛苦，让许仙经历了几乎是死亡的绝境，这一切只因为从动物到人的进化，比通常意义下人自己意识到的要更漫长和艰难。人一定在进化中，把所有可能引发生命危险的因素都从基因上屏蔽了，才能获得繁衍的机会，经历了这些，让人能简单地因为爱情而牺牲自己，未免太傻太天真了。只是白蛇，她的爱情让自己的头脑蒙上了云翳，她不得不为自己的举动付出可能献出生命的代价。取得救许仙的仙草，还要做出各种假象和说辞，来给许仙和她的未来打通道路，把她无限珍惜的爱情延续下去，甚至为此搬家到另外一个地方，重新打造一个适宜他们生活的环境。这个母动物真的能没有任何顾虑地继续毫无保留地爱许仙吗？她经历了拼死一试，为了救情郎和鹿仙鹤仙战斗差点搭上性命，而其实她并没有得到想要的爱情回答。她是怎么面对这样的事实，怎么把充满凄凉的感觉压下去的呢？也许，动物可以接受这样的打破底线的现实吧？！顺着这样的逻辑一想，好悲凉。

所以，《白蛇传》这出戏如果有不可自圆其说的情节设置，那就是这一幕，因为白娘娘隐藏的心思需要以别样的表达来实现，所有的故事才可能推进下去，也才可能让不可思议的爱情发展下去。有的戏剧中最后出现的大团圆结局，也是和这个故事的悲剧性结局不相容的，更像是为了让读者和观众能顺利地接受而篡改的，倒是失了这个故事的最本来的寓意，即人和蛇之间是永远不可能真正接受彼此的，从情感到身体，或者说根本没有这样的可能性。

《斩秦英》：信息掌握得快也能救命

这是豫剧的名剧，在有些剧种里，这个戏叫《银屏公主》，秦英是故事的引子，真正的主人公是他的母亲——唐太宗的女儿，驸马秦怀玉的妻子，大唐的银屏公主。此时秦怀玉在前线为大唐打仗，且局面模糊不清危机重重，银屏公主非常焦心，而唯一的宝贝儿子秦英去外面玩了，和一群父母同样非富即贵的狐朋狗友在金水桥边钓鱼。因为詹太师的轿子鸣锣开道声音太大把鱼吓跑了，于是生气了起了争执，最后竟然把当朝太师、皇帝的岳父给打死了。詹太师的女儿詹妃不干了，向唐太宗告状，秦英被抓起来面临被斩首的境况。

这个故事的背景是不是比较无厘头，放到今天，发达的网络系统立刻做出反应："当朝太师锣声太大吓跑鱼儿，驸马之子冲冠一怒毙于掌下。"还没等朝廷说什么呢，舆论已经做出了自己的判断，如果真是这样，那秦英必须被斩了，银屏公主想多少法子，也不能救自己的宝贝儿子了。偏偏这个时候，唐太宗自己还有事关天下的烦恼，他此时需要有人去敌前看看情况，合适的人选秦英被民意崩了，后面朝廷的危局怎么解要发大愁了。所以，幸好那个时候没有网络，彼时消息传得快需要的各种要素，只有少数人才能掌握，而作为公主，银屏可以在听到这个消息后，急匆匆赶到皇宫，请求自己的父亲看在驸马在为朝廷战斗，自己又只有这个"小畜生"，且这个刚刚惹祸的小家伙还能给朝廷做点事的情面上，放过这"惹祸的根苗"。最后的结果是什么呢，詹妃通情达理地同意放过秦英，秦英被派到前线救父，银屏公主悄然回家等着丈夫和儿子平安归来，事情居然就这样解决了。

这样的结果，有什么东西不大对头吧，这前前后后发生的事很荒唐。首先被打死的人一点都不普通，当朝太师、皇帝的岳父，无论从职级还是亲情，都很坚硬。做岳父只要有个好女儿就行，而当朝太师一定不是只靠把女儿送给皇帝就能做的，他一定有着丰富的宦海经历，能做到一人之下，万人之上的位置，应该也是人精了，这个人精倒霉就倒霉在碰到了一群"官二代"，他们的父母或祖上曾经给大唐江山立下汗马功劳，到了他们这一代才能这样无所顾忌地对待朝廷一品大员，一言不合就动手，还能下狠手就把人打死了，放在任何时候，都是死罪，且没有什么可以转圜的余地。这才是正常的情节设置和推理，而观众看到这里没什么反感，因为戏里交代过这个人是奸臣。奸臣是坏蛋，坏蛋可以打，或者打死，因为他们残害忠良，就像秦桧之于岳飞。关于忠奸的划分，中国传统戏剧曾经提供了典型意义上的范本，经过漫长时间的毛毛细雨润之无声般的灌输，这股力量非常强大，其影响力显示了威力。在没有网络、儿童入学率惊人的低、文盲遍地的时期，是各地的戏剧把仁、义、礼、智、信的观念传达给平民百姓，让无数的人知道忠臣良将应该被尊敬，白脸的坏蛋应该受惩罚。詹太师被刻上了奸臣的印记，就表明这个人被惩罚是应该的，如果过分了，那就要看情况而定，也不一定就要对动手的人赶尽杀绝，毕竟死的是奸臣嘛。那个时候，人权这个词在中国人的心目中完全不见踪影，更何况是个奸臣的人权，试问，他们做坏事的时候想到过忠臣的感受吗？

倒霉蛋詹太师就这样消失了，他的宝贝女儿是唐太宗的宠妃，詹妃此后的表现是一个想给父亲报仇的女儿逐步认清自己力量的过程。她首先要反抗，去告状，她的第一反应是父亲被杀了，一定要报仇雪恨，符合常理。唐太宗此时还站在她这边，所以他立刻做出了正常的反应，下令把杀人元凶抓住绑到法场上，准备开刀问斩。詹妃获得了她的皇帝丈夫的完全的支持。接下来银屏公主来了，她的举动有点奇怪，作为一个受过教育的公主，她应该知道杀人偿命这个事儿，但她还是来了，她应该想过了，除了因为她是公主，应该也想到了丈夫，想到了她可能获得的支持。她和她的皇帝父亲有一番对话，在她的陈述中除了说出丈夫对儿子的爱和牵挂，此时丈夫手握重兵在边关为大唐打仗，也隐约提到了儿子的本领。她在暗示，她在给一个皇帝做思想工作，她知道对一个皇帝来说，最重要的永远是江山，在天下面前什么样的情感都要让位，而她的父亲又是明君唐太宗，明君的概念和一般的帝王又不一样，不爱美人爱江山是他们的天性。所以，此时的秦英母亲、银屏公主已经想得很清楚了，她做的一系列举动都是围绕着了解这位皇帝的心理而进行的。她的父亲显然听懂了女儿的意思，所以他给自己女儿的回复是："只要詹妃同意，那就可以放了秦英。"

这个回复相当于问题完全无解。当初看戏到这个地方的时候，我已经对事情的解决没了信心。说出来这样的解决方式，就是不打算解决了。可是，超乎想象的事情发生了，银屏公主就真的到了詹妃的面前，跪下来，悲悲戚戚地向父亲的宠妃请求放了儿子，詹妃开始自然是不同意的。后来，银屏公主口称姨娘，大段地唱了几段之后，詹妃居然同意了。还记得当时我的感受是：怎么这么容易就放了他呢？现在想来当然就想明白了，自然是因为詹妃已经明了了唐太宗的想法：詹太师已经死了，就是被秦英打死了也是死了，一个死了的太师已经不可能有更大的作用了，而秦英和他的父亲还在给大唐效力，是生力军，力量对比结果很清楚明白。另外，詹太师在，就是詹妃的外援，他们父女俩成里应外合之势，可以对朝廷指手画脚，失去了这个外援，詹妃的力量已经不比从前。一个女人在宫中要靠的是皇帝，在没有了父亲的强援后，皇帝就是她唯一的依靠了，詹妃再糊涂，也知道今时不同往日了，她今后的地位自然和以前不一样了，如果说以前她甚至在公主面前也占上风，那今后和公主的地位有了颠倒。詹妃在听到自己的皇帝丈夫说她同意就放了秦英的时候，就应该开始冷静了，开始琢磨皇帝的意思了；而在银屏公主反复叫着姨娘，来大段地唱的时候，就应该在想自己的对策了，左右权衡之后她知道天平早就已经倒向了对方，这个杀人的秦英已经不可能再偿命了。于是她做出了现实的选择，她表示要胸怀大度，为了大唐的江山稳固可以放了秦英，她做出了唐太宗需要她做的事。

这样的一个女人，还是宠妃，最后连自己的父亲被杀了也无法把杀人犯绳之以法，而她的丈夫暗示她要放过行凶者。她曾经感到悲凉吗？应该会的，这样的女人，多么渺小，多么无足轻重，她的父亲还在的时候，他们父女俩互相借力，互为犄角，让自己成为对唐太宗很重要的人，而当他们中的一个消失，另外一个不能给对方报仇，甚至无所作为到只能仓皇自保。事情解决后，詹妃回到自己的宫殿，她是宠妃，应该住在很是富丽堂皇的宫殿的，今日之前她可能在宫廷里耀武扬威，看不起任何人，随便唾弃那些人；今日之后，只怕她就要开始感受到变化了，人在人情在，人不在事不来，周围的人很敏感，江河日下应该指日可待了。花无百日红，她这样的女人需要来自各方面的灌溉，可以想见今后会越来越少。今后的日子，只有向下一条路了，多少人多了谈话的闲资，詹妃的未来也不过是开始还有人关注、议论，后来也就淡了。这个从巅峰忽然跌落的女人，要以最快速度接受这样的变化，不然无法在冷酷的皇宫里生存。

这出戏，讲了个跌宕起伏的故事，整出戏的荒唐之处很明显，而看戏和演戏的人居然都甘之如饴，那些表象之下的内在的原因，正是当初创作这出戏的人，对人与人之间的关系的认识到了入木三分的程度。戏里的主人翁是那些和老百姓生活离得太远的人们，他们应该不愁吃喝，可他们要愁的也不可能是那些愁吃喝的百姓们能想到和需要解决的事。这样的故事今天看来平常，是因为其中的思想早就根深蒂固地根植于民众的脑海中。但凡传统戏曲，传统艺术，传达出来的东西都是一定的，是早就被观众接受的故事情节和结局，不符合的早就消失殆尽，来自观众的用脚投票，拿钱引导，自然选择后淘汰掉了。甚至今天，这样的想法，也不是完全没有市场。深挖之下，那些约定俗成的事物里，都还有这样的影子。某个事情中的要素，重要和不重要，随时都在改变着，只要其中的某个决定性要素改变了，自然会发生顺理成章的推演，说是天翻地覆也不为过。就像这出戏里的詹妃，从今以后只怕是宠妃生活结束了，老百姓的话说"不是不报，时候未到"，这样的转变，就好像她有个好事筐也有个坏事筐，冥冥之中有个人在给她记数，哪种事做多了，都会有个结果出来。这又不以个人的意志为转移，好像是某只无名的手暗中操纵的，只待那时那刻的到来，一切自然水到渠成。

在这出戏里，詹妃虽然不是主角，可特别重要，演员要把这个从宠妃到可怜人的变化逐层地展示出来。她和唐太宗、银屏公主之间的拉锯战一来一往，她从上风头到逐步矮化，就像天平被打破了平衡一样，朝廷因为她的牺牲获得了安定，至于她自己和她的娘家，她的皇帝丈夫会给一笔赡养费外加补偿的，就希望念着她的牺牲和识大体，一次性多给点，后面再想要什么，就是奢望了。说到底，某个人的存在感都是有原因的，四角俱全是基本条件。

《玉堂春》：潜力股要能识得

中学的语文选修课里，有一课是《玉堂春落难逢夫》，是从"三言二拍"里选的，故事如雷贯耳，戏曲里各个剧种都有演出，无论是折子戏还是全本，都好看，都是人民群众喜闻乐见的优秀剧目，久演不衰。这么一出常唱常新的剧，嚼头比比皆是，随便抻一个出来都是看点。

单说其中的一折《三堂会审玉堂春》，此时玉堂春的情郎王金龙已经做了八府巡按，且玉堂春成了即将被开刀问斩的杀人犯，他们在一个公式化的场合相遇了，非常严肃的场合——公堂。这个地方用今天的话说就是法庭，应该是刑事审判庭，有法警，有书记员，有许多双眼睛扫来扫去的，其中的几双眼睛还是电子的，视频摄像探头应该不会少。故事里的年代虽然不可能像今天有那么多的配备，不过想来也不会少，就在这样的场合，玉堂春居然和王金龙相遇且彼此都认出来对方，虽然没有立刻当场表态，可他们的形迹可疑，被王金龙的同僚看了个满眼，立刻有人做出了正确的判断，后面的事情就好玩得很了。

首先是王金龙的表现，他开始犹豫不决，完全忘了对一个杀人犯的审判应该是什么样子，他的同僚反复提醒他，而他想的只是怎么才能开脱老情人。他的老情人很惨，被卖到山西做了商人的小妾，大房陷害不成直接栽赃，玉堂春被解差押解即将出发的时候，只能在路边唱上一段西皮流水："苏三离了洪洞县，将身来在大街前。未曾开言我心好惨，过往的君子听我言，哪一位去往南京转，与我那三郎把信传，便说苏三把命断，来生变犬马我当报还。"一共八个短句，信息量巨大，不仅把该说的都表达到位了，且没有要求过分，只是说如果去南京的话顺便给情郎捎个信，还给了对方一个可以接受的好处，来生做犬马当报还。她的心思此时已明白自己的前路，不过还惦记着王金龙，这个妓女的爱，应该是真的，她的人生前半部和杜十娘很像，不过她没有自己掏钱把自己救了，而是用金钱救了情郎且放他去考状元，她赌赢了，后来得救了。而杜十娘没有赌赢，只想着能从此过上小日子的女人，不理解男人的心理，最后把自己放到了被反复损害的境地，按说她应该见过不少男人（嫖客），对这个群体应该有基本的了解，不过她显然太沉溺于自己的要求和想象，忘了人与人之间的求和予的关系，得了那样的结果也是咎由自取。

王金龙的表现虽然和巡按的身份有点不搭，但和情郎的身份却很得宜，更得宜的是他的同僚的态度。他们先是其中一个发现了情形不对，立刻循着各种线索左思右想地找原因找对策，第一堂会审什么结论都没有就结束了，第二次会审干脆就是两个陪审人的各种表演的集合。一个红袍一个蓝袍，一个人情练达一个先木讷后来反应神速，一搭一唱，一个紧咬不放一个傻傻地跟着左右佯装无知地配合着追寻各种真相，把个正剧生生地变成了玩笑剧，好端端的里子须生做成了小花脸，还端着个正大光明的架子让台上台下成了欢乐的海洋。类似的表演方式和处理方法在其他的剧目里很少出现，如果让这两位就扮成三花脸呢，反倒没了这样的趣味，身份的正式性和表现的颠覆性刚好令喜剧色彩越发强劲。生活中不可能发生的事情，在这里就发生了，苏三在台上悲悲切切的时候，台下的观众已经自动换成了看一对有情人怎么终成眷属的心态，所以当观众看到王金龙去监狱看苏三的时候，就自然而然地切换了频道。这个频道换得自然自动，情感上也衔接流畅，甚至形成了默契。"生书熟戏"，看戏的人第一次总是比较难堪，特别是年轻人，周围的所有人都知道后面的发展，独独自己没做出相应的反应，无趣得很。还有那些咿咿呀呀的唱，要有点大慈悲心才能看着台上的人着粉墨而沉浸在人物的世界里，许多时候看戏的人甚至比演戏的入戏还要深，这个剧才能演下去。对观众来说，苏三是妓女，按照传统认识这样的人和八府巡按貌似太不搭了，要冲破的阶级层级太多了，可观众已经忘了这些，他们想看人间自有真情在，既然当初苏三给了王金龙危难时的帮助，那你王金龙有一天光宗耀祖了，能伸手搭救苏三了，必须义不容辞地做到。和杜十娘当初的情况确实不一样，杜十娘帮李甲其实还是为了自己，她太想过自己想象中的生活了；而苏三出银子的时候是有精神准备的——这个人从此可能再也没音信了，一拍两散了，没有回报的付出也付出了，太有情义了，和老话说的啥啥无情啥啥无义就不在一个轨道上了。观众虽然可能自己做不到付出不求回报，但是乐见别人这样，尤其还是玉堂春这样的女人，不仅能在心理上俯视对方，还能在道德上满足自己的各种要求，给她个大团圆的结局，自然心甘情愿，也算各得其所。

玉堂春这个名字有趣得紧，能令玉堂生春的女人，不是一般的人物。她出身寒微，经历也复杂，碰到了王金龙这个潜力股，是她的人生转机，在这个问题上，她的眼光很准，也舍得花钱，这两条决定了她的未来。她们这样的人，自然是知道钱的重要作用，火山孝子中能碰到个把中意的人，难度很大，碰到了还能果断地知道事情要做到什么程度，是玉堂春的大本事。不只是她们，就是平常人家的小姑娘，看人识人都是了不得的事情，找个如意郎君，不只年轻气盛的时候如意，还要等到大家都经风经雨之后，彼此还能看着顺眼，这要求小姑娘具备了起码的预见性，有了这个本事，许多悲剧可能就免了。多少女中豪杰，在这样的事情上栽了跟头，把好好的生活弄了个一地鸡毛，各种鸡零狗碎的不着调让她们前进不成，退又断了路，眼看着别人过得如火如荼，自己的心里都成冰了，天下之大没有人能把这块冰给化了。有热情洋溢想帮忙的，多半是帮了倒忙，两个人的感情事，外人也就看个外面儿，内里的真相哪里就随便露出来。像丁日昌说的："局外之议论，不谅局中之艰难。"他人的议论也好，各种出主意想办法，听听也就算了，实际做的时候，当然是自己的难处自己知道，正确的选择往往决定的是方向，有些时候，事情才开始，就已经看到了最后的败象。

中国传统戏曲中的爱情描写，有两类很清楚。一类是以《玉堂春》为代表的妓女和她的情郎之间的，还有一类是小姐和落难公子，比如《红鬃烈马》。这样的人物身份搭配首先是令观众容易接受，对王金龙们来说，出身不凡，虽然一度落难，但是玉堂春们赠银之类的义举说明她们已经脱离了一般妓女的低级趣味，有朝一日公子翻身了会记得她们的付出给她们一个大回报，此时她们多半刚好有个危难在身，公子舍了自己的颜面，伸手于危难中拯救她们；千金小姐居然爱上落难公子，公子一旦功成名就回来和小姐再续前缘，虽然苦等多年，一朝戴了凤冠霞帔，成为让人羡慕的官家一品诰命夫人，小姐也能获得心理上的满足了。你看，多么让人感动的爱情，如果没有相应的付出和回报，都是在耍流氓，观众还要指指点点不能允许呢。对观众来说，生活是实实在在的锅碗瓢盆，可戏曲带给了他们诗和远方，每出戏都是人生理想的展现，那些在谎言和误会中建立的矛盾冲突，终有一日是要拨乱反正各自归位，不经历风雨怎么见彩虹，曾经被一步步压到最底层的主人公，会咸鱼翻生得解放，海水江崖享荣华。这是他们的命数，更是观众对未来的梦想。

《玉堂春》这出戏的来源是"三言二拍"，被何人改编成剧本不清楚，到清朝嘉庆年间已经上演，说起来是当年花雅之争中的花部剧目。这出戏是传统戏曲中流传最广的剧目之一，也是各路名角的必演戏。有意思的是，《玉堂春》这出戏在一九六四年由香港邵氏拍成了黄梅调电影，主演玉堂春的是乐蒂，当年的影后，乐蒂长得比较洋派，但是玉堂春反正谁也没见过，乐蒂式的玉堂春也一样受欢迎。片子的导演是李翰祥，就是后来拍《火烧圆明园》《垂帘听政》的那个人。这两部电影对大陆后来的古装片影响不能小觑，现在想起来这部合拍片很给力，许多内外景都是在故宫、承德避暑山庄拍的，真实性自不必说，放在今天恐怕很难了。还有个额外的收获，梁家辉被选中演咸丰，居然还得了奖，从此电影界多了一位实力派演员。

现在能看到的比较早的一个戏曲版本是大约拍于一九四六年的京剧电影《玉堂春》，张君秋和俞振飞分饰玉堂春和王金龙。时间不长，内容是"起解""会审"两节，年轻的张君秋和俞振飞，他们两位人漂亮戏精彩，就在电影结束时，王金龙念白"掩门"，话是吩咐给底下人的，表情是依依不舍的：苏三刚刚离开大堂，王金龙的心情五味杂陈，所以这"掩门"声音不高，有点沮丧，又满怀心思，正是情郎看到前情人时的正常反应。高手就是高手，只两个字，已经尽在不言中了。这部电影，其实就是把舞台演出拍下来，加上点蒙太奇的镜头切换。因是彩色的，虽然画质比较渣，可观众惊喜的是能看到年轻时的他们。多少戏迷看后都用"看你千遍不厌倦"来形容热爱的心情。说到底，看好演员处在好年华时的表演，是享受也是机缘，一举手一投足，都让人想大声叫好。真正的好玩意儿，观众懂，知道珍惜。

《对花枪》：拿着我教的本领
过好日子去了，那我呢

如果仔细观察，传统戏曲中的人物，多半是忠奸一致的，比如曹操那张大白脸，无论什么戏，他的白脸的基调不会变。不过，有例外，遇到有些人变来变去的，也有通融圆滑的处理方式。罗艺就是这类人中的一个。

与罗艺相关的戏有不少，大部分都和他优秀的儿子罗成有关，白袍小将罗成，自从贾柳楼四十六名好汉结义，排位老疙瘩最末，就正式登上了历史舞台，后来在周西坡被乱箭射杀，下场挺惨的。虽然这个人根本不存在，但是一点不妨碍各种传统文艺形式中编造这个人物从生到死的命运，还有来道去地给他一个父亲。这个叫罗艺的父亲历史上有点影子，是隋末的一员猛将，降唐后曾经给大唐江山的建立做过贡献，后来被抓个由头诛杀了，连累了一大批人。戏曲里的罗艺没那么残暴，多半是严父形象出现的好人一个，只是在豫剧《对花枪》里，他的另外一副嘴脸暴露了。原来武艺超群的罗艺有两个暗黑过去，一个是他还有个前老婆，另外一个是他的武艺是前老婆教的。

这个一直藏起来的前老婆叫姜桂芝，当年罗艺落魄的时候，打把式卖艺认识的。这姑娘是庄主的女儿，一身的本领，姜家有自创的姜家枪，遗憾的是这家没儿子，所以老庄主总怀着要招上门女婿的想法。有意思的是罗艺当年的武艺非常差，居然只靠着能说会道样貌周正，就被姜桂芝爱上进而嫁给他了。天上的馅饼就这样砸到了罗艺的身上，有正常思维的人都会热情拥抱生活，立马吞了馅饼。罗艺的反应很正常，他把生活给他的一切都笑纳了，还耕耘了一下，把本事学跑了，只留下个后代给姜桂芝，通过许下没影的诺言，简单粗暴地把个好妹子套牢了一辈子。这手段其实不是那么高超，可就是得逞了，不由得感叹女人的感情从来都是单纯的，想做点阴狠毒辣的事不仅是高难度的，还要怀着对世界的恶意才行。从来都是白纸的小姑娘，哪里就随随便便地成人间的对头了。姜桂芝因为罗艺要去奔前程，深明大义放他离开，说好有了功名富贵就回来接她一起过好日子。接下来发生的事是前半部分愿望实现了，确实有了功名富贵，后半部分没有实现，因为那个功名富贵中的一部分还有个女子，就是罗成的娘，秦琼的姑姑，当时的南陈太宰秦旭老太师的女儿，罗艺没抵挡住诱惑，把已经娶妻这回事给黑了下来，顺理成章走上了光芒万丈的登高晋阶之路。那个年代，这么做，危险性还真不大，信息不畅通，隔个省已经啥都不知道了，更何况当时他们的距离比隔个省远多了。没有负担的暗黑经济学就这样上演了，倒是姜姑娘，真就老老实实地等了罗艺好多年，独立养大了儿子，又把姜家枪教给儿子，替罗艺培养下一代成才。直到有一天罗成路过姜家所在的地方，和自己的同父异母的哥哥打了一通，不打不相识，仔细掰扯起来才知道原来自己的娘是二房。罗成干脆就把大娘认下了，还促成了姜老太太和自己的父亲的团圆。这个儿子很识相，许多事情都想得明白，即使认下了，所有的主动权还不是在自己的娘手里，那娘俩总归是外人。而且事情的发展果然应了他的判断，姜家母子也就是给罗家又出了点力，话说既然这样何必要认这门亲呢，看来都是付出没有收获的事，这姜老太太是干得上瘾了，后来一切都落定了，这母子俩又走了，回到了他们熟悉的生活里。没有经过多年的历练，像罗家那样的高大上的生活，普通人怎么可能消受得起？

罗艺，这个贪恋富贵生活的家伙，任由本性发展而不管束，给了自己犯错误的机会，当姜家母子被罗成带到北平，甚至罗艺的现任太太、秦琼的姑姑都已经接受了现实，承认他们地位的时候，罗艺仍然不承认，发现有无法自圆其说的趋势之后，又进行各种狡辩，口才一时无两。舞台上这个时候的场景真是让人感慨万千，满头白发的姜家姑娘和已经成人的儿子，与雍容华贵的罗太太和帅气富贵的罗成站在一起，什么是生活的艰难，什么是衣食无忧，活生生就在明面上比较出来了，生活用自己巨大的力量，把人分成三六九等。再看看一直顾及秦家姑娘的面子，先是拒不承认后来百般狡辩的罗艺，好像也能理解他，自从娶了秦家小姐，好日子自动送到眼前，他肯定也付出过许多，才能得到北平王的地位，但是起点太不一样了，后来达到的高度差岂止天与地。这样看起来，难道有人会明知道好日子在眼前也要放弃，进而回到过去的小家小户平淡无趣的日子中吗？这太不符合人性了。单单从这个角度说，应该原谅男女陈世美们。可是对姜家姑娘来说，付出未免太大且没有回报，那个时候，除了等着娃他爹，还真没什么更好的选择。一个女人的一生，在罗艺决定做秦家的乘龙快婿那一刻，就无法改变了。

豫剧名家马金凤演这个戏是绝活儿，她对演绎中老年妇女有自己的独到之处。她的另一出戏《花打朝》也是名剧，曾经在国庆十周年的献礼剧中大放异彩。获得各种殊荣的京剧《穆桂英挂帅》，就是从马金凤的同名剧目中移植的。彼此互相学习取长补短，从来是那些大师们的得意之作，一般人这样做了可能被质疑抄袭，他们这样做了，自然是虚心向其他剧种学习，而且，他们因为艺术水准高，不会生搬硬套，肯定会根据自己的优长对被移植对象做各种合理化改造、提升。有福气的是观众，能看到一出新戏，且一出现就很成熟，容易大获成功。戏剧和文艺界的其他艺术形式区别没那么大，对世界有着清晰认识的演员，以某种方式介入时事，容易成功。马金凤的姜桂芝被我喜欢的重要原因是这个妇女太自立了，当白发苍苍的姜桂芝情绪激动地历数罗艺的各种不是后，当即表示要离开北平城，回家乡去。我都呆住了，刚刚看过《红鬃烈马》，王氏宝钏的隐忍给我留下深刻印象，让我接受了传统妇女必须面对现实过各种难堪生活，其中的各种不合理就是男人给的，他们就像水蛭，吸血是常态，贡献是偶然，永远拿着各种歪门邪说让女性吃亏，女性这个群体能做的只有一个事，养大孩子，所有的生活都指望着孩子大了反哺。不过王宝钏在十八年之后，就靠着这份执着的等待，争得了和代战公主平起平坐的权力，舞台上两个女人各怀心思的时候，那个做丈夫的家伙心安理得地看着，还觉得自己有情有义，这男人真不能指望。女性天生是好人，她们纯洁地来到这个世界，不知道好人是应该被生活进行各种不合理的对待和藐视，尤其生了孩子，她们几乎注定了在世间遭受伤害，但是她们仍然坚持教育孩子要做好人。关于这个问题，伍迪·艾伦曾经给过答案，他的观点是"好人睡得踏实，而坏人享受清醒的时刻"。一个每天对着孩子天真纯洁的脸的成年人，会被各种来自人天性中的本真吓倒，他们歌颂这一点，恰恰说明他们远离现实。

且不说姜桂芝是否真的会心甘情愿地回家去，还不拿罗艺一针一线。能大声说出来，源于长期以来不依赖罗艺的生活经历给她的底气。说到底，和男人媾和，是女人天生的任务，依赖和独立都让他们惧怕。男人也很奇怪，他们给心仪的女人提供一切，奉上爱情、忠诚，只不过这些女人多半有时效性，过了这个阶段很可能会被自动归到其他人的那群里，而其他人离他越近，就越被鄙视和轻贱。立论和悖论就这样相生相克地存在着，随时自动变化，生生不息。既然罗成他妈不计较，罗艺最终接受了姜氏这对母子，这个多出来的群体暂时和官面上的秦夫人取得了平衡。在又为罗家父子做了贡献之后，姜家母子选择离开，是啊，他们留下来做什么呢，荣华富贵对他们的吸引力和相应的屈辱感并存，离开的选择应该是明智的。只是他们真的不贪图罗艺的富贵，比较出乎意外，这和王宝钏的选择截然不同，到底王宝钏是从高贵人家出来的，知道好日子是什么意思，而且虽然十八年都没过上，一点没耽误重新融入那个圈子。我私下推想，难道这个王宝钏独守寒窑的日子里，真的一次都没有后悔过吗？一次绣球抛出来，就可以无怨无悔地等下去，这是不是和等公共汽车的意思大同小异呢，既然已经开始等了，那无论如何也要有个结果才能交代，即使需要交代的是自己，也一样要把结果等来交代给自己。

　　我无法想象罗艺在某个夜晚，进入姜桂芝的房间，看着那一头白发会心生愧疚，没有恶心的感觉已经不错了。那张苍老的面容，是对他的无情控诉，这样的情势下难道他还能有欲望吗？而姜桂芝肯定觉得委屈万分，万分不解，看着这个连本领都是自己教的男人，有可能登上锦绣前程的台阶时，没有丝毫犹豫就扔掉了他们母子，怎么能那么从容地和另外一个女人卿卿我我呢？如果能扒开罗艺的胸膛看看他的心是怎么长的，可能是姜桂芝最想做的事情吧，现在的局面看起来是罗成的妈接受了自己，可真的在这里生活，他们这对过惯了小户人家日子的母子，应该和这里格格不入。从逻辑上说，他们母子太应该离开了，甚至当初是否应该出现，都成了疑问，尽管对姜桂芝和她的儿子来说，盼望着和罗艺团聚已经盼了几十年，多少憧憬在脑海中演绎了无数次，真的团聚了，左也不是右也不是的感受一定令他们很不爽，这样的局面，真是他们希望看到的吗？

《花为媒》：十足现代感的古装故事

写这个戏，是因为好歹故事里是人和人之间的姻缘，那些人鬼恋，人狐恋，或者其他人啥恋，都有点重口味，我写着有点含糊，拿不准最初构思这个故事的那个家伙到底是咋想的，还是写人和人比较正常。在我那小小的意识范围里，可以理解想象力的恢宏和不着边际，但是实在是佩服那些男人们，太有勇气了，他们在精神上把谈情的对手设置成非人，真是一般女人的想象力达不到的，他们难道是因为对人和人之间发生感情已经厌倦了，才这样随便做出来的决定吗？

评剧《花为媒》是一部特别出名、特别有观众缘的电影，这个故事说的是王俊卿和表姐李月娥是一对青梅竹马的恋人，他们在王俊卿父亲的寿辰这天定情，但是父母不同意，原因是李月娥的父亲、做姑父的老李很怪。于是找媒婆阮妈介绍了张家的五可姑娘。让王俊卿相亲，他不去，只好把表弟贾俊英找来，结果这个贾俊英和张五可对上眼了。等成亲这天，王俊卿和李月娥先入洞房，张五可打到门上，才发现当初和自己相亲的是另外一个人。至此，两对新人各自如愿。这出评剧，在描写对待爱情的问题上，和一般的剧目有特别不一样的地方。传统戏曲里，婚姻大事很少直接按照儿女的心意来，那些被指腹为婚的男女，肯定当初是不可能征求意见后才做的决定。但是这个戏不是，王俊卿的父母在听到儿子表达了不要张五可的意见后，直接说既然儿子不喜欢张五可，那就还是随他的心意和表姐李月娥成亲吧。此前阮妈作为媒婆跑前跑后地已经和张家说好了，把张家的五姑娘说给王俊卿，但是无论是阮妈还是王家的妈妈都知道王俊卿喜欢的是表姐李月娥，被蒙在鼓里的是张家和那个五姑娘。那个"还是"就是明证，不打自招了。后来王家的老爷说儿子怎么这样呢？他老婆就是王俊卿的妈说了什么——"有其父必有其子"，这说明老王家从老爷那里就有前科。现在流行说前传，评剧有一出戏是《花为媒》的前传——《王少安赶船》，说的是青年书生王少安见到了渔家女，一见倾心，追着人家的船，经历各种曲折直到把姑娘娶到手。所以，王夫人才说出来"有其父必有其子"，这个是家学，有渊源。不过也说明，在这个家里，自由恋爱很正常，看见姑娘喜欢了，就去追，父母那里没有什么阻力。因为这个原因，王俊卿不接受张五可非要李月娥，阮妈才作了难，这和其他的人家太不一样了。中国媒婆有个好传统，一个事拉抽屉没事，她们左右左都能处理，就像有个故事说的，没鼻子怎么办，媒婆出主意了，拿朵花去闻就遮住鼻子了，这样的例子在媒婆那里简直不是事儿。只要最后说成了，反正会有人付她们的辛苦费。媒婆为了能说成亲事，东奔西跑坚决不放弃的这个精神，是锲而不舍的具体体现。

现在这个戏的版本都是按照电影来的，以前那个版本基本上就废了，原因是不符合新中国成立后颁布的婚姻法。在原来的版本里，没有贾俊英这个人，剧情的前半部和现在的一样，只是去张家相亲的是王俊卿。在花园里，王俊卿看见了张五可，相上人家了，拿了人家的红玫瑰，定了情。后来李月娥和张五可同一天进了王家门，经过一番洞房争论，最后两个姑娘接受了同嫁一夫的命运，还双双说要"姐妹二人同侍一夫"啥啥的，以后好好相处做对好姐妹。一九四九年以后如果演出来，和法律不相符，于是在拍电影的时候，解决的办法就是加了个人，立刻一切都没问题了。让两个女人相安无事共侍一夫，男人的艳福不浅。其实，还是有问题的，在传统婚姻里，是一夫一妻多妾制，这样的两个女人，哪个是妻哪个是妾，才是大问题，和今天的许多人想象的不一样，古代的婚姻制度有严格的等级规定，妻和妾的地位差得非常远，她们平时的生活等级不一样，生的娃也分嫡出庶出的，待遇有明显的差距，等有朝一日老爷死了，接家产的一般都是嫡出，庶出就只有看着的份了。同理，结婚这个事上，嫡出娶的和嫁的都要条件相当，庶出就差许多，像给人做个填房或者妾侍，都是庶出可能的遭际。所以，戏到底是戏，在这样的大问题上忽悠了观众，让看戏的人以为没有顾虑可以顺利地娶两个女人还能坐享齐人之福，这只能认为是文艺误人的又一个典型事例。

当年刚刚改革开放，戏曲电影里首先公映的是《白蛇传》，多少年没看过传统戏的观众激动万分，轰动一时。然后就是《花为媒》，因为刚刚看过前面那出戏，以为《花》也是新拍的，里面的张五可特别漂亮，和李月娥不是一个意思，大气，有勇有谋，自己有主见，把个阮妈指使得团团转。在花园里看花报花名，她本来是为了换心情才配合阮妈的提议，没想到发现了个书生藏着，她不知道是替人相亲的贾俊英，但是聪明如她，看到是个青年书生，立刻想到了王俊卿，先是绕着弯地骂了一通王有眼无珠不会看人，又想办法打发阮妈四处找人离开后，直接到大树后假山石处逼出来相亲人。这姑娘，不怕三头对案当面锣对面鼓地直接质问，和想象中的闺秀完全不同，她要对自己负责。既然她被人相看了，那她就要看看是谁敢来。既然先褒贬了姑娘，那姑娘顶鼻子教训他也正常。这气势，放到今天，也是好样的。有意思的是她的处理方式，她先是很生气，骂了贾俊英一顿，然后在贾俊英反复的"小生得罪，小生得罪"的赔礼中，她发现这个人外表还中看，也算明白道理，就有了回心转意的意思。那个时候的姑娘，到底去外面看男人的机会还是少些，发现这个人还能接受，立刻就想好吧，那要不既然已经这样了，我就给他红玫瑰吧，一个亲事就成了。其实也不过就是被个糊涂蛋替人相亲了一下，她还没把情况彻底搞清楚呢，就把后半辈子扔出去了。类似的故事还有一个更荒唐，叫《墙头马上》，元杂剧里的，一个官宦人家的小姐，在游花园的时候爬到墙头上，看到外面有个男人骑在马上还不错，来回对话几句，就翻墙跟着人家跑了。在人家的后花园里和那个男人过起了日子生了好几个娃，最后被揭出来，好生的难看，不过看在姑娘是官家小姐，且生了男娃，这家人也就接受了，最后算是花好月圆。我当初看这个戏的时候，想的是他们是怎么操作的呢？以前的生活很不方便，要多个大活人，还是女的，那随时随地会有多少意想不到的状况发生，即使是官宦人家的后花园，能有多大面积，把活人藏起来的难度可想而知，这也太不靠谱了。可貌似以前的情形下，还真没其他的发展方向，那时候的姑娘在今天看来像缺心眼一样。稍微外表能顺溜的看得上一点的男人，就直接把自己交代了，真让后人给她们操碎了心。

　　《花为媒》里的演员，新凤霞是当然的主角，她在没和吴祖光结婚之前，已经是非常有名气的女演员，被称为"评剧皇后"。新中国成立后她的思想觉悟提高很快，而她的人生转折点始于排演了《刘巧儿》。当时刚刚解放，妇女们听说婚姻可以自主，各种形式的自主都纷纷出现，一时毁誉不一。新凤霞顺应大势推出的这出戏，获得了来自官方的多个好评。戏里她把刘巧儿的婚姻自主演得到位，符合新观念，吸引了吴祖光的目光，进而有了后面的两情相悦。如果没有吴的出现，她的一生很可能就只是一个名角。没几年赶上"文革"，被打倒了，人生基本上结束了。她在和吴祖光成为夫妇后，后来的架势是这样的：戏剧指导里有四大名旦中的梅兰芳、程砚秋，写作指导是她的丈夫和其他著名作家比如老舍，绘画指导是齐白石，经常来往的人群里还有小丁这样的漫画家，画家郁风和黄苗子两口子。看看人家的朋友圈，高层次上水平，她再在舞台上站着，和没在这个圈子里出入的时候就完全不一样了，所谓"难掩那心中的高大上"。人挺有意思的，要是心里不断地被各种知识充实，逐渐地他（她）的眉眼顺溜了，整个人高挑起来，甚至气质都变了，也会看着气自华了。那些只会演戏而知识储备不够的演员，总好像单薄了点，三演两演地把原来存的东西都放出去之后，就没了新空间，发展上限不够。到今天，那些只能划入各种符号群的，就有让人担心的地方，当然，如果从这个行当的古今演变来说，自然是有规律隐约闪耀的，不服不行。

《花为媒》恰逢其时地用古装的扮相把新观念演绎得完美，多的那个贾俊英就是给补台的砖。类似这样的改变，戏曲进化史上的例子多了去了，应和时事本来就是许多演员自觉自愿的行为，他们曾经排演过好多时装戏，有些人还借此一炮而红。这个问题也不太方便深究，说起来到底是响应号召，态度正确。这个戏还有个人物经不住推敲，就是李月娥的爹。这个人始而倨傲，满脸看不起外甥的做派，就瞅着贾俊英好。后来发现女儿真的和王俊卿搭上了，迅速发声，肯定一切的正统性，促成了尘埃落定，让阮妈的努力瞬间落空。这做派看起来像是明辨是非，倒有股子老派知识分子的傲气：你王家家大业大，掂量着女儿可能不会嫁过去，那索性我先不乐意呢。既然后来有戏，那我就快马加鞭，改弦更张，让生米煮成熟饭，我的女儿如意了，我的后半辈子也牢靠了。这样想虽然有点暗黑，不过很可能这才是李老头真正的想法。小算盘打得噼里啪啦的山响，那是真性情的表现了。呵呵！

《墙头记》：做个局，骗的就是你

这其实是个悲伤的故事，从开始就充满着无情、狡诈和欺骗，而最后能继续把故事讲下去，也仍然用了欺骗的手法。这个立足点是欺骗的故事，来源于孝顺这个基点。中国人讲究君君臣臣、父父子子是有道理的，一个社会能圆融顺畅地运作，其中人和人之间的关系是非常重要的，而如何对待儿童与老年人，是所有人关注自身和他人的人生在早晚期的生存状态的道德表征，所以整个社会推崇"老吾老以及人之老，幼吾幼以及人之幼"，在这个话里所有人都看到了生命的开始和终点。官方大力提倡，因此孝顺甚至成为汉朝挑选人才的主要方式。有人想当官，甚至做出了许多不可思议的举动。后人还总结出了"二十四孝"，成为社会的共同标杆，推进了孝顺在人民大众心中的分量。中国戏曲中，一大类是才子佳人，一大类是英雄传说，再有一类就是伦理教育。这出戏的名字乍一听比较容易和《墙头马上》混了，其实完全是两条线上的故事结构。

《墙头记》里有两个不孝子，大乖和二乖，还有他们的媳妇。他们的父亲是鳏夫，早年为了养大儿子们没少吃苦，生怕孩子们吃苦，于是就溺爱一点。这个事很有意思，棍棒下出孝子虽然一直遭到抨击，但是溺爱出恶果的概率确实比较大。两个儿子觉得老头已经是累赘了，不能再给他们做什么，经过商议每半个月轮流孝养都斤斤计较，终于在一个小尽的月份（一个月只有二十九天）里，老大按照日子送老父亲到老二家里，老二两口子不痛快啊，凭什么老大就在大小尽上沾光，于是就躲着不出现。大乖居然把老头放到墙头上，老头昏过去也不管就走掉了。这时候人性表现得真糟糕，不平事有人管，遭到某种形式的对抗几乎是必然的。昏过去的老头被老朋友救下来了，故事在此转折，开始了欺骗，以恶对恶，主要策划人是老头的朋友，那个老银匠。故事的架构很常见，不过就是老银匠打到两个儿子的门上，说老人去他那里化银子没付工钱，既然现在是儿子们养着他，那就应该到儿子们的家里找老头要钱。后面的发展进了老套路，儿子们争着养爹，直到老头去世，这个骗局才揭开。而老银匠心安理得地指责了大乖和二乖，观众都觉得解恨，这样的儿子骗了也白骗，白骗谁不骗，不养生身的爹，骗他们一下还轻着哩。

这么一个故事，有因果报应也有孝道的讲述，看起来很符合下里巴人的简单趣味。大乖和二乖，一个是商人一个是书生，两个人物用了类型化人物中的典型特点：一个奸诈一个虚伪，颇有点脸谱化的意思。仔细琢磨一下，故事的人物设置很有意味，基本上把人的分类概括了。读书人都能划入二乖的范围，其他没有什么读书经历的，可以一股脑儿算成大乖一路，从这个角度考虑，当初设置人物和故事的时候就已经告诉观众，无论是什么人，是不是念过书，都有可能不孝顺，做出狗食的事。搭出来这样的基本架构的人是高手。这个故事有来源，作者是著名的聊斋作家蒲松龄，他的短篇小说集《聊斋志异》今天的人都知道，多少次在考试的时候难住了学子们，和他当初被科举考试难住一样。这出戏，他当初做的是俚曲，给人民群众说唱来听的，那个时候的人最流行的文艺活动就是这个，属于当时的流行歌曲。按照今天的类比，相当于一个特别著名的小说家，还写流行歌曲，写得还不少，一发不可收，受到了普罗大众的热烈欢迎。他写的其他的俚曲比较文艺，《耍孩儿》《玉娥郎》《粉红莲》，这些名字不止文艺，简直到了粉红的地步了。说起来一个作家应该是多面的，这是多么有情怀的作家。

写这出戏时是康熙五十年，蒲松龄已经到了晚年，他课馆三十年，勤勤恳恳地挣钱养家，年纪也到了要别人照顾的时候，之后四年，他就故去了。他肯定遇到了养老问题，多年在外，和家人应该是疏远的，虽然曾经给这个家做过巨大的贡献，可年老体衰后能得到良好的照顾吗，这始终是个疑问。这个作品对儿子们的表现写得活灵活现，应该有现实模板，类似的事随时都会发生，万古不易，他看在眼里担忧在心里应该是可能的，是不是给他自己写的就不确定了。再伟大的作家，他的生活和写作也不能完全贴合在一起，把生活和写作分开，写出好作品还能生活得有质量，是个大本事。尤其在古时候，写作多半是有感而发，自觉自愿，没有谁给稿费的，谋生能力超乎一切。能把爱好和谋生摆对了位置，有天赋也有后天自我训练。谁也不是天生的啥都会，磕磕绊绊中长学问的地方多了，情商高是生活得如鱼得水的重要因素。

擅长写短篇的小说家能把大量的信息放到一个很短小的情节里。在《墙头记》里，开场就是大乖带着有毛病的秤去割肉买鱼，和商贩好一通计较后拿着收获物得意扬扬地回家了，老婆表白因为娘家爹要来，所以差老公去采购。这个一贯贪便宜的家伙把老婆吩咐的黄河大鲤鱼变成了鲇鱼，挨了顿呲儿。大乖看着自己买来的东西，说道"你爹是爹凭啥我爹不是爹，也要叫俺爹来吃饭"。结果当然被老婆严厉拒绝了，这个时候大乖没再吱声。这个细节对人的复杂性表达得很透彻，大乖想到他爹不能简单认为是孝顺，更多地应该是可惜自己买的东西只被一个人消费显然是浪费了，既然最后能眼睁睁看着老婆给老爹就端一碗凉糊涂（粥），说明他其实对怎么对待老人没什么意见。所以观众可能会一时奇怪，既然大乖不孝顺老爹，为啥还要在老婆面前争呢？说明大乖是有情商的，他知道要想得到五，那他应该表现得想得到十的样子，虽然他肯定不能得到十，但是运气好了可能得到八。这样的小聪明充满了烟火气，应该是从实践中得到的。他老婆反倒是比较简单，直来直去。二乖家里反过来了，娶了个家道殷实的姑娘，他的日子很嗨。在许多事情上老婆就占了上风，随着故事的推演，后面的很多时候，这个二儿媳妇处理问题的能力比二乖要强。当大乖和二乖都听说老头有钱的时候，他们去抢老头到自己家里住表现更孝顺，二儿媳妇的做法是让老头脱下来老大的皮袍，还褒贬了一番说老大的皮袍又薄又脏，听得老大两口子直撇嘴，她还立刻让自己的丈夫脱下皮袍给老头穿上，这样的应对显然比二乖只是会搓手要高明多了。二儿媳妇还问感觉咋样，老头说"好像到了伏天"，这个话太厉害了，老头一直冻着，而老大和老二的身上一个暖暖的，另外一个暖得甚至像在伏天，这个话里的刀子扎得太深了，一下子让观众对两个儿子和媳妇的憎恶更添了十分。好小说家会渲染气氛，这个时候通过老头的一句话，就表达了所有想表达的东西。

这出戏里那个专门出主意的老头的老朋友很好玩。他的年纪不小了，从衣着来看应该不是太差，从他和老头的对话能听出来，他看见老头被孩子们这样对待，不仅批评了大乖二乖两个孩子，对老朋友也埋怨了好几句，他认为，正是当初老头太娇惯孩子们，才造成今天的恶果。他处理这个事的方式仔细琢磨一下有点意思，他并没有跑到两个小浑蛋的家里给他们讲道理，说教一通，而是直截了当地出了个带着点玩笑色彩的主意，他让老头假装有钱，而且教给老头应该怎么装富。这就有悬念了，要搁一般人肯定会想，这不是不诚实吗？和自己的亲儿子，怎么也不能照这个路子做的。可老头当时的处境，不可能通过讲道理解决问题，尤其是二乖，他本来就是读书人，该懂的道理都明白，明明知道正确的做法还按照错误的路子来，那就不是道理能说得通了。人都是有弱点的，这个老朋友显然更明白什么办法能解决问题。果然，用了他的办法，老头的养老问题解决了，大乖和二乖从此打架不是因为谁多养了老头一天，而是谁少养了老头一天，少尽孝一天，最后如果老头记恨了，财产分得少了算谁的。他们完全忘了，当初为了能少养一天老头，他们曾经把老父亲放到墙头上，任其昏倒也不伸手，当然，那个时候老头没钱，所以他们真敢。直到今天，养老问题也是社会性问题，每过一些时候，总有些时事说这个。国家为此还立了个法，规定孩子们必须回家够一定数量，更何况还有法律专门规定了赡养老人的义务。

悲伤的故事以喜剧的形态出现，以正剧的模式结尾，是剧作家的高明手段。如果故事中的人物脸谱化，容易被观众产生天然的抵触心理，怎么让观众接受就成了最大的问题，接受了人物才接受故事。剧作家的办法也很简单，一定要让观众觉得这个人就在身边，就是我身边的张三李四王五赵六，尤其是写平民生活内容的作品更是如此。蒲松龄是成熟的写作者，他知道如何运用材料，如何塑造人物，典型人物所应该有的代表性的特点，在成功运用了这些之后，还能让观众接受他的观点，从一个剧的创作来说自然是成功的，如果写成小说，受众面也是非常广的。多个剧种有这出戏，山东的吕剧，河南的豫剧和曲剧，山西和陕西貌似也有。说明朴实生活的劳动人民群众，对孝这个字的理解显然更深刻，当生活不易，要求父子之间的轮换将养才能让生命继续下去，与富庶的南方相比，北方生存的难度更大了些。就像在北方许多地方的传说里，南蛮子是过分聪明的代称，说明南北之间曾经在智力比拼上进行过多轮混战，北方人没占到便宜。所有的文艺作品都有社会性，是某种社会通识的赤裸裸的表达。那些能引起观众共鸣的传统戏曲，正是因为深刻描摹人性，揭示出道德的紧迫感，同时还怀着大慈悲心，才会被接受和传播得如此彻底。这些也是今天编电影电视剧的大道理，掌握了这些，就掌握了观众，世道人心，永远有话可说。

《龙凤呈祥》：为了政治目的，
大伙合演了一出爱情戏

一出戏能传承下来，必有其中的道理，就像一首诗一样。由今上溯一百年，想认字家里都得是土豪，如果有女孩，非常可能出现的情况是，家里即便是大土豪也不让认字，凭什么啊，女子无才便是德嘛，认了字家里花了银子还要嫁给别人家，为人家生儿育女添枝散叶去，完全不能给娘家做丝毫贡献。老话还说女生外向，更印证了这一点。说了这么多，是想说清楚为啥以前认字的人少，在总人口中占比太小，写首诗能流传下来殊为不易。而戏曲虽然受众是人民大众，可那是天然的市场经济，如果没有观众，一出戏死掉也是非常容易的。自从戏曲这个形式出现后，尽管是下九流，也没挡得住多少人给它呕心沥血，佳作频出。只是时代的改变往往会让有些流传了很长时间的剧目消失，有些运气好点，碰到了能加以改造的高手，绝处逢生，最鲜活的例子是《花为媒》。当初的一男二女大团圆结局明显和新中国成立后的一夫一妻标准不合，如果不是吴祖光给添上个男二号贾俊英，让男女比例协调了，这个戏从此就别演了。不过，吴祖光的太太新凤霞，是著名的"评剧皇后"，《花为媒》是她的拿手戏，吴祖光的脑洞大开，不仅救了这出戏，还让观众能继续在舞台上看到可爱的张五可和阮妈斗嘴，报花名，那个片段特别俏气，久演不衰。

还有一个流传的原因是因为人性。人性都认可的常理，比如到了年节就要喜庆，说吉祥话、看喜上加喜的戏，营造天下同乐的氛围，只要这种心理存在，有出戏一直会演下去，还经常动不动就名角齐上阵，凑一台"恭喜发财"的好彩头给观众，这个戏就是《龙凤呈祥》。

这出戏讲的是三国时候，周瑜设计邀刘备过江招亲，把吴侯孙权的妹妹许配给他，诸葛亮派赵云护送刘备到东吴，首先拜会了乔玄乔国老，打通了东吴上下的关节，不仅顺利得到吴国太的承认，而且还带着郡主孙尚香回到了荆州。

许多名角都演过这出戏，里面有经典人物经典唱段，像乔玄乔国老的那段名唱"劝千岁"，马连良和许多艺术大师都唱过，千古流芳百代不毁。每次看到乔玄唱这段，我的小心脏都会暗自乱晃悠，琢磨着孔明让刘备过江东后首先去拜访他还送上厚礼，对后来他频繁给刘备到处说好话能起多大作用，孙权就在他反复说刘备的兵强马壮的队伍的时候，让他"好好养养老精神"。好玩的还有个人物，就是他的老管家，这个老东西看见刘备递过来的礼单，乔玄还在和刘备客气呢，自己倒抢上几步过去先接下来，还一直说"皇叔送来的，你不收皇叔就不欢悦了"。曾经，萧长华演过这个角色，他的声音有种奇怪转折，到这里的时候理直气壮得要命。看起来老管家有点越俎代庖，甚至逾矩了，其实老管家说的这个话很通人情事理，他说出了刘备和乔玄的各自心思，还知道乔玄肯定不好意思直接收，但是不收刘备又下不来台，所谓"宰相门前七品官"，做相爷家里的管家，年纪大了，见多了世态进退，知道什么时候要替老爷做点老爷不方便做的事，既不违反大的方向，还各自得了应得的。难道乔玄的付出就应该应分吗？乔玄没欠刘备的，即使他知道大敌当前，应该孙刘相好，可如果平白让他出力，以他的地位，大乔、小乔的爹，也不能随便给个什么人说好话。他犯不着。

为了庆祝北京京剧团成立，当时的马连良、谭富英、裘盛戎和张君秋联袂主演了这出戏，两年后，梅兰芳、马连良和裘盛戎也唱了这出，而我最早看到这出戏大概是二十世纪八十年代早期，那出戏留下的最深刻印象是服装的异常美丽华贵，怎么可能有这样的简单的舞台和打扮无不庄重的演员，尽管当时觉得那些人唱得频率太慢，还是没能抗拒美丽的冲击，居然也看到了结束。彼时袁世海还在，他在刘备偕孙尚香回荆州与众部下相会于长江的船上时，给战斗在前线的刘备、赵云，甚至提前到达的孔明都道了辛苦，和孙尚香见礼后，孙尚香说"三弟免礼"，那一次，张飞居然捏着小嗓子重复了一遍"三弟免礼"，声音脆、人物带着稚气状，和他一身渔夫装刚刚从与周瑜对峙的情势撤下来完全没有违和感。我知道表演者是袁世海，知道他高龄，但仍然活跃在舞台上，圆场也跑得欢，他的脸谱带着笑模样，和别人演这个戏里的张飞不太一样，倒是后来看剪纸动画片《张飞审瓜》的时候，那个感觉很接近。而这一段在一九五七年的录音里并没有，验证了演员在舞台上是有即兴之作的时候的。还有一个例证同样是在这出戏里，刘备进洞房的时候，孙尚香只是说撒下刀剑，而在另外一版里，孙尚香还说过一句话："厮杀半生尚惧兵器。"这话这个时候说出来，带着孙尚香对刘备的取笑，正是年少的郡主新娘看着半百的新郎萌生出的亲切又带着撒娇的意味的表白。都是同一个演员的表演，弹性原来随时在的。就像甘露寺相亲那一折，据说原来刘备介绍家底的时候，乔玄没什么戏，只坐在孙权身边陪着，可马连良有其他看法，他主动加上对每个人物的说明，向国太推介刘备和他的手下们，强化刘备的个人价值和他背后的势力，反复被孙权斥责啰唆但频频施礼而继续犯错，大有"虚心接受，坚决不改"的架势。好演员能想到一般演员不能想到的，也能做到他们不可能做到的。所谓的进步就是由这些细小的改变堆垒而成，可惜现在的人动不动就要推翻了重来，以为重起炉灶另开张才是真进步，这样做于发展真的有利吗？

自十九世纪后期开始，人们就开始追星，舞台上的名优是受追捧的对象。那个时候的人生活节奏比今天慢得多，他们在欣赏各种艺术形式的时候，自然要求细节多精巧而节奏要舒缓，那时候的年轻人是欣赏戏剧的主力，要今天的年轻人看戏已经需要通过自上而下的命令才能勉强执行。那时候的名角肯定都是风华正茂的年轻人，艺高人胆大，他们得到的和今天的明星享受的待遇很接近。许多八旗子弟票戏成风，风气传到了皇宫里，光绪和慈禧都粉墨登场过，慈禧饰演过观音，应该是她对自己地位的认同。而杨小楼的父亲杨月楼之死，据说也和慈禧有关，他到宫里做供奉，给慈禧演戏，慈禧很高兴赏了贵物，后来慈安太后宫里的太监来他的家了，他就死了，成为当时不能说的事。是否真的如此，不可考。只是做艺人还有这样的危险，很令人感慨。当年的"同光十三绝"里，有出身很高的旗人，后来因为各种原因下海，自食其力。说到底，演戏这个事自来就是不疯魔不成活，发自内心的热爱永远是做成一个事的最大动力，能抵得住来自内和外的各种诱惑最后登顶，自然需要超乎其他的吸引力和自控力才能做到。

《龙凤呈祥》这出戏能吸引如此多的名角出演，还因为这出戏体量很大，折子戏多，人物多，还都出彩。当年创作出这戏的人是高手，他知道中国人天性中对圆满的渴求，也许生活中做不到，那就来吧，到舞台这里看一下古人的圆满也好，而且还知道他们想圆满也是不容易的，心理上平和了许多。"入戏太深"对许多观众都不陌生，能引起共鸣的多半都是这样的，"和我一样生活得不容易"，总能让观众更容易接受，这样的自觉代入感很好地把舞台上下连接在一起，即使今天的电视剧电影，也无数次用到了这个手法。常听说好莱坞有个制式，电影开始几分钟内必须让观众的心颤抖一下，多少分钟的时候必须让观众笑一下，这是他们研究出来的，也是他们对人的接受惯性的灵活运用。如果今天的年轻人能耐下性子就会发现，我们的传统戏剧里早就在运用这些东西，老祖宗很高明，各种戏剧原理用起来随心所欲。就像写小说，今天许多人说某种形式是自己创的，至少说明他的阅读还是有欠缺的，我们的古人早就把这个事都研究透了，现在出现的小说形式，以前妥妥的都备齐了，而出现的年代之早，会令人很绝望。

刘备娶孙尚香那年，已经五十多了，须发皆白，所以乔玄让自己的老管家给他送去染须发的药，好让第二天的国太相看新姑爷的时候能过关。美丽从头开始，从来都是正确的。后来情节发展，这对老夫少妻感情还不错，和我们一贯认为的政治联姻一定不能琴瑟和谐的说法不大一致。十九世纪英国首相本杰明·狄斯累利因为经济原因娶了比自己大十二岁的朋友的遗孀做妻子，许多人以为他们之间不可能有爱情，事实上他们非常美满地度过了一生。这位首相曾经就这个问题说过，夫妇之间相处的关键是真的从内心尊重对方。根据江山易改、本性难移这个逻辑，看今天许多这样的夫妻，也还过得不错，即使是政治或者经济联姻，把日子过得好不好仍然是当事人之间的事，这样的本事确实不是每个人都具备，但因此就推断古人一定不幸福，可能也太武断了。那个时候的人更是一根筋，嫁就嫁了娶就娶了，他们的心理上可能更没有推脱或者抗拒的念头，倒是今天的人复杂，替他们操了太多没必要的心。不过从来都是操心太过，更容易被嫌弃。许多时候人的毛病都是热情过分，以为自己不可或缺，其实多半是自作多情。戏里是这样，人生中更是如此。

《追鱼》：千年的道行比不上
和你在一起的决心

　　《追鱼》是越剧名剧，湘剧也有这出戏，好多优秀演员都演过。多年前还拍成了越剧电影，由徐玉兰和王文娟主演。当年这两个人还主演过越剧电影《红楼梦》，一时间风头无两，《追鱼》这出戏就没有那么出名。

　　故事来源于明传奇《鱼篮记》，基本的故事框架和现在很接近，把它改编成观众可以接受的故事的那个人应该是有文化的。这出戏说的是书生张珍与丞相之女牡丹自幼订婚，后张珍因父母去世，投奔相府。丞相因张家败落有意退婚。张珍常于夜阑人静之际至碧波潭边述说心事。深居潭底的鲤鱼精感张珍纯朴敦厚，变作牡丹与他相会。张珍于新春游园时遇到真牡丹，向她倾诉，小姐受惊吓，丞相将他逐出相府。后真假牡丹见面，经过了多个波折，鲤鱼精失掉了千年修行，和张珍结为佳偶。它说了个嫌贫爱富的故事，女方家庭贵为宰相，就是从爹到女儿都看不上未来的姑爷，打算翻脸赶走男的另谋佳婿。这样的故事任何时候都有可能发生，有意思的是如果性别颠倒过来，女方很可能就被顺利接受了，说不定还能上演一出真情动人的爱情神曲。《追鱼》里的书生张珍除了相爷一家子琢磨他，还有另外一拨人也关注他，那就是和他做邻居的鲤鱼精以及她的亲朋好友们。鲤鱼精的出现是个让人脑洞大开的安排，既然平凡的俗人看不上不能接受他，那来个人妖爱吧，比那个道德有瑕疵的相府小姐真牡丹和她爹段位更高。这个故事至此进入了编剧遐想的部分，让一个精怪进入故事并担当起了故事的主要推动者，恰恰说明生活里遇到这样的事情不少，也没什么更有效的解决方案，如果事情发展到僵局了，冥冥中希望有个外力来推动甚至颠覆结果，是人的本能反应，凭空创造的这个鲤鱼精刚刚好符合了多个要求：可以变成真牡丹小姐的样貌，保证了张珍立刻接受她；能调动虾兵蟹将到相府搅局，这要多大的本领，比一般小老百姓的能力大得多了；而她自己能内做美人伴书生读书，外可御强敌武艺高强，真真的让小民百姓盼着自家也有这样一个美人。这里的张珍也是个好样的，他最后知道了原来一直陪伴自己的牡丹小姐是鲤鱼精扮的，始而惊讶后来情绪平复后，居然没什么心理障碍地接受了。对一心盼着能得到人间爱情的鲤鱼精来说，他的表现非常重要且有决定意义，鲤鱼精能下定决心过了炼狱般的历练，真是因为他的真情打动了她，能得一人心，白首不相离，显然是个女子，哪怕她是条鲤鱼，也是爱情的最高理想了。

李代桃僵在这出戏里是鲤鱼精代真小姐，类似的替代在"二拍"里还有一个故事叫《小姨病起续前缘》，说的是和人定亲的大姐死了，借着妹妹的身体陪伴郎君一年后，才回到家乡揭露此事，郎君又娶了妹妹的故事。虽然都是替代，但是《追鱼》里是妖精替代活人，利用了空间上不通畅做成了事，而"二拍"里的故事，同样运用了空间转换，可见类似的故事需要一个能隔绝外界的条件才能成功。倒是山东吕剧有出戏没有空间问题，解决问题的办法还简单粗暴，虽然如此但结果很好。吕剧《姐妹易嫁》里面没成婚的大姐夫因为家道中落被大姐嫌弃，虽然岳父和小姨子都不认可大姐这样做，架不住事情发展到逼着小伙子去赶考，小伙子回来不愿意暴露真相，穿着布衣的样子给大姐看，大姐当然不嫁，解决的办法来自内部。小姨子为了解父亲的危局挺身而出嫁给了姐夫，姐夫成了妹夫，她的回报很可观，做了状元夫人。这样的结构虽然有点荒诞，但是人世间什么样的事都有可能发生，重要的是怀着好心对人总会有好结果，说起来这样的故事更像具有某种教化作用。而这出戏的原作者很厉害，是蒲松龄。作为短篇小说高手的他，写的这个人性激烈碰撞的戏，显然更像是有了模本，经过了改编。从来都是真实事件更跌宕起伏，人的创作总也追不上人间活生生的现实。

《追鱼》就简单得多，尤其是现在看到的版本，抛弃了封建迷信的成分后，一个结构完整的爱情故事出现了。鲤鱼精遇到困难，也有各种水族出现，和《白蛇传》里虾兵蟹将用推高长江水位逼法海放了许仙的做法不一样，他们是为了和包公带的一拨人抗衡、混淆视听来的，果然达到了相爷都不敢肯定哪位是真的包大人的效果。后来还是张天师请来了更大的神仙，而他们在混战一番后也没有灭掉鲤鱼精，张天师提出了个解决的办法：如果鲤鱼精要和张珍在一起，就要舍弃千年的道行。而鲤鱼精也真的选择了舍弃，经历了痛不欲生的炼狱般的痛苦后，她的金鱼鳞被拔除了，她得到了和张珍一起生活下去的权利。瞧瞧，对个妖精来说，想过平凡人的生活不太容易，也不简单。这个情节不由让人想到安徒生童话《海的女儿》里的一个桥段，海里的人鱼公主为了能和心爱的王子在一起，喝下巫婆的药让鱼尾消失变成人的两条腿，但每走一步都如在刀尖上疼痛万分。同样是为了爱情，无论中外，女子的心都是一样的，没有什么可以比它更让人倾心，更让人热望，即使天天生活在刀尖上，只要能看到爱人也可以忍受。

按照故事里表述的，张天师这个人物应该和包拯是一个时代的，宋代就已经本事很大，民间一向认为他能撒豆成兵，法力无边，和个把的小妖精战斗算个啥。而这个故事里，张天师也确实把一开始作妖的鲤鱼精和她的伙伴们压制住了。传说这个人是先代张天师的传人，最早的那个人是汉朝人，和张良有关，是他的子孙，后来到邙山修道，得了仙。传到了宋朝，张天师的法力已经普遍得到了承认，于是才有了在各种故事里以高人的姿态解决问题。而他解决问题的办法很民间，不太像个有官方色彩的人的通常手法，他说把鲤鱼精修炼的金鱼鳞拔了，说到底就是承认了鲤鱼精和张珍的爱情，在此前提下来解决问题。这个高人居然没说要杀死鲤鱼精，以灭掉妖怪的名义。而且，戏里的百姓也没有，张珍在知道鲤鱼精不是人之后，也没有。仔细琢磨起来都有点不合常理，但是合情理。这样的结果，一对好情侣得以终成眷属，观众开心得没法没法的。

戏曲这种形式，太接近人民，天然地有亲和力，办法就是讲老百姓自己的故事。除了英雄和帝王，许多戏的生活底蕴很厚。比如关于贫和富这个题材，多个戏都有表现，甚至一些本来不是写男女之间的戏也会涉及，《锁麟囊》避雨一折里，两个姑娘都出嫁，路上遇雨在道边的亭子里避雨，心焦的富家女因为大好良辰被这场雨耽误了出嫁而不高兴，另外一个新娘因家境贫寒担心以后的生活哀哀啼哭。富家女听着穷人家的姑娘哭来哭去心情更差了，干脆差了丫头去问究竟，丫头回复说是因为没有嫁妆，富家女居然把娘家陪送的锁麟囊拿了要丫头送给穷姑娘。锁麟囊里的各色珠宝是娘家给姑娘压箱底的东西，保证姑娘在夫家生活顺遂的物质基础，说明以前的人对物质的重要作用看得很清楚。这个情节中的贫富差距表现得非常明显，因为有了锁麟囊，那穷人家的姑娘出嫁后和夫婿一起努力读书赶考为了人生奋斗，居然奋斗成功，有一天还聘了当初的富家姑娘给她的儿子做保姆。富家姑娘住的地方闹大水，家里一下子都冲干净了，为了生存只能给人家做保姆。这样的故事里，从来都是把贫穷和富贵作了对立的阐述，编剧的意思表达得也很清楚，他们人为编造的故事却表达出事物发展的永恒规律，万事都是有变化的，动中有静，静中有动，看着今天的大富大贵，明天可能因为外力就荡然无存，而今天被嫌弃的穷小子，备不住过些年就昂首走在大路上，成为万众瞩目的成功人士。所谓三十年河东三十年河西，说的就是这样的道理。

只是世事多变迁，多少年前看着这出戏里嫌贫爱富的家伙还义愤填膺的人，随着物质生活的极大丰富，现在再看可能不仅没有更嫌弃，反倒出现了理解的心理，甚至可能转过头去说"那是人家的选择"之类的话，左不过是因为发现当下没有物质很难生活得顺心顺意的真相不断被世俗验证。从这个角度说，到底什么是更重要的，道德还是实利，从来都是一对矛盾，就是这个看起来简单的嫁和娶的问题，因为人越来越复杂而令事情的发展出离了参与者一开始的以感情为最的单纯性，想二者得兼都站上制高点，没那么简单。

和许多地方剧种比起来，越剧的影响力要大得多，名演员也更为人所知。越剧剧目拍过的电影不少，远的如《梁山伯与祝英台》《红楼梦》《追鱼》等，后来还有小百花剧团的《五女拜寿》，其中的第五个女儿的扮演者何赛飞后来甚至成了多栖演员，出演过《大红灯笼高高挂》等名片，和赵丽蓉一样打开了戏剧演员的发展空间。徐玉兰和王文娟的戏曲演员身份从未有过挪移，她们那个年代出名依靠的就是唱戏的本领了。徐玉兰最出名的唱段是"天上掉下个林妹妹"，当初看《红楼梦》的时候，这段唱打动了许多观众，许多人学她，卡拉OK点唱率很高。她那个洒脱奔放的声线，放到今天应该有更大的发展空间，最简单的做个类似声优的工作也有无穷的天地。王文娟的另外一个身份是曾经演过《永不消逝的电波》里的李白的演员孙道临的太太，据说有一次孙道临要拍《雷雨》，戏里面太太蘩漪要穿的丝绸制的拖鞋始终找不到合适的，是王文娟跑到剧团的道具部门，翻出来一双绸缎绣花鞋恰巧符合要求，解了难题。

《朝阳沟》：从城市走向农村，
只有热情是不够的

　　现代戏是有特指的一个群体，在许多人的印象里，好像只有八个样板戏才是正宗，其实当年《朝阳沟》出现的时候，其他的多半连影毛都还没有呢，豫剧又像以前一样对社会热点做出了准确的预测和反映，真真是给这个群体带了个好头。这是一出颇富喜剧色彩的豫剧，讲的是县城里长大的高中毕业生银环和未婚夫栓保回到家乡朝阳沟参加农业生产生活，遇到了一系列困难，思想上发生了动摇。后在党的基层支部和群众的帮助下，凭着对土地和庄稼的深情，使银环认识到农村也是知识青年的广阔天地，决定在农村扎根。

　　这出戏当年曾经大热过，里面的许多人物成了经典，甚至带着普遍意义被传唱，经久不衰。各地的地方剧种脱胎于当地的水土、人情，风沙土石都会潜移默化地影响一个地方的人的思维方式和表达手段。就像观众看秦腔《大祭桩》被戏里表达的悲剧情感更深地打动了一样，豫剧在表达欢乐或者说用欢乐的方式表达情感方面，比其他剧种更加生动喜感，看看《花打朝》和京剧的《三打陶三春》，虽然故事情节不同，但都有以下犯上且都是女子干的，他们的处理方式绝对不同。说起来陕西和河南的历史都很悠久，从地理位置看距离也不远，产生的艺术形式居然风格有如此大的差异，说明两地生活的人对生活的基本看法的差距很明显。豫剧《朝阳沟》由于当时的轰动效应过大，许多其他地方剧种都作过移植，结果都和淮南的橘子到淮北之后的命运差不多，到底如梅兰芳一样把豫剧《穆桂英挂帅》移植到京剧还大获成功的范例不多，不仅能把故事挪成功，艺术上也能让观众认可，只有个故事的架子不能完全说服观众，还要把艺术表现形式根据本剧种特点来做相应的调整修正，不过，那也是有本领才能做到的，先找到褃节儿就不容易。我们可以揣测的是，移植中假如没有再创作，想成功应该不大可能。

《朝阳沟》一九五八年公演的时候，新中国成立还不到十年，当时全国总人口不是那么多，青年人的职业发展还没有表现出更紧迫的问题，上山下乡不是强制制度，知识青年的未来在哪里，期待着有高人给他们指出方向。把农村作为就业方向这个解决办法此时悄然出炉，应该是一些知识分子给出来的。有经验的知识分子给无经验的知识分子指条明路，从来如此，所谓相爱相杀，好玩得紧。当然，这样想是有点暗黑了。《朝阳沟》的故事，今天看来程式化明显，线索单一，人物脸谱化也很强烈，发生在家庭内部的戏剧冲突使得没有确切的坏人出现，造成情节设计和编排时会有简单化的倾向。情节和人物上的对立面，排第一的是女主角的妈妈，这样的设计后来成了惯例，应该是当初的创作者没有想到的。

有意思的是，如果把人物的语言单独拆分出来，戏里的每个人物都在故事的推演中说过生动活泼的台词，比如栓保看见银环锄地的样子不合范式，做了样子给她指导："你前腿弓，后腿蹬，心不要慌来手不要猛，好——好——又叫你把它判了死刑——"这画面太形象了，知识青年没有摸过锄头没有种地经验暴露无遗，这么几句就呈现出来了。许多人看了这出戏后，都会学栓保的唱词，做动作，笑话没做过农活的城里人的狼狈，然后和周围人一起哈哈大笑。又或者二大娘和栓保娘一起给银环的娘做思想工作的时候，银环娘说自己的女儿平时在家里的样子："针线活她不会，端碗还嫌手腕麻"，我的天啊，这姑娘比皇帝家的公主还娇贵，针线活不会也就罢了，从来都有手笨的人，确实做不来。其实故事里的那个年代物质贫乏，穿衣戴帽自己动手做的时候多，针线活几乎是每个姑娘的必备技能，而银环娘单独提出来说明她家姑娘养得多娇。后面那句更要翻天了，不仅十指不沾阳春水，吃饭居然端碗都不行，这是要上天吗？老婆婆竟然也没二话，"吃穿不用她动手，现有巧真俺娘俩"，这是多么有爱的婆媳才能处出来这样的待遇。只是看到这里，总有点疑惑，这和平常人家的生活状态差得也太远了，更像一个有经验的女人对付另外一个胡搅蛮缠的女人的暂时性对策：反正你女儿在我这里，到底平时生活是什么状态，你走了又怎么知道呢，天长日久的，我日日调教，还怕不能教出来？而银环娘显然知道这一点，她和所有妈妈的思维方式一样简单粗暴，对策是我就住下来了，看着你们，不让你们这些狡猾的家伙欺负她。

早期的版本里，名演员会聚，银环娘的扮演者是常香玉，总在扮演年轻姑娘的常香玉演了一回娃她娘，演得很好，可惜那个时候没有视频留下来。而魏云、王善朴和高洁等人，都是这个戏捧红了的演员。和歌手凭一首歌红了后，再到各地演出总被主办方提出要他"再来一遍"一样，时间长了也很无聊，恨不得表演点别的节目。据说费玉清曾经遇到过，《一剪梅》唱到不想唱了，可是不行，就非要这首歌，他解释自己还有其他名曲，却没人听，数次之后他明白了，他和《一剪梅》的血肉关系是剪不断的，幸好后来周杰伦救了他，《千里之外》让他从原来的"梅坑"里出来了，不出意外的话，现在他在"千里坑"里呢。其实有这样的机会还叫苦，明显是矫情、嘚瑟的一种方式，在其他演员那里拉了更多的仇恨。而演红了《朝阳沟》的这班人，后来再演别的戏总是不太能让观众入戏，明明穿着古装，唱着古人的悲欢离合，也被观众在台下大声叫出来："这是栓保！"完了，从此他们就别想演其他戏了，观众根本没法从《朝阳沟》里出来。所谓成也萧何败也萧何，他们的体会一定比别人都深得多。

朝阳沟确有这个地方，且和戏曲很有缘分，据说原来叫曹家湾，豫剧里的另外一出名剧《卷席筒》的故事就发生在这里。《卷席筒》的主人公苍娃的哥哥进京赶考，苍娃的母亲是填房，设计害前房儿子的媳妇，没想到毒死了老爷子，和哥哥没血缘关系的弟弟苍娃出面顶了缸，法场上被中状元的哥哥解救，但是嫂子不知道，带着席子去收尸，经典桥段就是嫂子拿了裹尸的席子卷成筒状，苍娃假装被杀，反复在卷成筒状的席子中跳来跳去，把嫂子吓得不轻。每次看到这个环节，都乐不可支，嫂子的悲痛和他的淘气形成鲜明对比，戏剧冲突特别强烈，结局当然是大团圆。只是故事后面的发展出人意料，中状元的大哥多年后因事获罪，整个湾子受株连，曹姓人闻得消息连夜改了姓才躲过一劫。而改成朝阳沟是因为戏出了大名。一个地方在两出戏里出现且如此戏剧化，很是让人意外，须知这是个非常小的地方，在深山沟里。

《朝阳沟》这出戏里的知识青年最终落户在农村，而且过着幸福生活，对当时的许多年轻人起到了示范作用，因为这出戏，确实有年轻人改变了人生轨迹。而在时间过去了四十年之后，这出戏的续集出现了，《朝阳沟》续集说的是已经都进入了老年的当年的那群年轻人，又面临着新的问题。朝阳沟经过了几十年的建设，好多人想过更好的生活，其中老栓保也是这样想的。终于来了个人表示要建厂，把朝阳沟里各种特产进行深加工，需要资金让大伙入伙，栓保没听家人的话，把家里的钱拿了出来。最后结果出乎意料，来建厂的那个人是坏蛋。故事到此就发生了转折。豫剧又及时把时事表现出来了。只是，这个续集和第一部的联系，除了人物能延续，其他的貌似比较弱了。

　　戏曲以成熟的样式存在了好几百年，经历过由弱变强的过程，许多经典剧目早先都是那个时代的流行戏，作者也有些来头，尤其是清朝后期，众多生活优越的八旗子弟加入进来后，他们的人生观和价值观也加了进来，还有些落魄文人以给戏班子写戏为生，戏曲中的文学色彩越发重了。和今天的电影电视剧的创作班底有点像，最有功力的一群写作者被各种因素吸引而进入了那个行业，看起来欣欣向荣的发展势头又吸引更多的后来人加入，如此良性循环往复几个轮回，这个事就肯定会向着成了的方向走下去，即使中间也有各种不利出现，但大势如此，已不是某个人的意愿能阻挡得了的，他们会以势如破竹之势占领更广大的地盘，顺便淘汰一下落后产业，挤得他们别再生存了。主导这一切的是人才，就像当年的梅兰芳和齐如山，两个当世的青年戏剧奇才相遇了，他们的头脑风暴大起，给戏剧舞台提供了二十多出浸透心血的佳作。艺术作品有个特点，一旦作成，和观众见面，就不再属于创作者个人而成了公众产品，即使现在的版权保护，保护的也是作者的收益权，对于受众来说，更让他们感兴趣的是作品本身能否带了比以往更吸引他们的元素，给他带来更多的愉悦感。据说梅、齐的相遇源于《汾河湾》，齐如山这个在中国传统文化浸淫过又在西方戏剧里遨游过的才子，一向热爱京剧，恨不能把西洋戏剧和中国国粹融合，刚好看到谭鑫培和梅兰芳演的这出戏，他对其中柳迎春在薛仁贵唱的时候默不作声且无动于衷提出不同看法，以三千言的书信寄给梅兰芳加以分析，梅兰芳看了后认为他的观点有道理。两人彼此间相谈甚欢一见如故，才有了后来的互相扶持。当然，《三国演义》里怎么说的来着，分久必合合久必分，世间的事如此，人也一样，他们后来的分一点不掩盖他们之间的真情意和他们对戏曲发展的伟大贡献。豫剧里也有这样一对，还是夫妻，丈夫很有文化，妻子是名演员，他们结婚后给豫剧的发展做了大量工作，奉献了若干部经典剧目，历经风雨波折而没有分手，他们是常香玉和她的丈夫。

《女驸马》：为了爱的你，我能拼上我的小命

　　女扮男装的剧目，各个剧种都有，比较有代表性的是黄梅戏的《女驸马》和豫剧的《花木兰》，这两出戏基本上涵盖了此类题材的两大方向，即一个为了爱情，另外一个不是。在《花木兰》里，女扮男装是替父从军，面对的是入侵的外敌，这个事和大义有关，和爱情没啥关系；《女驸马》里，女主角代替未婚夫上京赶考，中了状元，招了驸马，被拆穿后，因为公主做了工作，这姑娘才活命，被封了公主，嫁了未婚夫，得偿所愿。这样的爱情故事，因为故事起伏跌宕，看着特别揪心，观众中有一大批粉丝。

　　和《花木兰》比起来，《女驸马》的故事要复杂一些。因为老丈人嫌贫爱富，后妈作梗，做了个局说准女婿李兆廷做贼，偷了东西被送官，而那些东西是他女儿送给未婚夫的，为了让他能去赶考得中后衣锦还乡娶自己。从剧中的描述看，这个叫冯素贞的女子有情有义，忠贞不贰，既然有婚约了，这书生就是一生的依靠，为了他的进步可以自己吃苦受委屈。不知道怎么回事，每次看到这里，我都会想到那些挣钱给男朋友或者丈夫上学，男朋友或丈夫

等学成了就和这些含辛茹苦的女人说再见的故事。这样的故事以前也有，比如《秦香莲》，如果从另外一个角度看，陈世美也不过就是这样的丈夫罢了，只不过他有点笨，按照他当时的身份，满可以用更隐蔽的方式把这个问题好好地解决，但是这个陈世美的脑子单一，忘了韩琦也是有正义感的人，他采用的处理方式比较决绝，非要夺了前妻和娃们的命。逼人到绝路上被反戈一击很正常，何况还牵涉到韩琦这样的无辜的人，所以他最后被铡也是罪有应得。而被冯素贞放在心里的李兆廷，在整出剧里做的事很简单，开始是不受老丈人和后母的善待，做委屈状，后来干脆到县里的牢狱中待了一段时间，一出来就和已经被封为公主的冯素贞成亲做驸马，这个先抑后扬的运气简直不能被接受，有种要把活人气死的节奏。他的未婚妻冯素贞为了救他，违反了法律舍了自己上京赶考，居然还考上了。后来的事情比较狗血，这个显然比一般男人眉清目秀的状元，让皇帝看上了封了驸马，由老太师做媒，自己没被娶反倒娶了公主。看看其他剧目中娶了公主的男人的生活，应该没什么可以羡慕的地方，想想《打金枝》里被公主欺负的郭暧，公公的生日根本不露面，老爹老娘还给儿媳妇说好话；《斩秦英》里的银屏公主，儿子打死了父皇的老丈人，居然打死了也就打死了，占了父皇的妃子的上风；《四郎探母》里的杨四郎想出关去看看多年没见的老娘，也要想了计策让公主老婆帮忙，都不是那么硬气。只有《红鬃烈马》里的薛平贵稍微好点，那也是在老皇帝驾崩之后，才敢让代战公主做个和王宝钏一般大的老婆。想想王宝钏在寒窑的十八年吧，没有男人在家里做顶梁柱，难道所有的付出只能是在台口唱一段，带着种小确幸之类的意味自我安慰，那意思是即使你代战公主帮了那男人做了王，也仍然是原配的老婆大，挺没意思的。

《女驸马》这出戏的结尾处理方式特别符合婚姻法，原来冯素贞还有个哥哥，因为不能忍受后妈的迫害，早就跑出来改了名字，现在叫张绍民，是前几科的状元，此时已经做到了八府巡按，正好没娶妻，还是老太师做媒，这哥哥娶了公主，解决了问题，反正肉是烂在自家人的锅里，左不过没出了冯家的门。李兆廷会怎么想呢，会不会想如果按照老太师开始的建议，放他出来和公主完婚，那他就是驸马了，从此锦绣前程一马平川？可惜此时的冯素贞太执念，这个可能性被扼杀在细胞都没能产生的阶段了。人心从来不足，这样的可能性虽然比较小，但是谁能保证李兆廷的脑子里不能冒出来那么一下半下呢？不过，这个结果是后来改的，这个故事有本源的，叫《双救举》，双说的是公主和冯素贞，举当然是李兆廷。被公主和冯素贞两个人救了的李兆廷，报答她们的方式自然就是娶了她们，是的，他娶了她们两个人。这样的结果符合李兆廷的心理，也符合大多数男人的想法，能享齐人之福的时候，为什么要放弃呢？而且其中的一个是公主啊，娶了她富贵荣华的好日子就在眼前，这个诱惑简直不要更大。哪怕只在舞台上，在意念中，活动活动心眼从来没有错，更何况娶两个老婆在以前是没错的，以前的婚姻是一妻多妾制，如果想两个人平起平坐，那是要先声明的，不然，肯定有一个是正妻，其他的都是妾了。在这个故事里，公主毫无疑问是正妻，那冯素贞呢？难道她抛家舍业地进京赶考中了状元，救了未婚夫，最后成了妾？从道理上是说不通的，最大的可能性是两头大，即她和公主平起平坐，从贡献的大小来说，虽然公主的身份地位足够高，但是李兆廷能有最后的结果，缘起于冯素贞的男扮女装考状元，从这个角度来说，她当得的。

瞧瞧，本来是个爱情故事，因为追求爱情和对爱情的忠贞才发生的种种，在经历了跌宕起伏后，最后的落脚点居然是冯素贞给自己找了个未来一生中都会和自己争丈夫的对手，而且这个对手还天然拥有着各种各样的优势。真是忍不住替她着急，这难道是她做这个事的初衷吗？如果她知道最后是以这个方式解决，她会毫不犹豫就走上替夫赶考这条路吗？从这个角度说，一个能解决问题的哥哥，是冯素贞的福袋。这就是中国人的爱情观和婚姻观的悖论。中国人有缘定三生的说法，前世今生来世都能和一个倾心的人在一起，过着简单平常的日子，是可遇而不可求的人生，甚至为了不忘记那个已经许了三生的人，过奈何桥时孟婆汤都不要喝，只为了再一次的人生路上，还能认出彼此。对现世的爱情比较极致的说法是白居易提供的："在天愿作比翼鸟，在地愿为连理枝。"白居易的生活里是否有这样的感受不得而知，可这个话已经把相爱男女的心里话说到家了，而且是有前提的，"七月七日长生殿，夜半无人私语时"，这样的话是私房话，没必要让别人听到，即使贵为皇帝和贵妃，天地万物都可以有，都可以见证这段感情，只有"人"不行。当然，这段感情的结局就不能提了，为了保证江山，情郎杀了心爱的女人，即使后来他用了各种方法来表达想念，但是毕竟扼杀了爱情另外一半的是他自己。温莎公爵和辛普森夫人，他们的爱情比皇位都重要，至今仍然有各种猜想，甚至连他们之间是否有真正的爱情也在被猜想之列，且因为不爱江山爱美人而一直被全世界诟病。中国的皇帝要是这样做了，只怕要登上昏君榜的。

皇帝都是有帮手的，这出戏里的帮手是刘太师，一把白胡子的朝廷老滑头。开始的时候看皇帝对新科状元冯素贞扮的李兆廷有意思，他马上跟着说"新科状元李兆廷好"，甚至亲自到状元府里说媒，按说他一个当朝太师亲自这样做，有点俯就了，可正是这样的举动，说明这个人的老奸巨猾，给皇帝办事先不想自己的身份地位。没有朝廷没有皇帝，那就什么身份地位都不能说了。所以，他深谙做官的道理。后来冯素贞的身份被暴露出来，他的主意是杀了她，把真的李兆廷放出来和公主成婚，很残忍，且没人性，但是确实解决了问题。被公主否定后，他居然又发现了冯素贞的哥哥张绍民，一表人才，且官位也到了八府巡按，又做媒，这次没错了，公主和皇帝都表示满意。刘太师的官位这下子又会稳当好一阵子。人老奸，马老滑，话很粗，道理真不粗。

这出戏里有意思的地方还有一个，冯素贞在高中状元之后唱了一段名曲："为救李郎离家园，谁料皇榜中状元……"KTV里的点唱榜上位列前几位的段子，和《七仙女》里的夫妻对唱有一拼。黄梅戏是安徽的地方戏，自从《七仙女》和《女驸马》在全国公映，全国人民对这个省的印象就非常深，文化的力量有多大，可见一斑。董永也是名人，湖北孝感说董永是当地人，还特意把他作为纯孝的典型加以宣传，甚至有了旅游商机。安徽人民不搭理这套，他们只负责给董永找了个老婆，花前月下的卿卿我我做到位，日常生活归湖北。循着这个思路想下去，那《女驸马》应该也是类似的思路，解决爱情的归属问题显然在安徽人民的眼里更加重要些，而且，他们也不能接受一夫二妻，生生造了个哥哥，解决了各种问题，最后达到了大团圆的结局，心里才踏实了。戏曲允许夸张和想象，搞戏曲的人利用了这一点，即使是皇帝家的女儿，也不能随便想怎么嫁就怎么嫁。

这两出著名的戏里，都有个名角，严凤英。这个人作为演员我很怀疑她成为主角的理由，并且认为她的嗓音不能说好。那个带沙哑味道的嗓子怎么能说好呢，她的演唱技巧应该是很高超，但也不是特别漂亮，和她同时代的其他剧种女演员里比她漂亮嗓音也更清亮的不在少数。但是这些都挡不住我喜欢这个人，她具备了一个好演员的基本素质，即她能在人物和自己的身份上跳出跳进。和说书人一样，说书人的困难在于说了一大段的故事之后，还总会说说自己的评点，而且还要让听众能知道刚刚的那段是故事，现在说的是演员的个人观点。评书演员的办法是说话，通过变换声音来达到目的。而严凤英的办法是眼神，当她打算不做那个人物的时候，她就自己跳出来，像个旁观者看其他演员做戏。当冯素贞和几年没见面的哥哥突然间见面彼此相认的时候，严凤英的眼神多少次都跳出了现场，只是人还在那个舞台上。需要她做出反应的时候她自然进入，随后就接着来，这自由自在随心所欲，果然是高手。

《七品芝麻官》：当官必须为民做主

这是一出豫剧名剧，也叫《唐知县审诰命》，饰演唐成的是名角牛得草。据说当时刚刚粉碎"四人帮"，老导演谢添问消息灵通的人："牛得草还活着吗？"那一代演员，有许多人都在过去的十年里故去了。得到消息说牛得草还能上台，谢添马上定下来：拍《七品芝麻官》。因为此电影，牛得草被全国人民知晓，进而他参加了"春节联欢晚会"，就在那个晚会上，由一个相声演员把当时三位著名的文艺工作者放到了一个对联的下联里：碧野田间牛得草。里面的碧野和田间都是作家、诗人，而牛得草是名演员，都是当时全国人比较熟识的，那个盛况比老牛当年的红火程度更胜一筹。他在电影《七品芝麻官》里的名句"当官不与民做主，不如回家卖红薯"，后来成了经典，直到今天仍然是百姓对官员的基本要求。

这出戏里的唐成是非常标准的清官，他做县令已经是委屈了。本来应该做知府，因为拿不出科考后贿赂严嵩的银子，被派来做个七品县令。从唐成的角度来说，这样的结果很郁闷，"寒窗十年苦"之后得来的果实，被黄白之物给毁了，实在有点火撞脑门。可他没办法改变，不仅因为没钱，还因为后面没人，没有靠山。一没钱二没人，当然没办法改变现状，而且他很清楚现状是什么，在发了一通牢骚之后，该干什么干什么，说明这个人的责任感很重。上任伊始先要下乡察看，以至于衙役班头都反问他，是不是应该先去拜客。即拜一下县里的实力派，比如严嵩的妹妹诰命夫人，或者去拜一下上级领导巡按知府之流，这都是历任县令的规定动作，他们看得多了，自然觉得唐成不去的选择比较奇怪。换句话说，如果几任官员都这样，说明官场的风气已经形成了，成了约定俗成的惯例，出了个不一样的官儿就很显眼。受了委屈的唐成很快有机会试一试上级官员们的底线，他在下乡途中遇到了拦轿喊冤的林秀英。这个姑娘因为漂亮而被严嵩的外甥、诰命夫人的儿子程西牛看上了，他在抢她的时候打死了她的哥哥，适逢定国公徐延昭副将杜士卿办案私访，路见不平与之搏斗，搏斗中程西牛被自己的管家程虎误杀。诰命夫人率众赶赴林家，又将林秀英之父打死。杜士卿写下柬帖，助秀英去县衙告状。这样复杂的情况，唐成肯定是第一次遇到，不过他脑子显然很活，他先是推搪，然后还把骂他不敢为民做主的林秀英指到更高一层的官府去告状。他的说法也很打动林秀英：那里的官大，应该能管到你要告的人。后来发生的一切很荒唐，高级官府里的各位大人们，发现这个案子里既有诰命夫人也有定国公的影子，深谙官场学问的他们立刻想到了明哲保身，于是他们一级一级往下推，一直推到了唐成这个七品芝麻官的手里。这个从开始就被所有人瞧不上不在乎的七品芝麻官，终于走上了舞台中央，连不可一世的诰命夫人也只能到县衙来，俯就唐成——为了给儿子报仇。

　　要把一出戏做得圆满，戏剧冲突是一方面，还有一方面就是被迫原则运用得好。所有的人物都好像是被某种不得已的情况逼迫着走到了某一步，做选择的时候还不能选项很多，且要对当事人有利的原则恰恰是对剧中其他人非常不利的情况，但那个其他人的选项就只有一个还不能不选。比如唐成，如果不是因为程西牛被打死，且打人的人后台很硬，那这个案子其实很好判，不仅杜士卿被抓来要偿命，说不准林秀英也成了替罪羊，一并给斩了。可加上了杜士卿是定国公副将的背景，这个事立刻难办了。身在官场，各方势力都是势力，虽然此时严嵩权势冲天，可定国公也不是好惹的，不得罪任何一方永远是官场安全的首要注意事项。每个人都这样想，圈子里的氛围就形成了，踢皮球是惯用手法，好处我不要，坏处别把我挨上，不碰这个事，就安全了。就像最近听到个广告宣传语：一个企业做得快没用，长长久久地不犯错误才是生存的第一位。所以，做官和做企业的核心有接近的地方，都是安全第一，都要把先活下去的思想抱住不放，之后才能发展壮大。

唐成对诰命夫人的印象不好。他们有过接触，唐成去下乡察看，碰到了诰命夫人的轿子，夫人特别傲慢，唐成开始诚惶诚恐之后就生气了，再加上严嵩收银子卖官的事，唐成就有了要治一下他们家人的想法。所以你看，任何人都不能轻慢，那些你当时看起来无足轻重的人，可能有一天会做个坑让你掉进去，还让你有苦说不出，而起因说到底还是赖你，谁让你轻看人家的。唐成对付诰命夫人的办法是骗她，他先是把自己放到了夫人的立场上，一步步地把夫人带到了沟里，有些地方明显能看出来是假的，但是唐成也能自圆其说，这个很重要，什么时候都是嘴好的占上风，尤其各级官员推卸责任，导致唐成在审案这个事上主动权在手，他忽然成了选择项最多的那个人。这时候唐成其实也是有诱惑的，如果他利用这个事帮了诰命夫人一把，现成的好处肯定不会少。按照一般思考问题的方式肯定是这样，毕竟定国公的光芒太遥远了，什么时候才能照耀到他这里还不知道呢。和下围棋一样，实利的诱惑对棋手永远是最甜的，虽然有一种可能是实利最后咬了棋手的手，多少人都是栽在实利面前。做官也是下一盘棋，如何落子，在什么位置下都是学问。对官员来说，孰重孰轻心里都有一杆秤，免不了左右左地来回掂量好多遍。

生、旦、净、末、丑，戏曲的五大行当，尤其以丑角最搞笑，也最难演。

有道是行行出状元，丑角这一行里也是精英辈出。演唐成的牛得草成名多年，在新中国成立前就有了名气，正正规规的行里出身，擅演官丑。官丑和别的类别的丑角还不一样，他到底是个官员，要做到有喜剧效果，但是其自身的官气必须存在。做丑角有个为难的地方，专门以丑角为主角的剧目比生和旦的要少得多，真正做主角的时候少，平时能看到的也就那么几出。对演员来说，戏会得多，才能顶得住台上的考验，能拉上一群人一起合作，像当年的梅剧团，只一个梅兰芳就解决了大部分的问题，所有人都围绕着他，也一样能撑得起来架子，观众冲着"梅兰芳"三个字，就能来看戏。做个丑角，天然的劣势是剧目少，能出彩的机会自然就少了许多。可即使这样，也照样有做得风生水起的丑角，像长期和梅兰芳、马连良合作的萧长华，比如清代同治光绪年间"同光十三绝"里的刘赶三和杨鸣玉。按照前人的记录，这刘赶三和杨鸣玉都是丑角里的佼佼者，尤其刘赶三，还有个本事和说相声的接近，能从台上现抓词，行话叫现挂。据说有一次他唱堂会演个鸨母，召唤手下的妓女出来，"老五老六老七，出来见客啊——"，这个时候恰好醇亲王、恭亲王进来，俩人排行老五、老六，看戏的人哄堂大笑，两位亲王面子上下不去，戏结束了就把刘赶三拘起来，揍了一顿，真是嘴给身子惹祸的现成例子。还有一个，中日《马关条约》签订之后，刘赶三演戏时顺口把时局上的两个事放到一起说了，"杨三故去无苏丑，李二先生是汉奸"。杨三说的是杨鸣玉，李二指的是李鸿章，台下坐着的人中有李合肥的公子，当然不能忍，立马揪住暴打一通。刘赶三当时已经七十多岁了，身子没扛住，连气带病故去了。近些年京剧丑角里还有个朱世慧，有一出名剧《徐九经升官记》，里面的人物设置和故事结构很像《七品芝麻官》，原本的出处是张寿臣的相声《姚家井》，断的案子和爱情有关，里面夹杂了各种人际关系，本来很简单的一个事，因为涉及的人的背景让情况复杂了许多，同样有一句名词，"我劝世人莫做官"，说的同时脸部做出一连串的抖脸表情，是为一绝。

《七品芝麻官》的结尾还是很大快人心的，唐成用了各种办法让诰命夫人相信他会为死去的衙内报仇，于是她一步步地掉入唐成的局里，终于亲口承认了杀死林秀英她爸的事实，被唐成收监。此时，因为定国公的努力，严嵩被查，连着严氏一门都跟着吃了瓜落，诰命夫人不仅没了儿子，自己也被锁链镣铐枷着带到京城候审，这样的局面应该是事情开始的时候想不到的。历史上严嵩不仅确有其人，而且少年聪慧，后来看到武宗时权臣刘瑾当道，认为不是当官的时候，自己跑到乡下隐居，后来出仕，六十多岁做了首辅。此时的他已经不是早年的他了，坏事做了不少，终于被赶出朝廷。但是这个人的字很不错，他有一幅字今天的人很熟悉："六必居"，北京城做咸菜的老字号，爱吃这一口的看多了招牌，不一定知道这是严嵩的手书，今天看来，仍然很有劲道。以前的人做官多半是经过科举的，而皇帝也逃不过这样的训练，曾经在安徽看到过嘉靖皇帝的字，中规中矩，和现在的印刷体宋体字特别像。这是下了大功夫才能得来的。

和许多事情一样，能预见到未来的发展的人终究是少数，就像那些被称为"前知五百年，后知五百载"的传说中带仙气的谋士，张良、诸葛亮、刘伯温之流，仔细翻看一下他们的人生履历，有许多时候一样要"退一步海阔天空"。所谓人生的际遇，正和戏里唱的一样，有道是："良辰美景奈何天，赏心乐事谁家院？"且看他起高楼，终究有一天，还会楼塌了。到底是萧何当年想的有道理："给后人留下薄田，可以不被人惦记，少了祸端。"一代更比一代强这样的事是有前提的，如果真的如此，怎么还会有家族的起起落落？老辈人的人生哲理里还有一句：吃亏是福。

《红娘》：小丫鬟也能做大事

　　这是出荀派名剧，以一个丫鬟做主角的剧目，在各个剧种都比较少见，而索性就把人物做了剧目名称且还是个丫鬟，就更少了。有些戏里，丫鬟可能是故事推演中的某个阶段的积极推动者，从头到尾都是她在做推动者的工作，京剧里耳熟能详的除了荀派名剧《红娘》还有《春草闯堂》，也是非常有名的戏，主演是刘长瑜。有意思的是，这两出戏都是关于爱情的，前面的一个说的就是爱情，起因是爱情，故事是围绕爱情写的，小丫鬟红娘开始起意推动莺莺小姐和张生的爱情，是因为看到前相国夫人说话不算话，侠义之心高涨，才出手的。后面那出戏里的小丫鬟春草，是从看热闹开始，后来发现英俊书生见义勇为除恶扬善被锁了，有可能遭到杀身之祸，果断出手，说了个瞎话，也不完全是谎话，至少此前书生和相府小姐见面时彼此是有点爱慕之心的。那时候的人，男女之间见面不易，猛然间有机会和一个高大英俊的书生撞到，美丽的小姐春心荡漾一下也是常理。虽然只是朦胧的情愫，可春草看在眼里，该利用的时候，也就自然而然地用上了。这里就要说，到底是相府的下人，搁一般人家，一个小丫鬟，怎么可能到西安府大堂上救人呢，胆子都吓破了，话都说不利索了，老话说"宰相门前七品官"，不只说的是品级，还有见识。

作为前相国府的丫鬟，红娘想必也见过不少人。跟着老夫人和小姐，尤其在相爷离世之后，应该见到了各种世态炎凉。所以老夫人才会对张生食言，本来是用女儿做钓饵，让张生去请白马将军救驾，可事办完了老夫人翻脸不认账了，不只张生傻了，莺莺和红娘也傻了，但是从老夫人的角度看，她考虑得很周到，因为还有个儿子，她要利用女儿给儿子的未来找个靠山。张生不过是没有功名的书生，对崔家未来的发展没任何用处。从实用主义的角度考虑，老夫人做得无可厚非。曾经看过一出豫剧，是现代戏，里面有个情节印象深刻，家里的女儿喜欢同村的农民小伙子，女儿的娘不同意，要让女儿嫁给供销社主任的儿子，理由特别简单而奇怪，"咱们家开小卖部，还要到供销社批烟呢"。我当时就笑出来，这个老太太的逻辑完全站不住脚，谁也不可能永远在一个官位上待着不动，哪天一个命令就能免的小官，仅仅因为一时的权力可以批烟，居然成了决定女儿一生的理由。时光荏苒到现在，那个妈的实用主义我虽然不可能完全认同，但也能理解了，小民百姓，生计是第一要务，为了这个，付出代价是天经地义的，哪怕是亲生女儿的婚姻。活是特别艰难的事，随处都能表现出来。

按照传统文学的写作习惯，选谁做主角是有讲头的，地位低下的人做主角往往因为在故事中的作用而被特意放在某个位置上，比如《卖油郎独占花魁》里的卖油郎，如果不是花魁落了魄，再怎么天上掉馅饼也不可能发生独占花魁这样的事。红娘这个小丫鬟，有些见识，知道人是随时变化的，今天只是书生的张生，来日上京赶考中了状元，也不是没有可能。只是，从事物的发展规律上看，这种可能性的成立更多是小姑娘的想象。小姐和书生有了关系，又没有一纸婚书做保证，即使书生有了地位变化，到底能履行多少旧日的誓约确实是个问题。这个故事最早的来源是《莺莺传》，元稹对故事的描述会让人有种"他应该是故事里的人物"的感觉，可看到后面，莺莺嫁了别人，和功成名就的书生再见面，两个人也就是淡淡地互相问候了一下，没有旧情复燃，没有鸳梦重温，没说几句话就散了。初读时年纪还小，觉得这样的故事说不通，当初是干柴烈火，差点把两个人都烧透了，怎么没过几年事情居然到了这样的地步，编得太假了。殊不知这才是人心的变化，莺莺淡淡的，当然是因为分手后发生的事超出了当初她的想象，那个和她共枕眠的人儿，一去不返，她怎么办，多少次辗转在梦中，心里曾经有过多少折磨和想象，都是不可能实现的梦而已，最后只好听母亲的安排嫁了个有用的人。到两个人相见的时候，她的生活早就稳定下来，她明白曾经的一切不过是年少时的南柯一梦，书生曾那样对待一往情深的自己，现在更变了很多，而自己现在的生活还可以，干脆和书生连熟人都不用做了。书生没有回头找莺莺当然有自己的理由，他早就原谅了自己，现在再见面，也不过是顺手得利，不成对他来说没什么损失。所以，只从两个人的表现，就能看出来书生是不反对重温一下鸳梦的，但是莺莺不想配合。对莺莺来说，她的心里存了太多的话，欲语还休，字字泣血，只是，对着这个负心人，哪怕他有再多的理由，时过境迁不说，自己也早没了心力，一切维持现状对她是最好的结果。如果书生不是从体恤的角度出发，那莺莺的再一次付出，得到的很可能是无情的嘲讽。这样的情势之下，莺莺如果还配合，就不是正常人的表现，脑子肯定出了问题。

而在戏里，还是一派的小姐公子的卿卿我我呢，红娘确实起了推动作用，仔细分析起来，小姐和书生都做了努力，无论是"待月西厢下"，还是藏在红娘的棋盘后面进后花园，都是他们在荷尔蒙的刺激下做出的种种趣事，为了自己爱恋的人儿，他们打破了各种藩篱，见面成了他们心目中的伟大目标。即使如此，一贯受的教育和尊严也会让他们说出或者做出和心里的真实想法相背离的事，当莺莺发现张生跳墙进入花园来见自己，她的第一个反应是斥责，而且说了些哥哥妹妹的话，简直是不怕伤情郎更狠。而张生就那么可怜兮兮地被训斥，完全一副呆头呆脑的样子，让莺莺爱怜之心顿起，虽然狠狠心走了，可是在红娘的一通教育下，还是被带到了张生的房间，欢好无限。如果不是莺莺愿意，只凭红娘鼓动三寸不烂之舌，是不可能做到的。这还证明了哲学上的道理，外力永远是外力，如果没有内力配合，花再大的功夫结果也是零。学习是这样，工作是这样，感情更是如此。可惜，人不会轻易接受不喜欢的结果，所以才会有"铁杵磨成针"的事发生，明知道"强扭的瓜不甜"，不尝试一下，还是不能对自己交代。当年看宋长荣演的红娘，活泼娇俏，很难想象是几十岁的大老爷们出演的小姑娘，他在舞台上台步圆场走如飞，扮相也可爱得紧，当时反复看了多次，他接受采访的时候也说到当年在老师的指导下排演这出戏，等等。此前我对男旦一直不能接受，就是从宋长荣开始，对这种演出形式不再抗拒了。也因为他的努力，荀派被更多人记住。

　　荀慧生先生是四大名旦之一，从荀先生留下的照片来看，他的样貌放在今天肯定是小鲜肉无疑，在当时的戏曲界曾有过"无旦不荀"的说法，可见荀慧生先生的本领之大。现存的各种戏曲资料中，荀派是比较少的，荀慧生先生的电影根本没有，曾经有种说法和他的家人有关，时过境迁，事情的真相已不可考，只是资料留下的少，确实给传人学习他的艺术造成困难。荀派著名传人孙毓敏是比较为人所知的，她曾经在谈到"中国京剧音配像"这个事的时候，说起老师当年留的资料不多，为了给后世的传人留下尽可能多的范本，她克服了各种困难，把能找到的可以做音配像的曲目都做了，欣慰之情溢于言表。有这样的学生，荀先生应该欣慰了。和以前看过的其他版本的《金玉奴》不同，荀慧生当年的版本里，有些非常生活化的表演，甚至在和莫稽的生活中，随处有发感慨的地方，比如玉奴和莫稽说"我没了你，照样能行；你没了我，可活不成了"之类的话，这样的台词，很出乎意料，把莫稽当时在家里的地位表露无遗。完全没有温良恭俭让的意思，和她的花子头女儿的身份很是相符。这些不给男人脸的行为语言，应该是很伤人的，莫稽一介书生，沦落到做了花子头的女婿很不甘心，只不过确实活不下去了，暂时找个安身的地方。即使金玉奴不这样，按照莫稽的想法，应该也是一旦离开绝对不再见面。后面莫稽不认她，是顺应了这个人物的思想轨迹的。可能金玉奴想不明白，自己救的男人，供他吃喝上京赶考，为什么得了功名却不和她分享。老百姓对这个事看得透，直接有一句话把内涵说了出来，"大恩即是大仇"，还有，"给一碗米是恩，给一斗粮就是仇了"。直到今天仍然被大部分人承认的婚姻和谐规律之一是门当户对，作为婚姻的最好的基础之一，有它的道理。

《红娘》这出戏里的人物中，有个飘忽的人物即白马将军，他的出现和他的消失一样迅疾。作为张生的好朋友，通常的发展情势是他要在解围之后和张生一醉方休，又或者吃了张生和莺莺的喜酒再离开，这样也就坐实了老夫人对张生的许诺。但是没有，这个人居然只是解了一下围，所有这些都没做就走了，给老夫人留下了反悔的机会。就冲着白马将军来救急，他如果一定要张生和莺莺立马成婚，老夫人不能出言反驳，这样一来，也就没了后面的情节，看着没意思了。

据说早"文革"几年，有个曾导演了很多戏曲片的影人和荀慧生见面时，荀说起来自己也想拍电影，给后人留个影像资料，为此还做了整容手术。当时的情势其实已经不能再做这个事了，影人心里明白但是没有直接说，只是忧伤地听着艺术家描绘着自己电影里的各种设计，完全不能回话。后来"文革"开始了，所有的一切都被放下了。荀派的创始人也失去了最后的能保留下来影像资料的机会。

《秦香莲》：千辛万苦终于杀了负心人

　　如果有一出戏曾经深入人心到无以复加的地步，除了当年的八个样板戏，就只有《秦香莲》了。大概在一九八〇年前后，曾经有个社会新闻，貌似是郑州的一位法官支持了某位考上大学的丈夫的离婚主张，妻子在痛斥丈夫是陈世美之后仍然不能说服法官，当庭喝农药自杀。这个事的后果有两个，一个是法官被调离了岗位，另外一个是那个丈夫被永久地冠以"陈世美"的称号，后面的生活可想而知。仔细研究一下就会发现，出现"陈世美"式的人物是有时间段的，虽然可能在每个时代都出现，但是假如碰上大规模改变人生命运的节骨眼，这样的事情肯定出现的概率比平时要高，符合人追求更好的生活这一天性，于是"陈世美"被提起来的概率也高了许多。

　　《秦香莲》又名《铡美案》，这出戏各个剧种都有，故事的来源大致出自明代根据元曲整理的《包公案百家公案》里第二十六回《秦氏还魂配世美》，只是内容和现在的差得不少：秦香莲确实被陈世美杀了，虽然派的杀手不叫韩琦，还搞封建迷信用上了还魂丹。再一个就是英哥、冬妹也换了名字，最后长大了都成了有本事的人，才到包大人的面前告状。结局也和现在不同，那个狗头铡根本没提，就把陈世美打一顿，发配了事。这么个故事被后人反复加工修改，到今天已经多了好些东西，多了好几道曲折，陈世美最后的下场也很叫观众痛快，他的名字的内涵和外延都被拓展到某种极致。这出戏京剧和评剧都曾拍过电影，以此为内容的其他各种艺术形式就更多了。以评剧来说，如果仔细研究一下评剧名角白玉霜的演出剧目，她在一九二〇年就开始在舞台上演这出戏，至少说明这出戏存在应该在那之先，她的女儿小白玉霜在一九五五年拍摄了电影《秦香莲》，其故事就是今天的样子。但是这部电影的剧本和小白玉霜的妈妈白玉霜当初的演出剧本却不是一个。一九五三年，中华人民共和国在成立了四年之后，着手整理戏曲舞台，此前一些耳熟能详的剧目，因为不符合要求而被下架了，当时公布了一大批能继续演出的剧目，具体到个人，可能就非常少了，当时有的名角的剧目经过审核只有四出戏是符合要求的，其他的剧目只能弃演。这样的局面大概延续了四年，到一九五七年，第二批又公布了，相当一部分的剧目才继续出现在舞台上。也是这个时期，中国戏曲研究院根据当时的要求，对戏曲进行了大量的改编和修正的工作，一些后来的经典剧目因而出现在舞台上，《秦香莲》就是其中之一。评剧首先上演了这个剧的新版本，原来的剧本是给京剧写的，后来还拍摄了评剧电影，这以后作为本源被更多的剧种移植，其中成功的例子是现存的另外一个剧种的同名剧目，京剧《秦香莲》。那是群英荟萃的一出戏，马连良、张君秋、裘盛戎、李多奎、谭元寿、马长礼都曾在剧中出现，人物各个不同，因其成功，以至于许多人都认为王延龄就该是马连良演的那副样子，而包拯就应该是裘盛戎样的黑头。由张君秋饰演的美丽又端方的秦香莲居然要被负心的丈夫陈世美派人杀掉，引得许多观众义愤填膺，不能接受。据说早期的舞台上，陈世美是由谭富英扮演的，可是观众的反对声浪太大，一贯出演正面形象的谭大师，怎么能演陈世美那样的坏蛋呢，最后这个人物还被铡了，简直反了天了。加上当时谭大师的身体有恙，不能再在舞台上演出，这个人物才交由别人来演。京剧电影《秦香莲》是一九六四年拍摄的，此时彩色电影已经在中国大地上被普遍接受，有了彩色的戏剧电影，保留下来大师们服装头面上的许多细节，和评剧电影是黑白的有了很大的区别，甚至大师们的表演也因为有了色彩而被保留得更多了一些。

《秦香莲》的故事之所以能流行，和人的心理有很大关系。即使最强悍的人，在家庭关系里，都不一定强悍。许多人家里外面甚至能做两个人，而他们对配偶的要求也不同，越是生活条件艰难，那种贤惠、付出、以丈夫为重的女人越被歌颂，也就是这样的时候，对美丽的要求一定会退而求其次，生活能力被提到相当的高度。这也可以解释当生活条件不好的时候，男人和女人为啥要捉对生活，共同抚养后代，赡养老人，只有这种生活方式从经济学角度来看才是最合理、最俭省的资源配置，能以更小的付出换来更大的回报，结成一个整体后的两个人更有力量抗衡来自自然和社会的重压，把生活继续下去。或者说，勉力生存下去。而当社会处在繁荣富庶的年代，男人和女人不用彼此依赖就能生活下去的时候，也就是家庭关系异常松散的时候，甚至婚姻的存在是否必要都可能成为问题。换言之，只要还有人生活在相对贫困的状态里，女人都可能是潜在的秦香莲，男人都可能是潜在的陈世美，当然，角色换过来也有可能，而如果生活条件改善了，他们生活观念的不同出现裂痕后又不能弥合，秦香莲的故事完全可能发生在任何人身上，且不分性别。

曾经有过一个阶段，"陈世美"是个符号，人们避之不及，有些人因为受不了社会舆论的压力，即使婚姻不幸福也依然忍耐着，从社会发展的角度看，这个阶段肯定会出现，因为资源的严重不足而让许多人不能轻易放弃婚姻的契约关系。婚姻是什么，应该更接近政治和经济共同体的性质，为了这个家庭和围绕这个家庭的所有关系，都需要维护，一个婚姻的出现，说明又多了一个和社会对抗的团体，为了生存下去，对抗可能是软性的，为了小家庭的和谐，都在为社会努力工作从而提高生活品质，从外表看来，和社会的整体要求甚至有一致的发展方向。只是从内里看来，这样的和谐是有条件的，也是要彼此妥协的。

今天的人们可能不知道的是，还有一个版本来自另外一位大师，且这位大师在《秦香莲》这出戏里是一赶二，他先演王延龄后演包拯，他就是周信芳。这位曾经和梅兰芳齐名的京剧大师，给我们留下的印象更多地来源于电影《徐策跑城》和《宋世杰》，他的独特的声音曾经让我很困惑，在听惯了马连良和谭富英的声音之后，忽然听到了一个哑嗓子，几乎以为是我的错觉，完全不能置信。首先打动我的是他饰演的老徐策，在城楼上跑来跑去，不断地申明着自己为了给薛刚一家平反而费尽心力和煞费苦心，因为在电影里我基本上看不到他跑的整体画面感，只能想象他在舞台上的圆场跑起来的样子，脑补的结果是我更遗憾了，这是因为不能见到他的现场的表演。须知他是比较早的演这出戏的演员，一九一八年当他还是个二十三岁的小伙子的时候，就已经在演老徐策了，舞台经验丰富得很。还有个遗憾是关于《秦香莲》的，据说马连良的王延龄是借鉴了周信芳的表演，没有影像记录的这出戏，今天只能通过声音了解当年的周信芳是怎么塑造这个倔老头，而包拯居然是老生演的，也让我大跌眼镜。在南派传统里，这个角色就是为老生设计的，只是北派认为黑头来演更适合人物的特点，我们才有幸看到了不一样的包青天。在周信芳的版本里，有些台词和今天的女性自立自强的观点不太一样，比如秦香莲在看到公主之后的反应，她说："公主打扮多娇艳，怪不得我夫被她缠三年。"这个傻女人仍然不能相信陈世美是自己想摆脱她们娘儿仨，天真地把矛头对准了公主。

老话说从简入奢易，从奢入俭难。陈世美当初接受公主可能只是一瞬间没有把持住自己，习惯了远离艰难的生活的他，怎么可能再自愿回到穷困中，省了三十年奋斗更舒服。当然，娶了公主之后，就不是只省了三十年的奋斗的问题了。而站在公主的角度，秦香莲的想法很奇怪，公主的日常生活应该就是这样的，富贵荣华是她的常态，只是和秦香莲的层次差得太远了，超出了秦香莲的认知范围。秦香莲即使不能理解公主，但她知道丈夫永远不可能回来了，她试图离开困境，不过陈世美太害怕会失去现有的一切，他心底仅剩的良知让他犹豫过，所以被王延龄和包拯试探的时候露出了破绽，后来派韩琦那一着绝对是昏着，堵死了生的道路。失去了人性的他，被铡的下场大快人心。

周信芳演的包拯最后也是铡了陈世美，而且基本的情节曲折和现在的版本比较一致，只是台词稍有区别。还有一个不同是扮相，他一个老生不可能描画成花脸的黑头样子，包拯的脸的颜色比较淡，那个著名的月牙不是竖着出现在两个眉毛的中间，而是横着出现在了他的脑门的右侧，而且为了强调包拯的刚正不阿，在他的脸上也是描画了一些白色的，像山川的样子。按照周信芳的说法，他在这出戏里的一赶二也是有技巧的：王延龄他演得比较克制，为了给后面的包拯留下足够的体力，可见在一出戏里老生前后赶两个角色，还要演包拯，这是要比演其他人物费力的。抛开什么行当演包拯不说，只为了能开阔眼界，也很想看看周大师的演绎，可惜，永无可能实现了。

《诸葛亮吊孝》：怀着尊敬悼念对手

　　和许多行业一样，戏曲界里的小的偏门的地方剧种想发扬光大一定要有大师的存在。河南越调流行范围很窄，申凤梅对其流传起了很大的作用。在梨园行里，名字不能作为判断性别的主要依据，大家都知道的四大名旦的名字，想一下子看出来性别，难度还是很大的，可一点不耽误人家的艺术享誉天下。被称为"活诸葛"的申凤梅是女的，戏曲舞台上有反串这一说，可在舞台上反串了一辈子的，且能做到臻于化境的艺人，仍然是少数。

　　《诸葛亮吊孝》这出戏说的是诸葛亮在三气周瑜把他气死了之后，念着孙刘两家还是要继续友好才能共同对付曹操，于是不顾手下人的反对到江东来吊孝。江东人从开始的对抗到后面的理解、接受，最后答应继续团结一起抗曹，这场风波平息。当初看这出戏是戏曲电影，陈怀皑导演，申凤梅主演，此前我以为豫剧是河南唯一的地方剧种，等她开口唱，我立刻意识到这个不是豫剧，可是和豫剧很像。完全没想到演员是女的，只是觉得声音和京剧的须生有些不同，可能是地方剧种的特色。知道了诸葛亮是女的演的，我就又想办法看了一次，这次看出来许多门道，其中之一就是能演须生的女人应该是长得有特点的，后来的一系列发现印证了这个判断。许多年之后看到孟小冬的照片，感叹果然是事无完全，总有规律中的意外，果断地修正了这个观点。不过，申凤梅的诸葛亮的确演得好，举手投足间有一种气韵在她的人物身上流动，非常动人且印象深刻。

这个故事在今天看来有点平淡，曲折不够，从开始就能想到结局，架子拉得不够大，起伏跌宕的程度轻。当初吸引我看下去的一个因素是这个故事发生的时间点，当周瑜被气死之后，发生了什么。一直以来我对童话中的"从此，王子和公主就幸福地生活在一起"之类的话异常反感，所谓的幸福生活到底指的是什么，我的有限的人生阅历告诉我，人与人理解的幸福可能差之千里，所以特别爱探寻一个惊天动地的事情发生后，接着要怎么继续下去：王子和公主结婚了第二天早晨要洗脸吃早饭吗？这类的问题一直纠缠着我，让我不能自拔。就像诸葛亮把周瑜气死了，他在高兴之余会有担心吗？他可能面临因为自己的做法而导致的各种难题吗？这个戏告诉我了，他有，而且还为此付出了代价：他要只身一人去江东吊孝，要面临危险，要化解自己做的危局。真是不作死不会死，从某种角度说，那些做事时不管不顾的人，可能更容易达到人生的巅峰。现存的关于三国时的故事里，周瑜都被形容为小肚鸡肠，不能容人，是个总在想办法害搭档的家伙，可仔细分析一下，他虽然这样做了许多次，也都给诸葛亮留下了活命的口子，就连刘备到东吴娶孙尚香回荆州的路上，他也只是想拦住这两口子不让走，没想过要杀人。周瑜的问题是太想让诸葛亮消失，诸葛亮以后是东吴的劲敌这一点他已经确认了，他不想自己动手的时候，起了借刀杀人的念头又被诸葛亮化解了，草船借箭轻描淡写地脱困，足以看出来诸葛亮和周瑜的智力水准、对环境的掌控能力。周瑜的下场有很大的成分是他自己造成的，当然，他不是为了自己，他身在东吴大都督的位置上，为东吴的将来考虑是必须的。倒是口口声声仁义不断的诸葛亮用了三次手段气了周瑜三次，就把大都督周公瑾给灭了，从此蜀国少了个劲敌，东吴的人事变动因而风起，变化多次后曾经名不见经传的人物逐个登场，直接导致了若干年后陆逊灭了刘备。诸葛亮这个只考虑短期利益的家伙，是要承担害人害己的责任的。不过，世间之事能预料的终归是少数，计划赶不上变化才是一个事情发展的正常状态。说到底，诸葛亮呕心沥血、鞠躬尽瘁，对蜀国来说是响当当的忠臣。

《诸葛亮吊孝》这出戏里，对诸葛亮和周瑜的关系的描述比较客观，他们之间有"既生瑜，何生亮"的纠结，也有彼此之间的理解和心照不宣。作为同一个时代里的两个杰出人物，他们之间的关系是相爱相杀，因为我知道你，懂你，所以我才更不能让你的存在对我的国家产生威胁。他们之间除了众所周知的对立，一定也有彼此之间的尊敬，当诸葛亮决定去吊孝的时候，他心里想的除了要缓解东吴和刘备之间的关系，也一定有惺惺相惜的感情要抒发。只不过他们之间看起来势如水火，不能被普通人理解罢了。

当初看这出戏的时候，我站在东吴一边，那些武将因为都督之死而要动手杀了诸葛亮，简直顺理成章。倒是看到后来，鲁肃出面了，和诸葛亮一起说了一大篇讲道理的话，把武将都说服了，我就有点不同意了。多少年过去，自然明白了，那种情势之下，周瑜死了，下一个都督的人选鲁肃也是其中之一，这个老好人，一贯有周瑜撑腰也一贯被周瑜欺负，他忍了周瑜那么久，终于能有出头之日，哪个武将要出来坏了老子的大事，肯定是没长眼眉，一定不能放过。后来鲁肃果然出任大都督，甚至比周瑜当初还要位高权重——在东吴的许多地方建立了水军训练基地，在今天的洞庭湖就有一个——应该不只是当初给大伙留下的老好人印象那么简单，或许可以说，是鲁肃借着周瑜之死，达到了自己上位的目的。如果按照通常观点对鲁肃的评价，这个推论是不是有点阴暗了呢？

申凤梅被称为大师，是有师承的。她开始学戏时已经十一岁了，这在通常的情形下是比较晚的，当时的老师之一李大勋后来做了她的丈夫。十四岁，这个姑娘已经登台，只短短三年间就挑班子，天赋肯定是有的，努力应该也不可少，很快就成为名角。到解放战争时期，她的戏班子加入了解放军体系，变化几次之后从一个地方剧团跃升为省级剧团，多次进京演出。就在其中的一次，她遇到了贵人京剧大师袁世海，袁世海介绍马连良和她认识，通过一系列悄无声息的考察，申凤梅成了马连良的弟子。以前师徒关系是大事，收徒和拜师都是了不得的事情，脑门一拍是不大可能出现拜师这样的事的，尤其他们并不是一个剧种。既然做了师傅收了徒弟，老师对徒弟要有个真章的帮助。马连良不仅言传身教，告诫她都是唱须生但要根据自己的特点来唱，可以学神不要学形，甚至小到唱戏时的内衬坎肩，都会关心到位，叫了相熟的裁缝量体裁衣送给申凤梅。大师的影响是无处不在的，见识过大海的人再看见小河沟就会自然知道如何应对。当初的教诲可能比想象的少，但重质不重量，有水平的老师点拨一两下，胜过自己摸索好多年，人家到底是大师，一打眼就知道问题的症结在哪里。这样的例子太多了，和大师在一起，境界的提升才是关键，没有他就没有后来的申凤梅，大师申凤梅。当时比较少见的是跨戏种收徒，之后不久，豫剧名角马金凤拜梅兰芳为师，也是艺坛佳话。

比较有意思的一个事是作为女演员，申凤梅不只出演过须生，还出演过小生、旦角，虽然从传统戏开始的戏剧生涯，但是新中国成立之后，她出演了一批现代戏，其戏路之宽是那些专攻某个行当的演员不能想象的。现存资料表明，她甚至演过老旦，在《斩秦英》一戏里，她的角色是皇后，和皇帝丈夫是多年夫妻，明白经过那么多年的磨合，自己和丈夫之间更多的是亲情了，当女儿跑到宫里说要救外孙，她开始以为没问题，后来发现事情很复杂，但是仍然在不断斡旋，和皇帝丈夫讲明各种利害，直到最后救了秦英。申凤梅此前没演过老旦，她为此下过很大的功夫，在其中的一折里她的"哭殿"一段情理互应，饱含深情，成为这个角色的经典唱段，她的皇后一角从此成为楷模，别人再演会不自觉地模仿她。她甚至能演喜剧，几乎在拍摄《诸葛亮吊孝》的同一年,《李天保吊孝》也拍摄了,她在里面饰演的李天保有严肃沉稳的一面,也有幽默风趣的成分,她同样掌控自如。老舍先生曾经下过评语给她:越调能手,生旦不挡,悲喜咸宜。一个女演员,唱的是小剧种,最后成了文武昆乱不挡的全才艺人,付出的努力是超乎想象的。戏曲界名言曰:"台上一分钟,台下十年功。"又曰:"一天不练,自己知道;两天不练,同行知道;三天不练,观众知道。"可见,做这个事,要有个韧性,短时间内速成不太现实,真真是慢工出细活。现在的人开车时有个话总在说,不怕慢就怕站,这话用在戏曲表演上也适用。突飞猛进不符合艺术规律,小步前进才是最快的进步速度。在她身上还有个现象很典型,就是她的演唱方式,早中期和晚期是有变化的。作为极重视唱功艺术的戏曲门类,越调的唱腔苍劲有力,表演朴素潇洒,极富感情。有戏曲评论家认为,直到一九八五年申凤梅唱腔的主要特点都是这个,此时老艺术家年龄不小了,身体也不像壮年时那么强壮,再表演需要大肺活量的唱腔可能会有难度,顺应了这样的情况,她对演唱方式进行了修改,既适合当时的潮流,又符合自己的能力,此后再录制的大量的音像制品都是修改后的风格了,而她的学生们也纷纷改变以前的唱法,跟上老师的节奏。结果是双向的,喜欢的人说好,听不惯的人会很难接受。其实类似的情形并不少见,舞台上的即兴之作不说,就是那些名剧,名角在唱的时候,都会根据自己的情况加以修正,从而展现出演员的最好状态。同是一出《空城计》,马连良和谭富英、杨宝森的唱法就不同,他们都是一代宗师,却没人提出过异议。把自己的事情做好,从来都是最说服别人、最有力量的方式,在这一点上,古今中外概莫能外,从没变过。

《罗汉钱》：野百合的痛苦，
只在于她也有过春天

　　曾经一度，我以为上海是越剧的故乡，还揣摩过越剧这个称呼是如何和上海挂上钩的。后来才知道，原来上海有自己的剧种——沪剧，而在沪剧的发展史上，有个女演员，曾经两次受到全国观众的瞩目，一次是一九五六年拍摄的戏曲电影《罗汉钱》放映之后，还有一次是沪剧《芦荡火种》在全国引起轰动，尤其后面这出戏，直接导致诞生了样板戏中经典的一出戏。这个女演员就是丁是娥，她的艺术表演方式也被称为丁派艺术。

　　丁是娥当然是艺名，是她的老师丁婉娥送的，为了她的演艺生涯更顺遂，就像白玉霜和小白玉霜，常香玉和小香玉，六龄童和小六龄童。能在名字中带上老师的一部分名字，说明这个学生曾经被老师非常看好，通常情况下，类似的判断都不会错。到新中国成立的时候，这个女演员已经是沪剧不能忽视的角了。被新生活感染的艺人们，有一腔的热情要献给人民，他们的表达方式是演出能受到人民喜爱的戏。深扒一下当初《罗汉钱》的制作过程，会有种草率上马希望快速出成果的感觉。这个剧的编剧有三个人，一个是原来的越剧编剧，一个是沪剧的写手，还有一个更像是总体协调，这样的结构是经过考虑的。故事有来源——赵树理的短篇小说《登记》。赵树理的作品被改编成电影或者戏剧的不少，像《小二黑结婚》等等，这说明了两个问题：一个是他的作品适合改编，符合当时的形势，应和了时代的发展；还有一个是写这类作品的人有点少，进城干部中能写点文学作品的人少，当时文盲太多，比不得今天受过基本的中学教育就可以编造故事成为影视编剧了，更何况从小说家转型过来的更是数不胜数。追名和逐利是人的天性，刚刚改革开放的年代里，和文学亲近曾经被认为时尚和高端，于是一些人才前赴后继地扑进这个领域，最优秀的人创作出了无数好作品。后来社会风潮变换，文学不再是聚光灯下最闪亮处，许多人顺势而为转行做了别的，人才少了的结果就是文学队伍中的高精尖领域更瘦了些。近些年更有一股趋势，写小说已经是成为影视编剧的又一条捷径了。

《罗汉钱》故事不复杂，赵树理的小说基本上都不复杂。村子里有个中年妇女小飞蛾，当初曾经想自由恋爱结婚，无奈时势不对，嫁的丈夫知道她以前的底细后一度对她非打即骂，到女儿长大了又是想和喜欢的人结婚，但是不被环境接受。小飞蛾担心女儿如果随便嫁了，会和自己当初一样受婆家的虐待，于是支持女儿一定找个喜欢的人嫁了的做法。新《婚姻法》颁布，女儿顺利成婚。这个故事的内容、结构和《小二黑结婚》《刘巧儿》都很像，时间上也是前后差不多时期推出的，当初为了宣传婚姻自主，文艺工作者下了很大的功夫，小说同题材的应该不少，各个剧种都上阵，掀起了宣传攻势新高潮。如果能找到当时的各种纸媒，估计会看到类似的剧目一定比现在知道的多许多，能在其中存留下来，说明水平出类拔萃。这样简单的故事，想让观众感动，演员的压力很大。剧本其实有点单薄，一篇短篇小说的信息量没那么多，留给改编者的线头也有限，换一个角度说，改编者的自由发挥空间会多许多。有个先例，《潜伏》的原著就是短篇小说，如果看过了小说再和电视剧比较的话，那小说提供的是人物名字和基本的故事逻辑，能改编成几十集的电视剧，编剧要做的深加工实在太多了。而《罗汉钱》这出戏，编剧发挥的地方并不多，骨架没有大的变化，甚至对小飞蛾的塑造都有点太正了，推测可能和这个作品改编的年代整体氛围有关。小说里对这个人物用了个"飞"字，说她在正月十五的晚上，村子里花灯闪亮的时候，到村子里"飞了一圈"。按照小说里提供的资料，小飞蛾此时是中年妇女，至少在四十岁左右，农村人这个年龄是要开始德高望重，过不了两年就要有第三代，成为做奶奶的人了。居然还被写成"飞"，至少不能说是个简单的人物。戏里的小飞蛾看不出来"飞"的意思，倒是受气包的样子比较足，战战兢兢地时刻担心丈夫的反应，什么事都是丈夫回来商量后再定。即使夫妻两个商量的事其实最后做决定的仍是小飞蛾，可表面上她是不会做一个主的。后面戏剧冲突里，这个人物仍然比较弱，不太像能拿主意的母亲。所以，当她忽然在全村人的面前，对女儿由媒人介绍的婚事说出来反对意见的时候，还挺让人吃惊的。和前面的人物铺垫有距离，感觉突兀，不太成功。

大概是二十世纪八十年代中期，我第一次看到《罗汉钱》这出戏，印象最深的是"燕燕说媒"一段，后来发现大家都对这个片段印象深，喜爱，于是感叹果然好东西观众的心里都有数。戏里的小姑娘燕燕喜欢了同村的小伙子小进，可父母不认可，一定要把女儿嫁到家庭条件更好的人家去。燕燕的心很大，自己的问题还没解决呢，先跳出来要给艾艾和小晚解决问题，向小飞蛾提亲做媒。小飞蛾开始不愿意，觉得村里人会说闲话，她非常头疼闲话的问题，因为闲话她的丈夫张木匠才会出手打她。可是燕燕的说法打动了她，"既然这两个人在村里有闲话，索性就让他们在一起好了，那样就没有闲话了"。小飞蛾到目标亲家那里听墙根，发现女儿如果嫁入这个家里，可能会走上和自己一样的道路，终于认可了燕燕的说法。解决问题外因起的作用始终有限，内因才是关键，我们学哲学的时候被反复教导的理论，事实证明完全正确。只是去操作这个事的人，需要找到正确抵达目的的方法而已，鲁莽的小姑娘燕燕运气不错，碰到了好时机，这个事解决得干脆利索。有一年春晚，沪剧名角茅善玉演唱了这个片段，过门一起我就高兴了，我一听，这个我熟啊，乐颠颠地跟着哼，心情甚是愉快。

这出戏的演员都是沪剧的一时之选，在里面看着不起眼的人物，可能是沪剧名噪一时的好角。而导演更是耶鲁大学毕业的，导这出戏是因为热爱祖国的传统戏曲艺术。从耶鲁大学毕业生到现代戏导演，这之间的距离不是十万八千里也有一千八百里，总之是够不靠谱的。现在能找到的关于这出戏的资料里，导演都被提到了相当的高度，应该是受苏联的影响。传统戏曲里，始终是演员主导制，翻翻四大名旦的表演历史，他们的许多剧都经过改编创新，一定有人做过类似导演的工作，但是都没有从那个角度标识说明。沪剧历史不长，在丁是娥唱戏的早期，还叫申曲，属上海地区的曲艺门类，汲取了苏滩和滩簧的一些唱腔表演方式，再加上点耳熟能详的江南小调，发展成了沪剧，属于时间短、成熟快的那类，所以沪剧有些名角也是曲艺方面的名家。当初为了生存，演员都是很拼的，他们可以随意在沪剧和曲艺间交替出演，本事大，艺不压身，就有这个好处。在这出戏里，看起来受气包似的小飞蛾的扮演者是丁是娥。丁是娥和她的丈夫，都是沪剧的顶尖演员。他们后来的结合，充满了各种戏剧化色彩。作为两位优秀演员，他们的生活受到戏迷和方方面面人士的关注。有了这些过往，到"文革"的时候，丁是娥的日子就可想而知了。据说在上海郊区的奉贤干校，周信芳和丁是娥等一些名角都被批判，对一个事的态度可能有天壤之别，有些人能面对羞辱也泰然自若，而另外的一些人简直生不如死。给许多人留下深刻印象的是丁是娥的态度，"好像恨不得找个地缝钻进去"。

大概在《罗汉钱》电影拍摄的两年后，有个戏被酝酿中，故事来源于一个纪实文学——崔左夫的《血染着的姓名——三十六个伤病员的斗争纪实》，是发生在江苏常熟地区沙家浜的革命历史。一九六〇年一月，这个名为《芦荡火种》的戏上演了，之后被修订过一次，进京演出获得了领导人的好评。回沪后，创下了连演三百一十场，观众五十一万人的惊人纪录，沪剧一时成了最引人注目的剧种，剧中的演员们也红得发紫。剧中，丁是娥演阿庆嫂，把沉着应敌，机智圆滑的茶摊女主人、地下革命者演得栩栩如生。大概在一九六三年，这出戏被北京京剧院看上加以改编，汪曾祺作为编剧之一给这出戏添加了文学性，剧中的唱词被广为流传，甚至成为人际交往中的描述语，比如"垒起七星灶，铜壶煮三江""人一走，茶就凉"，这样的台词充满了生活气息和江湖意味，是样板戏中非常独特的一出。样板戏能接受这样不符合主流表达方式的台词，我在第一次看的时候已经觉得奇怪了，难道全国人民也是因为喜欢这些才反复传唱的吗？之后公演的演员阵容名角如云，大获成功。这出仍然叫《芦荡火种》的戏，被更高的领导人首肯，在被改名为《沙家浜》之后，拍成了电影，更成了现代戏的榜样。关于阿庆嫂的演员人选，目前流行的说法是开始是由赵燕侠演的，其实还有一个人也演过，言慧珠，而她饰演的阿庆嫂被称为全国第二。言是爽快人，立马问，谁第一，答曰：丁是娥。可见丁的表演功力，被同行人在背后肯定，应该不是虚的。

《铁弓缘》：顶替别人的丈夫
做山大王的茶馆小妞

对我来说，《铁弓缘》是和乡村连在一起的。冬天的晚上，场院上拉着一块白布，一台放映机在嘎嘎作响，荧幕上的影像因为那块幕布的起伏而有些变形。所有的人都脸朝着一个方向，随着故事的起伏为人物的命运担忧。天很冷，衣服穿得很厚，压得身体行动都慢下来，带来的小板凳因为棉裤太厚，腿都弯得不利落而坐着有些费劲。离开暖暖的炕来看电影是我开始不情愿的，可是表姐们非常热衷，为了表示合群我只好跟着一起来了，那是一九八一年，这部戏曲艺术片拍摄的两年后。

《铁弓缘》讲的是已故太原守备之女陈秀英和母亲在太原城西门开了个小茶馆度日，平时练功不辍，她的父亲当年留下的一把强弓，因为拉开的人太少而被作为选婿的标准。太原总镇石须龙（一作"史须龙"）的儿子石伦听说有个卖茶的西施在西门，就要来看个究竟，和陈秀英见过后要强娶，被陈的母亲支开后又要抢人，牙将匡忠出手相救。因匡能拉开铁弓，定下姻缘。后匡忠被石须龙诬陷失了饷银十万而被充军，秀英送别时表示要等匡忠回来，匡忠嘱咐秀英去找王富刚寻求庇护。秀英气不过，趁石伦又来的时候杀了他，和母亲一起逃走了，刚好遇到附近二龙山上的响马、王富刚的未婚妻关月英，一番交手后被错认，就顶着王富刚的名上山做了响马，还带着人马到太原府去报仇寻夫。一番周折后石须龙被杀，匡忠和陈秀英团圆，王富刚和关月英也相认，两对小夫妻成婚。这个故事的结构和大多数戏曲故事的结构很像，是线性的发展，故事随着人物走。而在戏里，真正的主要人物只有一个，就是陈秀英，虽然叫《铁弓缘》，可所有出现在戏里的人物都和陈发生了联系，因为陈的想法和行动而使故事的发展推进。正符合李渔当年说的"一人一事为主"，好处是故事明晰、人物清楚，不会被各种枝枝杈杈搞乱了，没意思的地方是吸引力被无形中削弱了，只有一个主要人物的故事，其他人都成了配角，要把主要人物的戏剧冲突强化到相当的程度，才能达成吸引观众的目的。在这出戏里，陈秀英把旦角中可以吸引人的成分都加入了，开始是小旦，才十六岁，开茶馆的小姑娘嘛，虽然每天习武，可在外人眼里不过是担壶卖浆者流，谁都可以支使的小妹。所以才会发生石伦随便就说要娶了，而他的父亲总镇石须龙也说给儿子说门有家世的女子，看不上这个茶馆的小妹。这个故事其实也可以这样发展：太原总镇的儿子和茶馆的姑娘一见倾心，历尽各种阻挠后终成眷属。如果不是石伦的态度随意、根本没正规地行过以前的娶妻流程，本来一个灰姑娘的奇遇也不会被做成了女扮男装的故事。从石伦的角度看，虽然他那一副三花脸的样子让观众开始就没打算看到他的想法成真，可他确实为了娶这个茶馆西施做过努力，而且这个人有点四六不分，单看他娶妻用了匹马驮新娘子，就很不靠谱。所以当初设计这出戏的情节发展的人，也是在各个方面下过功夫的。被石伦用来驮新娘子的马还在故事的发展上有过贡献，因为被陈的妈妈挑理，说新娘子没有拿马来娶的，石伦才让手下人都回去抬老爷的八抬大轿，自己留在茶馆里，最终被杀。巴尔扎克对故事的发展曾经有过一个解释："如果写墙上有支枪，那后面就一定要出现这枪被使用了的情节。"中国的戏曲前辈估计不一定听过大师这个话，但是早就明白这个理。而陈秀英随着故事的发展一度成了青衣、雉尾生，后来又成了刀马旦，对舞台上的人物来说，变化也是吸引眼球的很重要的方式，陈秀英的变化，满足了观众对一个经历过家道中落的小姑娘的各种想象。

在寒冷的冬夜，我和我的老家的乡亲们，对着块白布看着各种色彩在不断变换，听着音箱里传来的带着嘈杂的各种声音，慢慢地感觉不到寒冷了，全部注意力都在陈秀英和她妈妈身上。她的妈妈也是个好玩的人，所有故事里谐趣的地方，貌似都和这个人物有关，那一口京白，把这个人物的立体感展露无遗，该厉害的时候有力量，该暂时低头的时候软话居然也说得够绵，还经常一针见血地把当下的情势和人物的心理戳破，又没有任何让人讨厌的地方。在我当时的小小心思里，女的必须端正，怎么能说玩笑话呢？可这个人物不仅说了，而且说得有趣味，不俗，俨然和我受过的教育有距离，我是多么新奇这样的不同，此后多年，某些时候我也想这样说几句俏皮话，往往踩不到点上，可见在对的时候说对的话也不是那么容易。

《铁弓缘》这出戏来源于明人《铁弓缘传奇》，也叫《豪杰居》，是茶馆的名字。现在电影里的故事结构经过了大量的修正，如果观众觉得可看，那要热烈歌颂一下导演陈怀皑，是他把故事往主要人物上靠了许多，舞台上经常演的只到茶馆定亲那段，到这个时候，舞台上的陈秀英都是一副娇俏可爱的样子，而这一段当初是荀慧生的代表作。在电影里，故事不仅被完整地呈现出来，还突出了关肃霜的舞台技艺。关肃霜是满族人，她的脸型很说明问题，扮上人物后俊俏可爱，可塑性强。她算世家，爹是琴师，所以她和戏曲生来就有渊源。不过，和许多有渊源的世家子弟不一样的地方是，她的成长过程非常艰辛，吃过各种想不到的苦楚，看过不止一个师傅的脸色。除了京剧之外，出生在湖北的她，还在汉剧、楚剧等剧上下过功夫，在眉眼高低上见多识广。经过了许多的磨难后，对世事有了自己的判断。关演《铁弓缘》有许多独创的地方，比如在太原城外和诬陷未婚夫匡忠的吴义开打一段，在舞台上关肃霜是要打出手的，她可以同时用靠旗打出十二杆枪，还能用靠旗围着一杆枪自转三十圈，同时围着拿枪的人转大圈两周，和西方的国标舞中的华尔兹的一个动作很像，作为受过专门训练的不专业的舞者，我很清楚这个动作在做的过程中对身体控制的难度。而京剧在表演的时候，还要把行头穿上，靠旗扎上，再加上头面，要克服的东西何其多。这个动作从她开始做了之后，有许多人做过，但没有专有名称，仍然可以统称为打出手。观众在欣赏不同艺术形式的时候，对能得到的艺术享受有期待。比如看电影如果看到一个人在闪转腾挪，肯定认为是特效，而且不会因为特效的使用有非议。在戏剧舞台上，这样的期许往往分成两个方面，一个是唱，一个是表演，所以如果演员唱得好，可以出大名。如果做得出彩，也能被强烈喜爱，而舞台上的做，往往和杂技的表演比较接近，那种对个人技巧方面寻求大的突破的表演，更能获得观众的热烈响应。多少著名的演员都曾有过故事，像盖叫天曾经从三张桌子的高度鹞子翻身跳下来，腿摔断了，仍然坚持架子不倒，坚持到不能坚持了才下场。演员的心里怎么看待自己的艺人身份和艺术这个事，从他在舞台上对待观众和戏的态度就能知道。有句老话说"救场如救火"，说的就是舞台上戏最大，大的程度和发生了火灾要救火的情势一样危急和关键。不过，这样的时候往往也是出人才的时候，如果能在关键时刻救了场，非常有可能就奠定了戏班里主角的位置。平常时候想做主角太不易了。关肃霜去世比较早，六十四岁就故去了，许多演员在这个岁数仍然活跃在舞台上，表演自己的拿手好戏呢。据说她的离世和当时的某个歌星有关，时移世易，沧海桑田，现在想知道内情应该不可能了。

关肃霜的一生和她那个时代的许多艺人很像，受时局影响比较重。早期生活困苦，后来成了角才好点。她一直要强，曾经拜梅兰芳为师学戏，而那个时候她在舞台上也是名声赫赫了。对京剧的剧目，新中国成立后也有过曲折，开始比较严，一九五三年下发过一个文件，有些耳熟能详的剧目因为各种原因不能再演，还有一些做了大的修正后才能再上舞台，比如《锁麟囊》。后来发现这样做可能会限制舞台的丰富性，于是稍微改变了一下，有些传统剧目一度又出现在舞台上，这些剧目里往往有些情节和当时的大形势不太搭。当时作为任务，有人劝关去演一些稍微过界的戏，而关肃霜果断拒绝，后来重新检讨时发现这样还是不行，而当时参加演出的演员受到批评。关肃霜安然无恙，早年的历练让她对大的方向判断无误。作为一名美丽的女演员，关肃霜的感情经历同样曲折。有种说法，在青春正盛的时候，关肃霜和李鸿章的曾孙相识，那也是个文化素养很高的人，只是当时，李的生活因为出身备受牵扯，这段感情终于放下。人的出身真没办法，和本人的后天努力不是一个事，对个人来说本就是无可奈何的事情。先人在当时做的一些事情，给后人留下的谁知道会是什么；而作为个体的人，肯定想最大努力地发挥个人能力，光宗耀祖。谁也没有后眼，依据当时情形做出的判断，可能过若干年看就不对了，但对那个人来说，怎么可能知道百年后会如何。关肃霜后来在云南演京剧，对那里的观众来说是非常幸运的，可以看到非常优秀的剧目。

看过关肃霜的戏的观众，总觉得这个演员的身上有种英气。她反串的小生戏也很牛，曾经在《白门楼》里反串吕布，那股霸气给人留下了太深的印象。地处云南边陲的她，还出演过一些少数民族的现代戏，作为一个演员，简直不要太全面。

《十五贯》：一出戏救活了一个剧种

如果有"一出戏能救活过一个剧种"的神奇剧目，那就是昆曲《十五贯》。

《十五贯》的故事来源于《醒世恒言》的"十五贯戏言成巧祸"，是昆曲的"江湖十八本"之一，清代朱素臣改编为传奇《双熊记》。今天的人们看这出戏的时候不会明白为什么要叫《双熊记》。其实在朱素臣的版本里，这出戏里有两个熊，熊友蕙和熊友兰二人，而原本的故事里他们都和十五贯有关，只是各自有不同的内情罢了。一九五五年，浙江省文教部文化局决定对国风昆苏剧团演出的《十五贯》进行改编，组织了当时剧作家陈静和主演周传铮、王传淞等人一起动手，只过了二十几天，就把新剧本拿出来了，就是现在我们经常看到的这个剧。

现在的《十五贯》里，熊友蕙已经消失不见了，她那条线索发生的故事也一并消失了。叙述角度也变化了，说的是卖肉的尤葫芦为了让自家的店继续开下去，到亲戚家借了十五贯铜钱，高兴之余喝醉了回家和养女苏戍娟开玩笑，说这个钱是卖她到大户人家做丫鬟的钱，明天早晨就要送她去了。苏当了真，半夜就逃走了，走的时候因为害怕没关大门。赌棍娄阿鼠输光了身上的钱从门口过，想继续赊账买点肉吃，见大门开着自己进来，发现尤葫芦的身子下面的十五贯钱想偷走，被尤葫芦发现后起歹意杀了尤。而苏成娟逃走的路上碰到从常州收账回来的熊友兰，想一起搭伴到皋桥投亲，被官府拿住说他们两个人见财起意杀人逃跑，判斩刑。一级一级地到了苏州知府况钟这里，才被发现可能有冤情。通过况钟反复调查和娄阿鼠测字单独讯问，终于发现娄才是真凶，熊、苏二人冤情得雪。这个故事里有个关键，十五贯是多少钱，为什么能让娄阿鼠起了杀心呢？按照当时的银子和铜钱的牌价，十五贯大概相当于银子十到十五两，换算成今天的人民币大概有一万元。对当时已经赌得身无分文的赌徒娄阿鼠来说，这就是巨款，起了偷的心思顺理成章，问题是偷的时候还被主家发现了，想拿走钱的心理占了上风，终于动手杀了尤葫芦。这出戏，延续了坏人做坏事的一贯套路，演员在演出的时候，况钟一脸的正气，娄阿鼠就带着不是好人的样儿，而街坊的一脸无辜满心义愤都没落下，和后来一个阶段里，戏剧表演中刻意把某些好人的样子搞丑了又是不同。或者说，那个时候的观众，对表现正面人物和反面人物的距离感的要求没那么高，也没有出现审美疲劳，进而一定要通过审丑来矫枉。这部电影的导演是陶金，著名影人，给人的印象里他是演员，在导演的位置上他也是有追求的，戏里面有些细节能看出来导演对保留当时的一些风俗做出的努力。比如在况钟到巡抚衙门申请巡抚大人的批准能重新审理此案的时候，为了能让巡抚快点接见他而击鼓，接下来出现了一批衙役来点亮灯火，其中有两个人举着一个长把顶端有火苗的点蜡烛装置，这应该不是一般人家能用得起的，需要被点的火烛在高处，正是能看出来巡抚衙门的高级别的细节。今天看这个细节总觉得很眼熟，和著名的电影《大红灯笼高高挂》里的一些点灯的画面很相似。而这出戏拍摄的外景地据说在杭州的西湖，是否真是如此，不能确定，只是其中的一些场景不太像搭出来的是能感觉到的。而这部戏也不是提前计划的，是昆苏剧团改编成浙江昆苏剧团，在一九五六年进京演出大获成功后回程中顺带拍的。

昆曲有六百多年的历史了，被称为"百戏之祖"，主要是从昆山腔演变发展而来，以曲笛、三弦为伴奏乐器，念白主要用"中州韵"。所谓"中州"指现在的河南一带，"中州韵"是以中州官话为基础，其韵跟皮黄戏的"十三辙"相近。历史上洪昇、孔尚任、李渔等大家都为昆曲做过贡献，著名的《长生殿》《桃花扇》《牡丹亭》都是昆曲，因为有了这些文人墨客的参与，使得昆曲的文化意蕴甚于其他剧种，以细腻优雅，富丽华美，文学底蕴深厚，演唱和歌舞巧妙结合而著称。也恰恰因为这个，昆曲在发展中和普通大众的审美趣味渐行渐远，终于到二十世纪早期式微。一九二一年，看到昆曲要灭亡的一批有识之士，在苏州成立了昆曲传习所，五十多个孩子到这里学习昆曲，几年后他们就掌握了不少昆曲折子戏，本来要大放光彩的时候，因为经济原因未能如愿，这批学生中只有很少的一部分后来坚持下来，《十五贯》中演况钟的周传铮和演娄阿鼠的王传淞都是这批孩子中的，而他们名字中的"传"字，就带着当年的昆曲传习所的气息。为了生存，周、王他们和苏滩著名演员朱国梁组班，创立了一种昆、苏交叉表演的艺术形式，他们成立的戏班称为"国风苏昆剧团"，在艰难的生活中勉强度日。

昆曲的转机出现在一九五五年，这一年《十五贯》剧本被重新改编，去除了各种杂乱无章的枝节，突出主要人物的故事主线，把一些远离人民群众的台词也修正了一下。比如况钟在看到熊、苏二人的案件记录时，曾经有一番心理活动："俺这里一笔千钧，索把高价抬。那许恁莽无常片刻挨？觑着这出生入死犯由牌……好叫俺顿心窝，猛自惊；蹙眉头，暗自揣。遮莫是刑书铸就冤情大，因此上，感动鬼神来。"(《十五贯》台词)这样的台词，需要非常扎实的古文底子才能明白说的是什么，而且像"好叫俺""遮莫是"之类的词，在元曲里就出现了，到了现代，普通人的生活里类似的词汇早就消失了，完全成了文言的叙述，和生活相去甚远，要观众听懂也是太高的要求了。现在的本子里就改成了："我乃是奉命监斩，翻案无权柄。苏州府怎理得常州冤情？况且呵！部文已下，怎好违令行！这支笔千斤重，一落二命丧！嗳！既然知冤情在，就应该判断明。错杀人，怎算为官清？"这样的词让最广大的人民群众都能看懂听懂，就容易接受了。这出开始只有很少的观众到戏院观看的剧目，进京后没几天就变成了抢手的戏，观众排大队买票观看，人人争相传诵，直到把最高层的注意力吸引过来，这出戏到中南海演出了。中央领导同志称赞："一出戏救活了一个剧种。"文化部还下文要求全国各个剧种都要移植此剧，汉剧、粤剧等都移植过。周信芳曾经移植此剧为京剧，专门找饰演况钟的周传铮讨教，也是佳话。一时间这出戏成了全国人民的关注点，剧中的演员也成了大明星。怎么可能有人知道，这出人人叫好的戏，当初连排练场都没有，是借了当地制药厂的石板地做的排练场。而《十五贯》电影也是他们在从北京一路往苏州走的路上，过上海的时候顺便拍的，所费时间虽短也是经典，可见，做个事情，时间既是要素又不完全是唯一因素，须知演这出戏的老几位，在舞台上对况钟、娄阿鼠的琢磨已经有几十年了，经过了去粗取精后的这出戏，更展示了他们在表演艺术上的精湛之处。像娄阿鼠在庙里和况钟测字的时候，因为被况钟点出来杀人的事情，吓得从正坐的凳子上后翻过去，但是几乎立刻就从凳子下面出现了。说明王传淞是两个动作连在一起做的，一气呵成才能达到如此境界，基本功扎实不说，对人物此时的心情和心理状态的掌握也是准确到位，一击即中。

经过了这一连串的变化，原来奄奄一息的昆曲重获生机，南北方都成立了昆曲剧团不说，而且在各地的戏曲学校也都要教授昆曲，有了后来人的继承，昆曲摆脱了要灭亡的命运。

最近这些年来，还是文人记挂着昆曲。著名作家白先勇就曾经和昆曲剧团合作排演过青春版《牡丹亭》，男女演员服饰华美，既靓丽又具有表演能力，把剧本中青年男女的情感起伏表现得跌宕不已，一时间又唤起了人们对昆曲的好奇和关注。其实想表达爱情的唯美感，昆曲的特色正是长项，人们对下里巴人一类的故事的确不反感，可从内心讲，阳春白雪永远是每个人心里的暗伤，怀着想追求的愿望而不得是大多数人的心理，哪怕是看上一看，也是种心理安慰。所以那些不靠谱的爱情故事，越是唯美得和现实相距甚远，越有观众，就是这种心理之下的正常反应了。

昆曲经常出现在京剧的表演中，使得许多观众误以为这两个是一回事，其实京剧的发展晚于昆曲许多年，其大发展不超过二百年，而且吸收了其他剧种的营养作为生长基。比如念白，京剧就吸收了汉剧，是湖广韵，如果出现念京白，多数是想表现某种玩笑的意味，或者这个人物带着玩笑色彩，比如《铁弓缘》里陈秀英的妈妈的念白，整场戏都是京白。念白不容易做好，正所谓"千金话白四两唱"，可见其完成的不易。而在许多京剧剧目里，会有人物唱着西皮忽然来一段昆曲的时候，都不是乱来的，讲究很多，和这出戏的发展史有关。

《十五贯》成了一个时代的符号，昆曲因之而命运逆转，至今想起来依然觉得不可思议。这出戏当时红到什么程度，有段相声《油水大》可以作为佐证。改革开放后，杨振华和金炳昶合说的，讲一个到处占便宜的外号叫"油水大"的家伙的各种丑事，最后一个包袱做结尾，是段自我介绍："我的爸爸谁都熟，他的外号——娄阿鼠。"

《打金枝》：娶个公主的悲伤只有驸马知道

每年到新年春节的时候，到处都能听到《恭喜发财》之类的歌，尤其到了超市商场里，那股子喜气洋洋的劲儿，通过这首歌全带出来了。戏曲里也有这样的剧目，像《打金枝》就是。旧时，大户人家办堂会，多半会以《跳加官》开场，接下来是两出喜兴的戏——《满床笏》和《打金枝》，有人认为这是一出戏，其实不然，前面那出主要是围绕着郭子仪的发家史说的，后面那出是他儿子和儿媳妇的闹剧，也有把两部分合在一起演的，喜剧色彩更强烈。因为结局美好，带着喜气，就成了堂会的主角。

《打金枝》好多剧种都有，拍成电影的是晋剧。当初，为了把这出戏拍好，山西调动了各个行当里最好的演员，演唐代宗的是丁果仙，沈后是牛桂英，驸马郭暧是郭凤英，公主是冀萍，晋剧四大流派的代表人物都出现了，真正的群英荟萃，这部电影就成了后来人研究各个门派艺术的最好的教学片。《打金枝》这出戏说的是郭子仪六十大寿时，儿媳妇升平公主认为自己是君，不能给臣下拜寿，因此没和驸马一起出现，使郭暧遭到了哥嫂的奚落，大醉之后郭暧到公主那里讲理，气愤之下动手打了公主。郭子仪带儿子去请罪，公主到母后那里告状。唐代宗和沈后知道原委后，批评了女儿教育了驸马，安慰了亲家，一场风波于是烟消云散。这个故事出现得比较早，唐代赵璘的《因话录》里有记载，《资治通鉴》里也提到过，和现在的情节基本差不多，不同的就是郭暧挨了他爸的打，说明郭子仪还是心有余悸的。郭子仪这个人有高明的地方，司马光说他"功盖天下而主不疑，位极人臣而众不疾，穷奢极欲而人不非"，这三点是一般大臣很难做到的。须知郭子仪曾经平息安史之乱，功劳不可谓不大，通常这样的功臣都有功高盖主之嫌，容易被皇帝猜忌，保不齐因为什么不起眼的小事就被皇帝捏个词满门抄斩了。而郭子仪历四代皇帝一直颇稳健，到八十五岁寿终得享天年。这个难度有多大，想想历朝历代都有些著名的大臣，做了忠臣却被昏君杀了，做了平庸之辈又往往不能升到高位，甚至选择做清官后自己贫病而死。即使如清朝的张廷玉有那么大的本事，到一定时候也只能告老还乡，在他之前的高士奇曾经给康熙做了多少艰难的事，也一样告老还乡做乡绅去了。郭子仪有八子八婿，一门都高坐于朝堂，给郭子仪祝寿时笏板放满榻上，才有了"满床笏"这样的话。《红楼梦》里《好了歌》中说"陋室空堂，当年笏满床"，后边说的是大盛之后衰败的事，观者油然而生的万千感慨叹息出的话，和那句"眼见他起高楼，眼见他楼塌了"有异曲同工之小妙处。据说到了明清，郭子仪的画像在许多官宦之家挂着，图个福寿禄俱全，这是拿他当神了，有祈福的意味在里面。

这出戏一直喜闻乐见，是因为这样的事和普通百姓的生活离得不远。就这么一出戏里，家事和国事夹杂在一起，每个人站在自己的角度都能说出番道理，而最后的结果又和普通人的愿望相合。郭子仪过生日，皇帝都送了礼，这面子大的，要顶天了。皇帝甚至想自己去过府拜寿，被沈后拦下了，她的话就一句："君王哪能给臣拜寿！"这个话挺厉害的，她以前应该说过，所以她女儿才不去给老公公拜寿。但是姑爷不乐意了，郭暧认为你嫁给我了，就是我郭家的人，公爹寿诞，做儿媳妇的你怎么能不出现呢？再加上公主还给他定了要见到挂出来红灯才能和她见面的各种规定，他早就不满了，借着这个机会，一并发泄出来了。其实公主挺傻的，郭暧也就是年轻罢了，如果社会经验丰富，他完全可以把公主摆在一边，自己另外搞若干个姨太太，公主也不能怎么样，按照当时的社会风气，连老丈人和丈母娘都不能说什么。可她爹娘明白，趁着姑爷还对自己的姑娘新鲜，赶紧借这个事免了红灯，还给郭暧加官晋爵，利用权力讨好女婿，让他对自己的姑娘好点，天下父母心都一样，到孩子那里办法都不多，只能宠着，爱屋及乌之下，连带着姑爷都宠了。这样的事情小民百姓也能遇到，除了劝说劝说也没什么好办法。在戏里还有个地方和平常人家的家务事不同，就是这里面还有君臣的道义在，站在郭子仪的立场上，他一听说儿子居然打了公主，立刻带上儿子去殿上请罪，他的解决方法说明他始终想着自己是臣下，包括对公主，也没当她是儿媳妇。政治经验丰富的他明白，即使儿子已经娶了公主，名义上公主是自己的儿媳妇，而事实上公主是君上啊，必须谨小慎微如临深渊，把公主供着过日子，才能保一家人安然无恙。所以他对公主不来拜寿没意见，但是被自己的儿子打公主吓坏了，他骂儿子是小畜生并赶紧绑着上殿请罪，忘了这样骂儿子也就是骂了自己。通过这个举动，就能看出来为什么他能平稳度过四代皇帝，他总怀着这样的心，被皇帝知晓了，皇帝的心里当然就安稳许多，知道他不会功高震主想夺主子的江山社稷，就不会找寻他的错处，对他下手。自古以来伴君如伴虎，越到高位，自己反倒要认清情势，做事周到万全，方能保全自己和家人。

晋剧也称山西梆子或者中路梆子，是山西的地方剧种之一，它的辉煌和晋商的发展分不开，因为晋商的生意越做越大，在清代道光和咸丰年间，他们走出家乡到了北京这样的大地方，也带着当地的戏曲走出了山西。随着时间的推移，晋剧这种家乡的地方戏逐渐发展起来，带着熟悉的泥土气息给走南闯北的山西人以很大的精神慰藉。后来出现的"丁""牛""郭""冀"等几大流派，把晋剧艺术推高到鼎盛时期。

这部电影里还有个地方比较好玩，统共四个主角，两男两女，演员其实都是女的，男人都是女人扮演的，还都是大家。排第一的就是演唐代宗的丁果仙，她是晋剧第一位女须生。丁果仙五岁开始学戏，这个年纪不能承欢父母的膝下，是因为她是买来的，父母没当她是自己的女儿，想着能早点给家里赚钱，所以她刚刚能把话说清楚就跟着老师学戏了。她父母开始也没打算让她日后成角，想的不过是到茶馆酒楼做个唱曲的，给她请的老师也不是什么好老师。野路子教出来的学生的好处是没有门户之见，对真本事有辨识度。后来丁果仙以艺名"果子红"出道，红遍山西，而名字里的"红"指的就是须生，换句话说，她的艺名的意思就是叫果子的小孩演的是须生。丁果仙十几岁就开始挑班唱戏，做着班主，是"山西梆子须生大王"。新中国成立后，她是团长、院长，这个大王有两下子，曾经和马连良换戏。二十世纪三十年代末期，丁果仙曾经到北京演出，她演的《反徐州》里的徐达，让马连良很感兴趣，他认为这出戏故事完整，人物性格丰富，能出彩的地方多。马连良看出来丁果仙对自己演的《四进士》特别喜爱，就把演出本子拿给丁果仙，还悉心教授丁这出戏的精彩之处怎么演才能取得好的艺术效果。丁果仙明白来而不往非礼也，在知道马的想法后，就请马的"扶风社"全体成员观摩自己的拿手戏，而马也没有因为自己是京剧大家就看不起外省来的地方剧班子。在马连良的演出单上，这出从晋剧移植来的戏改名为《串龙珠》，成了马的名剧之一。《打金枝》里驸马郭暖的扮演者郭凤英，独创晋剧中小生的"郭派"，据说这个人个子不高，早期学戏的时候因为这个总是被忽视，但是郭自己不放弃，历艰难而不辍，终于自成一派，在《打金枝》里把有功之臣的公子又是驸马的嚣张、什么都不在乎的劲头呈现得非常到位。像这样的公子哥，是传说中的那种坑爹类型的儿子，如果不是郭子仪果断行事，怕是就给自己的老父亲埋下了遭受帝王猜疑的祸根。

　　人生四大喜事中，娶媳妇位列第三，非常重要。娶什么样的媳妇基本上决定了这个家庭的下一代的起点，如果母亲是公主，至少在和皇帝姥爷对话时比普通小朋友要容易，尽管可能一年见面的次数也有限，那也比完全没可能要好得多。中国历史上的公主和驸马能靠近权力中心的历朝历代都有，比较著名的是汉朝的陈阿娇她妈窦太主，仗着当年曾经在刘彻封太子的事情上有功，女儿嫁给皇帝，于是作威作福；唐朝的太平公主，挟她妈则天皇帝的余威，曾经对朝政说三道四，最后被亲侄子李隆基杀了。有太多的公主和驸马都被远远地放到一边，权力和他们不挨边，令人感到悲哀的是真情感和他们的关系也不大，许多公主和驸马的家庭生活乏善可陈，最后都以悲剧告终。出生在皇帝家看起来荣华富贵，其实，到了他们那个层级，已经不是通常意义上的过日子了，更像完成一个形式。所以，在《打金枝》这出戏里，驸马郭瑷还在为只能挂出来红灯之后才能见媳妇意见冲天，说明郭瑷对公主有爱意，老丈人和丈母娘看出来了，必须要抓住这样的时机让他们之间的感情上台阶，真的爱情是帝王家最难得的，为了女儿的幸福给姑爷个官职算什么。

　　当年，《打金枝》曾经获得过全国戏曲展演的一等奖，轰动山西。据说开始的名单里没有这出戏，但是上报时被最高层过问又加上了。因为这个奖，这出戏才有机缘拍成电影，才能把晋剧传遍全国。

《大·探·二》：背叛父亲的女儿
打响了皇位保卫战

　　《大·探·二》是简称，全称是《大保国·探皇陵·二进宫》，它是一出京剧名剧。确切地说，是三出折子戏放在一起，单独拿出来唱比较多的，是开始的《大保国》和最后的《二进宫》。许多京剧名家都唱过，早期的谭鑫培和孙菊仙都唱过此剧的杨波，谭小培和金少山、王芸芳灌制过唱片，长度虽然不够六分钟，但其经典性一直备受推崇，是后世演员学习的主要模本。

　　故事说的是老皇帝晏驾，李艳妃作为太子的母亲听信了父亲李良的说法，居然要把大明江山让她爹坐上三年五载，然后还政于长大后的太子，在李良的威慑下，朝中大臣都同意了，只有定国公徐彦召和兵部侍郎杨波坚决不同意，架不住李艳妃宁可相信父亲不相信这两个人的忠心，坚决实行了。直到她和她的儿子被李良锁在宫里，断水断火，才明白亲父女也不比上江山的诱惑。她和前来探望的徐、杨二人商议夺回江山，彼此间讨价还价终于达成了一致。这个故事的来源众说不一，比较认同的说法是李艳妃和太子是明朝穆宗（隆庆皇帝）的李贵妃和她儿子万历皇帝，但是也有矛盾，历史上李贵妃的父亲李良确有其人，不过名字不是这个，叫李伟，按照清朝焦循在《花部农谭》里的说法，这个人"有贤称"，但按电视剧《万历首辅张居正》之剧情，此人名声不好。众所周知，万历刚刚上台的时候，年龄不过十岁，他的老师是当朝宰辅张居正，难道李良是影射张居正？按照历史的发展来看，显然也不对头。艺术的表现特质里有一条，为了让故事好看、完整，人物或者情节发展和对应的历史完全不搭调也是有的。有人研究过《秦香莲》里的陈世美就确有其人，据说是非常清廉的好官，他被描述成杀妻、子的贪图享受的坏蛋，最后还被青天包大人给铡了，是因为得罪人太多，而能这样编排他的，只有他的对头，且那个对头还是个有点文学艺术细胞的家伙。《大·探·二》最早叫《龙凤阁》，《花部农谭》里曾经评价过"慷慨悲歌，此戏当出于明末"，而对其中的一个细节也有考证，在《二进宫》一折里，徐彦召和杨波去探望李艳妃，徐用金锤击打宫门，焦循说，"《击宫门》一出，即隐移宫事也"。瞧，古人做这类事轻车熟路，移宫案是明朝四大疑案之一，至今都不能完全考据清楚，还在当朝呢，就有人把这个事编排到戏里，只不过和文人表达的一贯方式一样，用了曲笔。这是给后代的人留引子呢，既说了事实又不说全部，像猜谜语，根据模模糊糊的线索想猜到真相太难了。

　　《大·探·二》是典型的唱功戏。一个成熟的戏曲演员，应该掌握唱、念、做、打，手、眼、身、法、步等四功五法，生、旦、净、末、丑各有各的着重点，比如老生的重点多半是唱，而花旦对做的要求很高。但事无完全，在这出戏里，生、旦和净的唱就占了绝对的主要地位，这非常考验演员的唱功。戏曲演员成长中，虽然各有各的重点，开始学的时候要求每一项都要扎实，所以那些著名演员，往往除了自己的本工之外，也能反串。早年间戏班里唱戏很辛苦，一年无休，每到腊月二十三四，会上演封箱戏，全体演职人员歇上一周，到大年初一再开箱。二十世纪二十年代有一年，封箱戏照惯例是《八蜡庙》，八蜡是什么，是周礼，一出戏用了周礼的名字，内容是跟"礼"完全不搭的故事，想想也很有趣。梅兰芳反串黄天霸，杨小楼演黄的老婆张桂兰，杨老板现场抓词，把"奴家张桂兰"改成了"奴家福芝芳"，须知福是梅的太太，台下的观众和今天的粉丝一样，对台上的角的家庭情况门儿清，现场一片欢然，那年的封箱戏的效果出奇的好。而他们二位，也都演过《大·探·二》，但是并没有一直演下去。和今天许多演员的想法有些不一样的是，那个时候的演员的求新求变的欲望更强烈，没有国家体制，没有机构保他们的饭碗，他们要自己寻求生存之道，所以总在不断突破自己，也不断学习别人。至今流传下来许多大家听地方戏或者无名演员的戏的故事，像马连良听过晋剧丁果仙的戏，还和她换戏。没有人要他这样做，应该是他自己想明白了，变化是吸引观众不断来听戏的诱因，坚持创新是他演艺生涯延续下去的命脉。梅先生后来不演《大·探·二》了，到二十世纪四十年代末的时候，比较著名的搭子是张君秋、谭富英和裘盛戎。不知道现在的观众注意到没有，那个时候留下的唱片里面的伴奏胡琴的声音和后来的不一样，出现这种不同的原因是弦，那个时候的弦是丝弦，和后来用的钢丝弦不一样，听起来更加柔和，有些老戏迷可以闭上眼睛听那个时候的老唱片到落泪，不只因为听到了绝妙唱腔，还有或柔和或刚劲的胡琴伴奏，听到兴起处甚至要来杯老酒，以安心情。

这出戏故事不复杂，人物形象也明晰，李艳妃对她父亲的态度开始的时候应该是站在女儿的立场上的，在她看来生我养我的父亲怎么可能谋夺外孙的天下呢。而李良显然是从政治家的角度对待江山这个事，亲情在他的心里让位于政治意图了。徐彦召和杨波知道这个事绝对不是亲情的问题，从他们的角度可以很容易就看出这一点，他们立刻想到了当年的王莽篡汉，言辞恳切地向李艳妃讲述一番，可惜李艳妃根本听不进去。所以立场不同，想问题的角度就不一样，老祖宗对这个问题早就说得很明白。后来李艳妃和她儿子被她爹李良逼上绝路，她才从女儿的角度换成了政治家的角度。想一下就能明白这样的转换为什么会如此迅速，宫廷本来就是各种政治势力角逐的地方，宫斗一向最能培养政治家，许多女政治家都是某个皇帝的妃子就不奇怪了，最著名的女政治家武则天的培养人是李世民，高明的老师才能培养出最好的学生，武则天显然没给老师丢脸。而李艳妃用高官显爵许诺给徐、杨二人，是政治家的惯用手法，做得纯熟而自然，当然是因为她知道这些对未来的许诺能让这两个肯帮助她的人出力，哪怕到时候不能完全实现，也要做出个样子来，态度在这个时候至关重要，甚至在谭小培、金少山和王芸芳的版本里，她可以承认"徐、杨是忠臣，李良是奸臣"，说这样的话的时候，她的心情应该是非常复杂的。但是她是母亲，她知道自己的生存和儿子的皇位之间的密切联系，只有儿子保住了皇位，自己今后的日子才能更有保障，于是她毫不犹豫地和开始不屑一顾的徐、杨二人结盟，一起对付自己的爹，谁让这个老家伙居然想谋夺江山，还不让女儿和外孙活下去呢！

　　这出戏有趣的地方在开始部分就出现了，当李艳妃听信了她爹的话，同意把江山暂时让李良代管的时候，李良向台口右侧问，诸位大臣你们画押同意吗？开始大伙都说不行，可李良一吓唬他们要如何如何，这些人立马变了态度，只有一个杨波说不行。李良又向台口左侧问诸位大臣同意吗？只有定国公徐彦召说不同意，其他人都老老实实地画押同意。接下来定国公举着金锤先上来，自我介绍一番还都正常，而杨波上来，他的介绍第一句就有"官卑职小"这个词，他是兵部侍郎，连尚书都不是，这个相当于现在的国防部副部长的官，对定国公来说是有点不大搭衬，杨波自己这样说，想见平时定国公可能不会拿正眼看他，只是面临大明王朝兴亡的这个重要时刻，满朝文武居然只有这个副部级官员和自己想的一样，定国公没得挑了，只能和他合作。好在这个人掌握兵部，还有点兵权良将，这些在他们打算对付李良的时候都成了筹码，徐彦召自己也有埋伏，他把女儿派到李艳妃身边做了保护人，关键时刻这个女儿确实发挥了作用。所谓打仗亲兄弟，上阵父子兵，都在辙上，都是真理。

仔细分析《大·探·二》的戏词，会发现非常简单平实，和有些名剧的戏词文学色彩浓重不一样，像李艳妃在被李良锁在昭阳殿里琢磨自己的困境的时候，唱的是"李艳妃坐昭阳自思自想，想起了老王爷好不惨伤"，同样是妃子，人家杨玉环在醉酒后唱的第一句是"海岛冰轮初转腾"，犹记得当时看到舞台侧边打出来的词我都惊了，那时候年纪还小，知道是说月亮，可怎么人家居然说得那么美，那么委婉多情，也就是从那个时候起，我意识到京剧的词有些是经过了有深厚古文底蕴的人编出来的，想完全搞清楚，需要观众提高文学素养，对历史也要深入了解，轻视不得。对这出戏中的《二进宫》一折，汪曾祺老先生曾经写过一个随笔，他认为这个戏的意思不大，能博得一些文学修养很高的人的喜欢是件奇怪的事，还认为有些台词根本不通。倒也是，像李艳妃给杨波许官的时候，说封他"太子和太保"，中国历史上从来没有这个职位，一般都是太子太保，就是专门扶保教习太子的官，清朝名臣张廷玉、刘墉都曾经被授过这个职位，但多半是虚衔，荣誉职务，表明皇帝对他的看法。不过，等闲人也不可能轻易得到，所以，许多戏里一说到这个人曾经立过大功劳被封诰的时候，也都会加上这个，以示爵显，像杨波，估计有了这个，就不可能再说出来"官卑职小"了。从这个意义上说，难道杨波一直等着机会能抓住某个出其不意的机会飞黄腾达吗？

老百姓看了这出戏后倒是没这样想，他们直接把"二进宫"这个词另用了，在姜昆的相声里，他有一次去公安局演出，坐了警车，被住一个胡同的邻居看见了，发生了误会，大声叫出来："姜昆二进宫了哎！"

《杨三姐告状》：仗势欺人我小女子不答应

评剧发展史上，有出戏地位特殊，就是《杨三姐告状》。这出戏是著名评剧改革家、戏剧家成兆才编写的时装剧，而此前，评剧因为发展的时间短，还没有专门表现时事的戏。

这出戏说的是高沟庄的地主少年高占英娶了贫穷的杨家二姑娘杨二姐为妻，和嫂子弟妹通奸被杨二姐发现后，杀了二姐。告诉杨家二姐是得病而死，杨家的三姑娘三娥不信，又听到了各种风言风语，想到二姐曾经说过的关于姐夫和她的妯娌之间的关系的奇怪的话，下狠心到滦县告状。不成，又到天津，碰到了警察厅长想树威立名，被说得上话的律师劝说，正好借这个案子扬名，于是开棺验尸，证明杨确实是被高占英杀害，高最后得到惩罚。这是个穷人和有钱人斗法的故事，现实生活中确有其事，和许多时装剧不同的是，这出戏里的人物的姓名都是真实的。案子发生后，杨三姐本来不被当时的人们看好，她当年才十七岁，是个生长在农村的姑娘，这个年纪是要出阁的岁数，多半不会做出这样刚烈的举止。而她被一股要替姐姐讨个公道的念头鼓舞着，居然坚持下来，最后得到了想要的结果，令当时的人们大跌眼镜，后来和她一起生活在一个庄子里的人们，都觉得这个朴实、温和的女人和传说里的不像一个人。历史上，南方有个故事比较相似，曾经被反复搬上舞台，就是《杨乃武与小白菜》，那是发生在清朝末年的冤案，本来不容易被昭雪，因为碰到当官的想有自己的打算，拿这个案子作秀，案件被查清，杨乃武与小白菜被平反。里面推动案件发展的是杨的姐姐，总是亲人最受不了这样的事，豁出命去告状，最后天时、地利、人和都具备的因素下，侥幸翻案。可见，在旧时代，法律只是幌子，想伸张正义，遇到什么人主政很重要，而坚持做下去的这个人的境况和想法同样非常重要。杨三姐告状这个事，当时非常轰动，那个时候消息的流动和传播没有今天这么通畅，媒体也不像今天是全方位立体式的。可口耳相传的舆论影响力还是很厉害，再加上媒体关注，对最后官司能获得公正的裁决都起了促进作用。

这出戏里最大的官是警察厅长，一个武人出身的警察厅长派头很大，说着纯正的天津话，和谁在一起都要俯视对方。戏里能对付他的只有律师，这个律师很精明，也明白警察厅长的需要在哪里，于是专门找他的痒处下手，知道他想要个判案公正、明镜高悬的意思，就一直把他往这个路子上领，而且讲明只有通过扶持弱小才能达到他的意图。这个看起来很粗鲁的警察厅长很聪明，迅速领会了律师的意思，成功地把自己定位在公正的代言人的位置上。

当年成兆才编了这出戏上演，观众踊跃热烈，对杨三姐一家的同情和对高家人的憎恶甚至影响到演员的实际生活，里面演高占英的演员一度压力很大。我在二十世纪八十年代看的那个版本，是谷文月和赵丽蓉演的。谷文月是新凤霞的弟子，据说"文革"中新凤霞被强制扫地的时候，只有谷文月还在偷偷地请教演戏的事，让新很是感慨。改革开放之后，谷文月成了新派的代表人物就不奇怪了。新中国刚刚成立不久，新凤霞也演过《杨三姐告状》，为此特意跑到滦县探访杨三姐，和想象的不一样的是，这个女人看起来谨小慎微，完全不像能和各种恶势力斗争、把案子翻过来的女子。新凤霞只好放弃从现实人物身上学习的想法，按照自己对人物的理解来演了。新凤霞演戏很投入，演杨三姐就有小小年纪不怕事的劲头，有一次演得大过劲了，把演高占英的演员的头发给揪下来了，这在她的回忆录里有过记载。到谷文月演这个角色的时候，她和赵丽蓉也去过，那个时候老太太还在，已经是政协委员了。戏里谷文月演的杨三姐的那股冲劲给观众印象深刻，赵丽蓉演她的母亲，一口唐山话，把农村老太太那股子慈祥，又胆小怕事，守着"冤死不告状"的信条生活的窝囊样子活灵活现地展示出来。过了没几年，就在中央电视台春节联欢晚会上看到了赵丽蓉和侯耀文合作的小品《英雄母亲的一天》，和全国人民一样，我也守着电视机被逗得哈哈大笑。此前还看过赵丽蓉演的《花为媒》里的阮妈，在那出戏里，她把一个典型中国媒婆保媒拉纤时候的各种表现都演了个遍，连打带拉的，即使被姑娘的爹骂出来，也不耽误该做工作的时候让他开口退让，那知难而进的劲头，一点不招人讨厌。看着她为了拖延时间让贾俊英相亲，在花园里和张五可一起报花名，被张五可奚落，都有点心疼，她这样还不是为了能促成个好姻缘，除了能得点银子，也没别的好处，为嘛挨着呢！看过她装傻充愣那套，知道电视里的她不过是在做戏，但是小品情节起承转合设计得实在有趣，演的人和看的人都非常开心。自此，赵成为春节联欢晚会的常客。

我见过一次赵丽蓉，是在二十世纪九十年代初的时候，当时河北三河有个活动，乔羽、马烽、杨沫都去了，还有就是赵丽蓉。她的样子和电视上没区别，和她在一起的时候，感觉她身上有种气度让和她接近的人不由自主地和她适应。那个活动她之所以出现是因为出演了浩然原著《苍生》里的田大妈，这个角色也是农村老太太，有个情节是坐在地头哭，她反复演了好几次，体力和精力大量消耗，终于累坏了。见过她之后，每年再看春节联欢晚会上的她就有了心理障碍，总觉得电视里那个忙乎的人有点奇怪。一个真实的人，和通过屏幕见到的人总感觉不是同一个。全国的电视观众因为春晚知道她喜欢她，她出演的《追星族》《如此包装》《打工奇遇》是春晚历史上的小品经典。她和电影电视剧的缘分也很深，除了二十世纪五六十年代和新凤霞一起出演的《花为媒》《刘巧儿》《小二黑结婚》之外，还在著名的假期档电视连续剧《西游记》里和相声演员李文华搭档，二人出演过车迟国王和王后。而在一九九〇年，一部电影《过年》中母亲的角色，让她获得了东京国际电影节最佳女主角奖、第十五届中国电影百花奖最佳女主角奖和第四届中国电影表演艺术学会大奖。须知这部电影集结了葛优、李保田、六小龄童、梁天、申军谊、史兰芽等当时的大热演员，她在其中饰演了一个比丈夫大八岁，一心要把家里维护好的母亲，是家里的主心骨，每个人都和她发生关联，都让她操心。出了让她难过的事，她也强迫自己保持镇定，还要想办法把过年的氛围维持延续下去。对生活这位母亲有自己的理解，她在电影里有一句台词，说的时候表情复杂，是在听到女儿对她哭诉葛优饰演的丈夫因为各种龌龊的理由不肯要孩子的时候说的："你爹年轻的时候也火巴过那么一阵子，老了，孩子都大了，就过去了。"这样的想法，代表了那个时候相当多的女性在面对丈夫忽然失去控制之后的态度，而事实上，也确实有许多家庭是因为妻子这样的理念支撑而最终保留下来。二〇〇〇年她去世的时候，上万人去送她；二〇一六年她的冥诞，央视还在微博上纪念过她。

《杨三姐告状》这出戏里有个人物非常好玩，就是那个村医高贵和。这个人是跛子，挂着拐，出场走路的样子一弹一弹的，自我介绍说："我，高贵和……"满口的方言，一开口就让人忍俊不禁。他在接受了高家的贿赂之后，给高占英做假证，说杨二姐是死于妇科病，也有句台词："血崩——受风——"语音上那个拐弯太有特点了。这个家伙明明知道是假话，还说得那么理直气壮，能把观众气乐了。到后来，高占英被法办后，这个人也被千夫所指，一副灰溜溜的样子在台口站着不敢抬头。

　　其实，高贵和说的话是滦南话，滦南县在清末民初有两个人物很著名，一个是成兆才，另外一个就是杨三姐。而这两个人都在评剧的发展史上做过突出的贡献。成兆才是自学成才的戏剧家，他曾经依靠流行于唐山周边的莲花落、蹦蹦戏等讨生活。莲花落的发展历史很长，有五六百年了，随着时间的推移慢慢衍生出不少的戏曲门类。民间出现一种曲艺形式，在经过有心人的改造后，会发展出新的艺术形式。成兆才经历过各种不平事，有丰富的人生阅历，后来他把这些戏剧因素都集合到一起，创出个名为"平腔梆子戏"的戏曲形式，逐渐发展成为评剧。因为都在滦南县居住，他听到了杨三姐告状这个事，起了写成戏的念头，这出戏是评剧对于时事的第一次正面反应，获得了超乎想象的效果，对评剧的传播有巨大的作用。而杨三姐告状这个事，不仅改变了她自己的命运，也改变了评剧的命运。当时，案件不断发展，这出戏也逐渐丰富起来，甚至到后来，由于这出戏的传播而对案子的进程都有影响。不得不说，有的时候艺术的作用已经超出了艺术本身。后来的评剧，对时事的反应灵敏得多，不能不说和当初成兆才的贡献有非常大的关系，成兆才一生编剧百余出，即使按照今天的眼光看，这个数字都很惊人，可见他的生活底蕴至深。而且，早期的评剧旦角是男旦，后来才出现了白玉霜、爱莲君等四大女旦，他们都是唐山周边的人，对评剧的发展有过不能抹杀的贡献。

《红楼梦》：真挚的爱情也需要营养

　　中国电影进入数字时代已经有些年头了，现在如果说一部电影或电视剧受欢迎，网络点击率是非常重要的考核标准，甚至有些原著小说因为在网络上点击率高，会首先被制作公司看上，能率先拿到版权费，曾经听说过某部作品卖了一百万，只是因为作品名非常讨喜、诱人，这让众多的作家产生了疑问，难道不是因为作品本身有水准吗？一时看不懂的说法就此出现。早先都是拷贝的时代，衡量一部电影的受欢迎程度，发行了多少拷贝数是个标准。有一部电影的拷贝数名列榜首，出乎许多人意料的是，它是一部戏曲电影——越剧电影《红楼梦》。对越剧来说，这出戏有非常重要的地位，许多观众因此喜欢上了越剧，一个本来只是流行于江浙地方的剧种，忽然间成了全国性的戏曲剧种。

　　越剧电影《红楼梦》拍摄于一九六二年，主演是徐玉兰和王文娟。其实早在一九五六年，同名越剧就上演了，她们在其中也是搭子。电影的内容是根据传统名著《红楼梦》改编，以宝黛之恋作为主要线索来演绎贾府的盛衰。这个题材多次入电影的眼，最早的周璇就演过，后来乐蒂在香港也演过，还被称为史上"最美林黛玉"。改革开放之后，陶慧敏、傅艺伟、刘晓庆和林默予参加演出过一版电影。所有这些片子起用的演员，都是当时的一时之选。现在比较公认最接近原著的是一九八七年中央电视台拍的电视连续剧，他们下过大功夫，剧本请众多红学专家把关，众多演员被集中到一起，还专门请红学专家给演员们上课，琴棋书画作为必修课学上至少一年，提高文学艺术素养，还在河北正定专门盖了一座大观园，荣、宁二府。这样的专业精神和巨大的投入，使电视剧还没开拍就已经有了扎实的基础，播出后获得了巨大的成功，直到今天，这部剧每到寒暑假都是各大电视台放映的首选之一。多少人是看着这部剧长大的，他们对《红楼梦》这部名著的最初印象就来源于此。时隔二十年后，又拍了一部电视连续剧《红楼梦》，从故事的结构设计到服装、人物形象都做了有价值的探索，可见这个题材对电影、电视剧创作人员的诱惑力之大。

为什么除了电视连续剧之外，每部电影的故事线索都用了宝黛爱情作为主线，我琢磨着除了原著里这是一条非常重要的线索外，还因为电影的容量和电视剧相比有限，既要把故事讲清楚，人物关系说明白，还要能让观众对故事的发展脉络有整体的轮廓。而在书中，能做到这点的也只有这条线了，所有的点都可以被这条线串起来，所有的人物都能搭上这条线，随着宝黛之间的爱情起伏，荣、宁二府的命运也跌宕不已，到了林黛玉死去的时候，贾府的荣光已经不似当年黛玉进府时的威风了。多年来被各个版本的《红楼梦》电影和电视剧熏陶，观众已经接受了这个思路，猛地换一个角度，多半还不能接受。

徐玉兰和王文娟都是越剧舞台上的名角，长期的舞台实践逐渐形成了徐派和王派表演艺术风格，她们在二十世纪四十年代中期相遇，此后一直合作。甚至她们曾经一起到朝鲜慰问演出九个月，在真枪实弹的战争状态下，经历过烽火洗礼的她们结下了深厚的友谊。按照徐玉兰的说法，王文娟的爱人孙道临是她介绍的，这样的佳话确实喜人。越剧很有意思，一向是女扮男装，舞台上不管男女老幼都是女的，和别的剧种大不一样。其实早期越剧也是有男角的，后来全被女子代替，应该是戏剧发展史上非常独特的现象。最近这些年才又有了男演员，只是习惯上，大家仍然接受舞台上的男性角色的扮演者是女性。艺术表演上想自成一派很难，下功夫不说，还要有带着自己符号印记的创新，且不是自己说的，要观众和同行公认、接受。按照当时的一般规律，出演电影，她们是作为一个任务接受下来的，那个时候的演员接受了任务就会把全部的精力放到其中，反复琢磨怎么能完成好任务。当初演南霸天、胡汉三这样反派的演员，对艺术表演一片赤诚，为了演出来那个坏劲，反复考虑、尝试、推敲，最后才确定下来怎么演，还演成了经典，他们自己和他们的孩子因为角色的影响，有时令他们自己都哭笑不得。而徐玉兰为了表现宝玉出场的纨绔劲、天真色彩，特别设计了拿着串佛珠晃着进门，那种无所谓的架势很有派，可到底他是有教养的豪门贵公子，见到贾母和王夫人的时候，仍然规规矩矩地施礼。一旁的林黛玉看到他的表现，对他有了最初的印象。让观众难忘的是宝玉初见黛玉的时候徐玉兰和王文娟的那段唱：天上掉下个林妹妹。

贾宝玉：
天上掉下个林妹妹，
似一朵轻云刚出岫；
林黛玉：
只道他腹内草莽人轻浮，
却原来骨格清奇非俗流；
……

这是宝黛初相见的时候两个人互表印象。徐玉兰的嗓音高亢清亮，王文娟委婉绵长，刚好是一对互补的搭档，观众在欣赏的时候会有一刚一柔交相呼应的感觉。还记得第一次看这部电影的时候，宝玉出场我就知道他是女的演的，可接下来徐玉兰的表演、做派每每让我忘了这个事。徐、王二人一个强健一个柔弱，那个总是被眼泪和各种小心思围绕的林黛玉，也成了某类女子的代名词。甚至后来风靡大江南北的八七版电视连续剧里的林黛玉的选角陈晓旭的外表、气质和王文娟都有接近的地方，她们的长相当然有区别，但是她俩一脉相承的那股劲儿，却是被观众认可的先决条件。以至于我看到同是徐玉兰和王文娟做主角的越剧电影《追鱼》里，表现鲤鱼精为了能和书生长久相伴，获得人间生活的资格，被拔除了千年修炼得来的三片金鱼鳞，做出"鹞子翻身"与"乌龙搅柱"这两项颇费体力的表演的时候，我想着这个不对啊，林黛玉怎么可能有这个体力来耗损呢！后来才知道当年为了演出林黛玉，导演让陈晓旭减肥，这样看起来更柔弱些，和林黛玉的外形更接近，她做到了。这位导演不是一般人，也是功力深厚——岑范，曾经拍过《野猪林》《借东风》《祥林嫂》这样的名片，改革开放之后还拍出了另外一部中国电影史上的经典——《阿Q正传》。

除了电影，在戏曲舞台上，《红楼梦》也是取之不尽的宝藏，好多情节拿出来就是一出戏。像四大名旦里荀慧生先生就创作演出过《红楼二尤》，在那出戏里，他前扮尤三姐走花旦的路子，后扮尤二姐走闺门旦的表演，而当时的名角赵桐珊、金仲仁、马富禄等人都参加了演出。好玩的是马富禄前赶薛蟠后饰演秋桐，人物的立体感瞬间就丰富了，遗憾的是没有留下影像资料，真想看看马富禄演的秋桐是什么样子的。荀慧生先生是奇才，除了做演员，他的艺术修养极高，曾经在二十三岁拜国画大师吴昌硕学画，是吴先生的入室弟子，他的作品曾经在拍卖中以高价成交，所以在舞台上他对服装、道具、舞美这一块的理解和把握比一般的演员高出许多。他说过一直喜欢《红楼梦》这部书，因为看到绝大部分相关红楼的戏都是从宝黛的角度讲述的，他独辟蹊径，排演了《红楼二尤》。故事出自《红楼梦》第六十四到六十九回，把两个命运悲惨的女子的形象呈现在舞台上。而他的学生童芷苓也在二十世纪八十年代末期演过一出《王熙凤大闹宁国府》，当时的录像中能看出来她已经到了老年，可在舞台上她的王者气度笼罩全场，每个人都是她的下手，是给她配戏的。她把口蜜腹剑的王熙凤在知道尤二姐的存在后，想尽办法先装好人再下黑手的人物发展次序表现得淋漓尽致。印象最深的是她在见到尤二姐后，给尤送上了一堆礼物，而其中的一个是补药，还直白地告诉尤这个药非常好，只是怀孕的人不能吃，会滑胎的。这让尤二姐犹豫了，碍于情势终于说出来自己已经有孕，验证了王熙凤非常担心的一个事。不孝有三，无后为大，这是贾琏的纳妾理由，也是王熙凤的心头大患，对只有一个巧姐的她来说，这个已经怀有身孕的尤二姐是自己未来的潜在敌人。想害人也要有见识，王熙凤出身大家，从小对各种权术和机谋比一般人见得多了，曾经在馒头庵的姑子的唆使下，为了几个钱，就做下了杀人的勾当，害得一对小恋人走上死路。王熙凤后来一步步把尤二姐逼上绝路，说明她早就考虑好了怎么有步骤地推进才能达成目标。聪明人机关算尽，下场堪忧，不过用赵嬷嬷的话说，"罪过可惜，也顾不得了"，虽然说的是当年王家接驾的排场，可是用到王熙凤的身上，也很恰当。她为了从贾琏身边处理掉尤二姐，也是不管以后会发生什么先做了再说。童芷苓是著名的童家班成员之一，她的兄弟姐妹做演员的很多，哥哥童祥苓扮演的《智取威虎山》里的杨子荣，让我们看到了一个完美的想象中的英雄形象，其中的经典唱段《打虎上山》，至今还被许多人传唱。

越剧《红楼梦》的贡献之一，是让众多如我一样的北方观众接受了这个南方的戏曲形式。徐玉兰、王文娟在二〇一七年四月九日双双获得了第二十七届上海白玉兰戏剧表演奖的终身成就奖，从她们的演艺生涯看，这个奖项实至名归。不幸的是就在不久后，徐玉兰因病故去，徐迷们因此伤心不已，失去一位大师的缺憾是永远不能弥补的。

《桃李梅》：大妈和三镇总兵的对抗之路

　　传统上，中国人讲究"名正言顺""师出有名"，这里的名虽然不完全是名字的意思，但是细究起来，给孩子起名字无疑也是个讲究的活，尤其男孩，只要父母在意，请个有学问的人给起名字也不少见。第一次看到吉剧电影《桃李梅》里，做知县的袁如海的三个女儿分别叫玉桃、玉李、玉梅，其实是有点奇怪的，像个平民百姓的家里的三个女儿，怎么想都有点草率。后来才知道，这出戏和一般意义上的传统剧目还是有区别。

　　印象里，看《桃李梅》是在夏天，好像是大学毕业还没报到的那些天，很热，完全不想做任何事，那个时候没空调，天热都是摇头电扇解决问题，也只是热风吹来吹去，用处不大。吉剧电影《桃李梅》就是在这样的情况下看的，这部电影的故事有点意思。说的是集宁知县袁如海是个胆子很小的人，生的三个女儿玉桃、玉李、玉梅都是城里公认的美人，袁的妻子封氏胆大、泼辣，家里的许多事都是封氏做主。三个女儿中，长女玉桃嫁给三镇总兵方亨行的文案赵运华，次女玉李许配给表哥燕文敏，三女儿玉梅是封氏最宝贝的女儿，还没有人家。一次玉李出游，遇到了年已六十九岁的方亨行，他立刻就要到袁家强娶，还是封氏主意正，非说玉李当时如果出嫁会给夫家带来厄运，还提了女儿出嫁的条件，要在规定时间，方亨行用皇家的半副銮驾来迎娶才能破了厄运。拿着写了大逆不道的逾礼庚帖的玉梅，女扮男装上京城告状，赶上科考中了状元，回来一举拿下方亨行，当初和她一起上京的洪学勤赶来接了她的官职，娶了三小姐。这个故事前半部有点像《铁弓缘》，也是姑娘漂亮被看上非要强娶，后半部像《女驸马》，都是女扮男装中了状元做官后才把坏人拿下。这样的故事思路很中国，尤其后半部分，女孩不能自己到官府鸣冤告状，需要改变性别，做个男子，才能和外人打交道。我们的历史上缇萦救父的时候，女子还是可以出头露脸的，那是汉朝；到了宋朝的时候，还允许妓女出身的梁红玉擂鼓战金兵；元以后，这样的事情就太少了。著名的马皇后，给朱元璋做了很大贡献，屡次救朱元璋于危难中，她获得的最大的尊重，就是封为皇后，掌管后宫，和政治的疏离感已经很明确了。女子已经彻底退出了舞台，不只是中间，连台口都很勉强了，即使她们有机会站到舞台上，也往往是因为她们的丈夫不在了而家里还需要她们暂时顶着，比如清代初叶的孝庄太后，还有清末的慈禧太后。按照当时的一般规律，如果一定要解决因为身份带来的困扰，女扮男装几乎是唯一的选择，只是这样的举动是违法的。有见识的女性知道什么时候都要靠自己，哪怕改变性别，明知道违反各种条文制度，非如此不可的时候，也要实行，而围观的人眼色是有的，到时候也能接受。这样的处理问题方式极具中国特色，弹性永远在，就看怎么利用了。还有，如果有一天需要从头到尾捋一下全过程，出发点，或者说动机，都可以拿出来作为理由，大可以自圆其说一下。

严格意义上说，这出戏叫传统戏有点不太合适。它存在时间很短，短到至今还不到六十年。同样是有明确著者的还有京剧的《锁麟囊》，它诞生的时间是二十世纪四十年代前后，比《桃李梅》早了大概二十年，《锁麟囊》的故事来源于清代胡承谱的小说集《只尘谭》，在焦循的《剧说》中引用，经过翁偶虹的编剧后，由程砚秋主演，这出戏上演时集结了当时一些京剧舞台上的精英，其故事的复杂性和曲折性更接近于明传奇。传统中国的各种思想意识都能在戏中看到，虽然没有其他一些剧目存在的时间长，其中蕴含的传统中国的意味无疑是很强的，即使后来经过了删减，也仍然被归类到传统剧目里。据不能证实的消息，那个时候编剧是按照演出收入提成的，翁每场演出后可以拿到五块大洋的份额，那个时候的五块大洋是什么概念？鲁迅在阜成门内三条胡同的小院子花了八百元，每晚五块大洋，半年时间就能在北京二环买套院子了，艺术作品的值钱程度超乎想象，当时的人太有版权意识了。《桃李梅》有些不一样，这出戏当初是作为吉剧的实验戏诞生的，后来成为著名的"一大三小"四出戏中的那一大，在吉剧发展史上的地位非常特殊。大概一九六〇年前后，上面有精神要各地发展自己的戏曲形式，东三省当时没有现成的，大家喜闻乐见的京剧、评剧主要是从京津传过去的，还有曲艺，比如二人转，在当地很流行，从莲花落衍生发展的。按照通常的戏曲发展规律，一种戏曲形式从萌芽到形成，多半是要走过曲艺这个阶段，比如沪剧，它的前身是曲艺中的苏滩和滩簧，早期的沪剧艺人多半都会唱苏滩和滩簧，甚至还出现过沪剧演出时穿插表演一段苏滩的情景。而东北要产生新的戏曲形式，还要从曲艺中来，二人转中的各种素材非常方便地被合理利用了，且群众基础良好，吉剧应运而生。像戏曲这样的文艺形式，和普通大众的接受程度密切相关，如果受众群太小，即使有来自各个方面的大力支持，终究还是会面临生存问题。根据后来的统计，曾经一度产生了六十四种新兴戏曲形式（剧种），到了二〇〇〇年前后，仍然存在的只有十五种。而这十五种戏曲形式，无一不是群众基础好，有好剧目，优秀演员给撑着。同时，这些剧种不断出新戏、新人。那些不具备升级换代能力，不能和时代变化相适应，不能吸引新的年轻观众接受的剧种，前途自然堪忧。《桃李梅》这出戏的主线清楚明晰，副线没有，相对单一，虽然说了古代故事，但是主要思想和新生活、新社会是匹配的。戏里人物的名字也很有意思，知县可能学问还是差点，三个姑娘的名字，玉字排行，桃李梅，亲民色彩强烈，尤其对于东北的观众来说，朗朗上口又好记，比之《锁麟囊》的主要人物薛湘灵，简单多了。还有那个三镇总兵——方总兵方亨行，明白晓畅，就是横行嘛，一个连名字都叫横行的家伙，可见平时的作为，下场肯定够呛。

这出戏里有个人物很有意思，就是那个大女婿，总兵府里的文案赵运华。这个人出场的时候着红袍，鼻子上有一块白，是个丑角，自我介绍也是"一面来风两面倒，三灾八难参不着，自在逍遥"，等到总管说方总兵要娶玉李，赵运华的反应是坚决不相信，还和管家打哈哈说晚上咱们喝酒去。他知道丈母娘不得意他，老丈人还是愿意护着他的，最关键的是他的老婆，袁家大女儿玉桃的态度。看第一遍的时候，到最后方亨行被拿下，玉桃出现了，她要妹妹放过助纣为虐的姐夫赵立华。我当时很错愕，这个情节很关键，说明了好多问题，最重要的是，夫妻两个人的感情真的不错，当然，嫁夫随夫的想法会有，但是做太太的记挂着关键时刻开口救夫，赵运华平时的所作所为没走大板。这个人还有一大功，他作为文案和袁家的大姑爷，随方亨行去袁家娶玉李的时候，被老丈人嫌弃，遭到了丈母娘一顿大骂。等到丈母娘狮子大开口要半副銮驾迎娶的时候，方亨行有过短暂的犹疑，他不可能不知道这样的做法是欺君僭越，本来想发作，大姑爷赵运华看情形不对立马冲过来，他的话起作用了："老大人镇守边关，山高皇帝远……"这种充满了自高自大、自我膨胀的想法的说辞，本身就带着危险性，须知离皇帝再远也是朝臣，所谓本分总要记得。方听后同意了，只能说在他的脑子里，也认为自己的能力大到做一方诸侯可以不管朝廷和皇帝的程度。后面才有玉梅带着庚帖上京告状，中状元，拿方亨行，小人物赵运华的作用不可小觑。小人物的大作用，电影《铁面人》里的裁缝比较经典，如果没有裁缝告诉财政大臣富凯关于国王绶带的事，两个长相相同，穿着同样服装，只有绶带的颜色不一样的国王站在那里，确实很棘手。没有依据的判断会出大问题，很可能所有人的辛苦都打了水漂。所以，什么时候都不能认为小人物真的小，他们的小小举动，最终带来的影响可能改变世界的走向和进程。

这部电影里改变故事情节走向的是三女儿玉梅，智勇双全，给老娘出各种主意对付强娶姐姐的方亨行，最后嫁的丈夫也是自己选的，这个从小就主意多的姑娘，按照今天的说法就是老太太最得意的小棉袄。而在戏里演得最出彩的是老丈母娘、袁如海的太太封氏，这个当家人谁都管着，从知县袁如海到姑娘女婿，都在她的视线范围内，一点不因为没给老袁家生儿子就在丈夫面前矮三分，对丈夫照样吆五喝六的。对三个女儿的态度也不一样：大女儿疼在心里，但是到底出嫁了，她认为是别人家的人了，她有不满但是明白不应该多插言，管得有限度，很理智。如果不是这样，她的大姑爷赵运华明明知道自己不得丈母娘的意，在关键时刻仍然帮助妻家做到了诱使方亨行犯错误的大事。二女儿的柔顺让她爱不够，但她知道具体在事情上，这个姑娘不能商量，只能护着。如果从女儿的角度来说，这样的孩子是非常幸福的，父母总是不自觉地把孩子们放到不同位置上，有些是付出多于索取，有些是相反的，和父母的心思有关，也和这个孩子的一贯性格脾气有关。即使对最依赖的三女儿，虽然她嘴里一直说什么都听女儿的，具体到事情上仍然有自己的想法，且面对方亨行的态度也是不卑不亢的：你是统领一个地方的诸侯、大官，那是你的事，和我没关系，既然你要娶我姑娘，那就必须按照我的来。封氏大大方方，该进就进，该退肯定退，从容得不太像个大门不出，二门不迈的官太太。如果现在有这样的母亲，估计闲来无事也是在跳广场舞的大妈了。《桃李梅》的故事发生的地点是集宁，黑土地上的女人，面对的天地是广阔的，有点泼辣劲，比文弱更能立得住。演封氏的演员叫隋玉晶，有门独创的绝活水袖功，她能把一米长的水袖舞起来，满台飞。即使有二人转的扇子功、手绢功做底，仍然不容易做到。自她开始，吉剧女演员就多了一个其他剧种演员没有的本领。好多观众特意要来看这个的，一招鲜吃遍天。

《三打陶三春》：种瓜的姑娘打你个
王爷落花流水

　　一九六一年，吴祖光还在北京戏曲学校的剧团工作，那年他根据传统戏《风云配》创作了一出戏，因为各种原因没能上演，直到二十世纪七十年代末期，这出戏才出现在舞台上，就是《三打陶三春》。

　　戏曲舞台上，以女性为主角的剧目不少，从人物设置和故事架构上完全占上风的不多，《三打陶三春》算一个，且因为内容轻松诙谐，表演上念白基本是京白而使得观众听着有趣，一经上演大获成功，曾经创下演出四百余场的成绩，全国其他剧种移植也达到十几种。这个故事不复杂，说的是五代后周时郑恩（郑子明）获封北平王，南平王赵匡胤想起来郑早年曾经在瓜园定亲，启奏世宗柴荣迎娶。郑恩担心不能制约种瓜的姑娘陶三春，就要高怀德、高怀亮去打掉陶三春的士气，不料却都被打败。为了让郑恩按时入洞房，赵匡胤伙同高家兄弟编造故事让郑恩相信他们都战胜了陶三春。郑恩在洞房里先是各种挑刺，然后欺负新娘，终于惹怒了陶三春，把当初订婚时的信物——卖油的梆子拿出来，狠狠地教训了郑恩，后经过柴荣、赵匡胤的调解，两个人化解了矛盾，欢欢喜喜入了洞房。这出戏名字里的"三打"，是高怀德、高怀亮兄弟再加上洞房里的郑恩，一共有三次试图打败陶三春，陶三春了不得，居然都胜了。像评书里说的，凡是出现女人和小孩拿着武器上战场，都不能小看，一定是有过人的本领才能立在那里。这和喝酒有点像，通常都是男人天下的酒桌，女生肯领杯，已经是个信号了，如果再大方地碰杯，基本上就说明了各种问题。陶三春的故事出现得很早，戏里提到她是从蒲州出发到京城去，这个蒲州在山西，著名的《西厢记》的故事里的普救寺就在当地，现在没有和陶三春有关系的故事、传说出现。而在陕西，有个蒲城，两千多年的历史了，当地有个村子叫"陶池"，流传着关于陶三春的故事。出现这样的情况，只能猜想在戏剧发展中的某个时候，地名里的一个字被改掉了，幸好不耽误整个故事情节。清人吴璿的小说《飞龙全传》里有关于陶三春故事的内容，吴璿是清朝雍正、乾隆年间人，曾为儒生，屡试不第，后来依据旧版《飞龙传》写了这本关于赵匡胤的英雄传奇的书，郑恩和陶三春作为赵匡胤身边重要人物被反复提及。自从这本书诞生，旧版《飞龙传》逐渐散佚了，今天已经不能找到。京剧舞台上，杜文林曾经改编过一出连本全台的戏《飞龙传》，那里面也包含了《三打陶三春》的故事。而《风云配》也是舞台上现成的剧目，同样有类似内容。

《三打陶三春》的故事不是孤立存在的，有个前传是《打瓜园》，主演是名武丑叶盛章。他的父亲是富连成班主叶春善，长兄叫叶龙章，弟弟叫叶盛兰，都是中国京剧史上鼎鼎大名的人物。叶盛章早年科班的社倒了，他爸才让他到富连成科班，想来和医不自治的道理一样，自己的孩子要交给别人栽培。叶春善对待叶盛章的学戏要求非常严格，这让长大后的叶盛章养成了对自己严苛的习惯，他在舞台上自成一格，是武丑挑班唱戏第一人。那个时代能挑班唱戏的要不就是名旦角，像四大名旦，要不就是名老生，如马连良、谭富英，还从来没有丑角挑班，因为丑角的戏少，挣钱的可能性小，养活一个戏班的能力相对来说弱许多。各个剧种在这个问题是一样的，如果丑角想挑班子，第一个问题就是解决戏少的问题，为此叶盛章排演了一些以丑角为主角的戏，效果相当好。《打瓜园》本是名丑王长林的拿手戏，后来传给叶盛章，叶盛章把这出戏发扬光大了。这出戏的主要人物是陶三春的父亲陶洪，一个驼背、鸡胸，手、腿有残疾的武林高手，在偷瓜贼郑子明打败了女儿陶三春后，亲自上阵制服了郑恩，因为喜爱郑的憨厚可爱，把女儿许配给他。这出戏里的陶三春没有打败郑恩，而是她爸爸出手后郑恩才被打败了。戏里的陶洪一点没有因为自己是残疾人就自轻自贱，而是大气大度地对待偷瓜的郑恩，他看出来女儿有点喜欢这个愣头的小子，顺水推舟把女儿许给郑，正是一个充满慈父精神的大男人形象。这出戏在舞台上一直上演，直到今天还有不少好演员在演绎他理念里的陶洪。

　　《三打陶三春》的后传也是一出名剧——《斩黄袍》，说的是做了皇帝的赵匡胤开始把注意力转到了酒色上，他的爱妃韩氏的兄弟和郑恩有了过节儿，与韩妃合谋趁着赵匡胤酒醉怂恿赵杀了郑恩。陶三春不干了，带着忠心耿耿的兵士包围皇宫，高怀德杀了害人精，又脱下赵匡胤的黄袍让陶三春一通乱砍，才解了围。历史上赵匡胤的"杯酒释兵权"非常有名，做了皇帝担心手下的有功之臣会起反心，多半是开国皇帝躲不开的坑，尤其赵匡胤就要加个更字，他自己就是因为兵权在手，黄袍加身，对他来说，曾经的有功之臣在他做了皇帝，尤其是天下被平定后就已经是心腹大患了。这些皇帝解决问题的办法多半是一软一硬，软的如赵匡胤"杯酒释兵权"，硬的就是朱元璋的炮打庆功楼。赵匡胤是否真的是醉了才杀郑恩还有必要存疑，功高震主永远是潜在的危险，皇帝的心头刺。当事人多半不肯相信，总觉得自己舍命给主子挣来的天下，怎么可能受到那样的待遇，可人的位置不同决定了他们的想法会有很大的差异，所以才会出现岳飞因为莫须有的罪责而被杀于风波亭。《斩黄袍》是高派的代表作，高是指高庆奎，非常有特色的演员，他演唱的时候调门比一般的老生高，声音激越高亢，酣畅淋漓，一般演员达到他的水准很难，造成的结果是学习不易，传承起来难度也大。

这三出戏出现的时间有先有后，从情节上可以串起来，说明这个系列中的人物形象、道德精神符合传统中国人的各种观念和想象。对于陶三春来说，一个农村的看瓜小姑娘，年纪不大，有自己的生活观和价值观，她本来要抓偷瓜贼，结果爱上了被抓的贼，说明这个姑娘的想法不是因循守旧的，有点特立独行。而在县令恭迎她进京完婚的时候，她对全副銮驾感觉麻烦，待着不舒服，于是想办法让自己撇开队伍，坚持和弟弟一起骑着小毛驴进京。不妨想象一下这样的景象，一对姐弟一头驴的后面，是全副銮驾跟着，看着就荒唐，想笑。等到了京城的附近，为了不给县令添麻烦，陶三春同意坐上轿子成为銮驾的一部分，这表明她虽然有原则，仍有慈心、识大体，知道不能因为自己的想法坏别人的事，给不相干的人带来麻烦，做人的灵活性就出来了。高怀德出现后，这个假扮的响马做出一副打劫的样子，被陶三春打败后吐露了实话，陶三春才知道原来郑恩对她进京的心思复杂，五味杂陈。她没有大吵大闹，高怀亮再打，她仍然按下不表，直到洞房里，被骗的郑恩趾高气扬，做派十足，陶三春也没有立刻暴跳如雷，她一直看着他表演，这城府已经有点不是个小姑娘的深度了。等到郑恩真的动手，才拿出来撒手锏——当初郑恩卖油的梆子，两口子在洞房里动了手，通过一阵斗法，给郑恩立了家法。这中间，陶三春这个小姑娘的心思深沉，考虑问题全面，不只因为此时的郑恩已经不是当初的偷瓜贼，成了王爷，还因为陶三春想到作为夫妻，要长长久久地做下去，互相给面子是应当应分，尤其今日的郑恩是朝廷的王爷，摆谱甚至是他生活的一部分，只要不是太过分，能接受的就随他去了。在这个问题上，做丈夫的郑恩显然没考虑那么深，但是郑恩知道怎么对付陶三春，到了确实不能立威的时候，他马上嘻嘻哈哈，撒娇耍赖地要和陶三春和好。陶三春见好就收，立刻接受了郑恩的好意。郑恩不明白心理学上的一个规律，如果第一次某个事情形成了解决定式，后来多半是就此延续下去了，像第一印象一样，留在脑海中改变起来是很难的。

戏曲里的卖油郎有几个比较著名，郑恩是一个，还有一个就是"三言二拍"中《卖油郎独占花魁》的那个。卖油郎这个角色是个奇怪的设定，他们从事着最低等的工作，挑担子卖油，敲着梆子走四方，好像桃花运还不错。著名的《卖油郎独占花魁》，和这出戏的郑恩，最后都抱得美人归。为什么传统文艺里，这个人物被如此设定，其中有些什么道理，始终是吸引我的地方，就像我们说到桃园三结义的这三个家伙，都会提到他们的起点，刘备是织席贩履之徒，关羽的职业比较模糊，卖过枣，另外民间还有"关公卖豆腐，人强货不硬"的说法，而张飞这个卖肉的家伙后来成了勇冠三军的大将，当初只切动物的肉可能不太过瘾。这些后来名声显赫的家伙的起点越是低，越能衬出来他们后来的不平凡。对于编故事的人来说，一个挑担子卖油的家伙，是没有任何足以傲人的资本，这样的人都能和花魁结成秦晋之好，这个饼画得未免太圆了。

当年演陶三春的演员叫王玉珍，出演的时候年纪和舞台经验都恰逢盛时，随着此剧的上演一炮而红。舞台上的陶三春有勇有谋，活泼洒脱，遇事和弟弟有商有量，都有自己的主张。在台下就看着她满台飞，陶三春这个人物以武旦为主，兼有刀马旦和花旦的意思，哪怕舞台上只有她一个人，观众也不会觉得舞台是空的，气场强大得很。陶三春抢大锤开打，其中还有"接锤花"的动作，难度很大。当年她是拿着实心的木锤练的，开始当然做不好，台上一分钟，台下十年功，真功夫不会骗人。许多表演外行人看个热闹，内行扫一眼就知道成色多少。只是艺术表演这个事，正像当年余上沅在《国剧运动》里说的，"表演像真，并非是真"。只要从事艺术事业，这样的话都须记得。

《李二嫂改嫁》：寡妇再婚，首先要解决婆婆的问题

中华人民共和国成立之初，女性解放被提到了相当的高度，一大批关于这个题材的文艺作品竞相问世，多数是关于婚姻自由的，而对寡妇还要不要自由这个事，也有过各种议论。山东吕剧《李二嫂改嫁》对这个问题做了回答。

这出戏有来源，是根据王安友的同名小说《李二嫂改嫁》改编的，后来许多人知道有这篇小说，还是因为看了同名电影。这出戏讲的是一九四七年的山东农村已经是解放区的天下了，杨家庄的老李家只有一个婆婆和儿媳妇即守寡的李二嫂一起生活。李二嫂年纪很轻，与隔壁的张小六经常一起劳动，心里都有了彼此。李二嫂的婆婆外号"天不怕"，是个滚刀肉类型的人物，什么事不合她的意立刻翻脸，说难听的话，对待李二嫂也是习惯性的欺负，随意指桑骂槐，哪怕鸡下蛋的问题也可能最后落到在外面干农活的李二嫂身上。张小六去做支前的担架夫后，关于李二嫂可能改嫁的事就成了"天不怕"的

心事，为了解决这个事，她和侄子李七一起到张家给张小六做媒，还取得了张家母亲的同意。同时，告诉李二嫂的母亲，那个张小六既丑又不勤快，不是过日子的人，造成母女俩的误会。张小六回来后，李二嫂和张小六达成共识，但是两位母亲坚决反对，经过妇女主任做工作才解开了各种误会，结成良缘。这样的故事今天看来没什么大意思，需要知道个前提，仅仅在六七十年前，女性的婚姻自主在大众的眼里都是奇怪的事，父母之命、媒妁之言才是婚姻的正途，即使有知识的人家，自主决定婚姻同样会遇到阻力，只是这个阻力是大与小的问题；对那些生活在底层，没有文化的人们来说，婚姻自主就是有和无的问题了。现在来看，设立识字班，让广大的人民群众有基本的文化水平，确实是最快达到提高认识的好办法。

作为一出戏，现在的故事结构已经很好了，足够展开各种矛盾，建立人物之间的关联，且有适当的曲折作为故事的吸引力环节。而在王安友的小说里，故事要更复杂一些，里面多了两个主要的情节：一个是李七在张小六去做担架夫去前线之后，某一天偷偷跑到李二嫂的房间里，想霸王硬上弓。李二嫂大声呼喝，吓得他连鞋都没穿就跑了，他的鞋留在了李二嫂的房间里，成了物证，有一天算总账的时候，拿出来一抓一个准；还有一个情节是张小六离开后，在"天不怕"和李七的张罗下，一个年纪比张小六大了差不多一半的女人，还带着两个孩子，给张小六做媳妇来了。这个情节今天的人看着奇怪，思想基础是因为有自由恋爱这个观念在脑子里。放在《李二嫂改嫁》那个时候，如果父母同意了，这样的事就可以发生。同时有个情节比戏里设置的提前了，张小六和李二嫂达成共识，是在张小六去做担架夫之前，他们商量好等张小六回来了要一起生活。而在戏里，是在张小六回来后，彼此试探多次，才互相交了心，把心思都暴露出来。对于李七的举动，李二嫂并没有立刻报警或者告诉村里的干部，而是等到张小六回来后，被婆婆"天不怕"看穿他们的情愫，和李七一起到区上告恶状，区里的于助理没有调查研究就直接把张小六抓来后，才揭出来的。不得不说，这样的情节设置今天看来有点假，放到当时完全可以理解：一个寡妇如果被曝出来有个男人在房间里，无论是不是她的情人，单单村子里舆论就已经够她受的了。而到张小六被抓后，李二嫂为了救他才曝出来李七的底细，也是不得已而为之，李二嫂这个时候已经顾不得自己的脸面了，为了张小六，她豁出去了。作为小说，多了两个这样的情节加大了故事的张力，矛盾的复杂性也要比没有多出好多。我仔细想过戏里如果保留下来李七和大老婆那两个情节会如何，顺着这个思路下去，那首先李二嫂就要应对因为李七的出现而可能发生的其他波折，甚至因此打乱正常的故事发展。而那个大老婆如果出现了，怎么顺利地处理好也是个难题，小说里的处理方式相对简单，放到戏里，几句对话是不可能完成的，这样一来同样会发生打乱正常发展的情况。我猜想当初改编者们也考虑过同样的问题，结论是如果那样，几个情节要穿插到一起，故事要复杂得多，最后解决矛盾的时候要顾及各个方面，会增加难度。而对当时的观众来说，复杂到如此的故事可能会增加混乱程度，加大理解的难度。须知今天的人们对故事的接受力比起当年已经大有长进，也是经过了漫长的几十年和通过几代人的努力才达到的。

　　吕剧在山东的影响力，和《李二嫂改嫁》这出戏的关系很大。吕剧的吕字，在山东话里有"野"的意思，关于为什么吕剧叫吕剧，说法很多，目前能确定的是它的诞生和化妆扬琴、山东琴书有着千丝万缕的联系。山东是文艺大省，各种戏曲和曲艺种类之多，明显优于其他的省，这和山东的历史悠久以及山东所处的位置有关，来自周边的文化交流一直在促进文化艺术的进步。我们通常喜闻乐见的山东坠子就是一个例子，每当《武松打虎》的过门开始，带着浓重山东方言腔调的"千言万语不要讲，讲一讲好汉武二郎，二武松……"，听的人立刻打起了精神。一九五一年五月山东省召开第一届全省文学艺术工作者代表大会，为了庆祝这个会议召开，《李二嫂改嫁》作为庆祝剧目第一次上演，在这个版本里，曲调的基础是化妆扬琴，再加上地方戏中的一些元素，吕剧的基本形态就此定型。同时，有个重量级的人物也在此时出现了，即靳惠新，还出现了三次，第一次是编剧组成员之一，第二次是导演组成员之一，第三次是演员，她饰演那个寻衅是非的婆婆"天不怕"。靳惠新是老革命，二十世纪四十年代就到延安从事文艺工作，随着部队文工团进城后，满怀热情地投入到新的工作里，她拿出来以前做文艺工作的经验，对《李二嫂改嫁》第一版的成型功不可没。现在观众的印象里，多半都记得那个刁钻、刻薄，好吃懒做，成天看着儿媳妇不顺眼，对寡妇儿媳妇想改嫁千拦万阻的婆婆。如果单看她的外形，和一个有丰富革命经历的人特别不搭，更想不到她还有做编剧和导演的本领。可自从舞台上有了这个人物，"天不怕"就成了某一类婆婆的代名词，她耷拉着眼皮，脸部肌肉下垂，总像在挑刺、怨气冲天，不仅不打算让自己高兴，周围的人如果高兴她就特别不高兴的那个样子被表现得淋漓尽致，被称为"天不怕"的绝版。话说我们身边也是各色人等都有，类似的人可能不会像"天不怕"这样身上的负能量到爆棚的程度，或多或少有一点，已经很招人讨厌了。也在这一版里，第一代李二嫂出现了，即林建华，是她的努力让第一版的李二嫂成为那个戏里的经典记忆。到了尚之四导演的第二版里，李二嫂就换成了郎咸芬，她最初接触这个角色不到二十岁，甚至不知道什么是表演，为了能贴近这个角色，她到农村体验生活，和那里的人们接近，真切地感受生活中的酸甜苦辣，各种艰辛。几年后拍电影的时候，郎咸芬已经是非常成熟的演员了。根据记载，后来演第一版李二嫂的林建华还演过张大娘，就是张小六的妈，这样的安排估计和年龄有关，她已经不太可能再饰演李二嫂了。

在《李二嫂改嫁》这出戏里，除了李二嫂，另外一个主要人物就是她的心上人张小六。这个人是受过革命熏陶的人，年轻，有革命热情，积极报名参加担架队上前线。同时，他喜欢李二嫂，不认为寡妇不吉利，他一个小伙子娶个寡妇有什么不对劲的，但是在表白这个事上，他显然有顾虑。明明他站在上风，李二嫂是被动的，好几次都是李二嫂发出某种信号，而他几乎没有回应。不仅李二嫂等得着急，我们这些观众也着急，这小伙子到底是什么意思，如果没意思就别总撩人家，没有目的地招一把、撩一把就是耍流氓了。幸好，在他从前线回来后，李二嫂还有耐心继续试探，在前线见过了生死的张小六终于坦露了心迹。这算瓜熟蒂落，好事一桩。

这出戏里的婆婆"天不怕"最后被甩在一边，她开始一直阻拦李二嫂改嫁，是因为考虑到自己的养老问题。儿子不在了，只能和媳妇相依为命，本身已经很悲催了，随着年龄渐长，她的脾气越发乖张，看不惯媳妇要改嫁。仔细分析这出戏，"天不怕"也是寡妇，她自己受苦多年，终于把儿子等成人了，还去世了，留下的媳妇让她依靠，她确实没有其他的生计。从这个角度说，这个人物也有可怜的地方，人民群众对这样的人也有个判断：可怜之人必有可恨之处。何况，"天不怕"可恨的地方太多了。她的下场是咎由自取。

传统戏曲里关于寡妇的剧目不少，有些还非常受欢迎，比如《十二寡妇征西》《穆桂英挂帅》，都是围绕着一个中心，以佘太君为中心的一群女将，她们的丈夫为国家献身了，自己平时都不会随便出门，老老实实在天波府里做着奶奶少奶奶，到了国家有难的时候，那些男人都不能担起来的抵抗外侮的重任，最后是这些苦命的女人扛起来了。每次看舞台上的她们顶盔掼甲、罩袍束带、手握兵器上战场的时候，就会想一个女人的底线有多么深，复杂的程度有多么高，这些平时只是过着无聊生活的女子，除了穆桂英，其他人没有丈夫和子嗣的日子有多么难过。估计她们平时也是要练武的，她们的武艺能长期保持着高水平，可以随时上战场就已经说明了这一点。而从佘太君开始，那些为了国家捐躯的男人，是不可能知道他们的身后，妻子的生活的具体形态的。所以，当穆桂英知道杨宗保战死沙场，而天波府的一家老小还在给他祝寿，她不能说出来实情，她只能难过地隐藏着她的痛苦，把笑脸带给每个祝福她的亲人，她很清楚，整个天波府里，只有一个大男人——杨宗保，他的身上不只是荣誉，还有对未来的希望。而她的两个孩子，也是整个府里的焦点，这造成了一个很大的问题，就是被娇宠得很过分，才会有后来的刀劈王伦。当然，这里面的很多东西是后人想象附会出来的，后人想到杨家的一门忠烈，但是孩子太少，于是在传统评书《杨家将》里，七郎和七奶奶杜金娥是有个儿子的，叫杨宗英，因为他们没有经过婆家天波府的婚礼程序，只举办过山寨里的婚礼的杜金娥，不能坦然承认自己有这个儿子。十几年后杨宗英找来的时候，佘太君只通过简单的询问，没有犹豫，立刻就认下了，对天波府，对杨家，男丁的意义不只是多一个孩子。

今天的人们已经很难想象当初全国人民热爱李二嫂的景象，对于吕剧来说，《李二嫂改嫁》是灯塔，是高峰，无论任何时候想到吕剧，都会不由自主地把这两个元素联系到一起。换一个角度想，李二嫂能在丈夫死后一直没改嫁，还有一个很重要的理由，李家有地，收成能支撑这婆媳俩的基本生活。如果做不到这一点，肯定是要寻求改变的，总要能养活自己吧。老话还有一句："天要下雨，娘要嫁人，都是奈何不得的事。"又或者，祥林嫂的遭遇可能重现，那就是当儿子死后，为了生计，做婆婆的把儿媳卖到山里换钱，自己好过接下来的日子。

《梁山伯与祝英台》：除了十八相送，
我们还化蝶了

　　爱情是因为产生了化学反应才出现的，这是科学家说的，人们开玩笑的时候会拿来说说，到真章的时候，没人真这么想。人类情感里，爱情最不可思议，也不可捉摸。两个人因为什么一见钟情，因为什么要发誓生生世世都在一起，从来没有能说清楚其中的缘由，当然，两个曾经相爱的人忽然不爱了，也是关于这事的不可思议之处，同样不能说明白。而中国人对爱情的看法，非常复杂且矛盾，比较典型的是《梁山伯与祝英台》。

　　这个故事妇孺皆知，是中国四大爱情故事之一，许多人都不记得自己是什么时候知道的了。估计大多数人第一次听到这个故事的时候，都会比较奇怪大人提到它的反应。我还记得小时候祖母用带方言的口音说着："梁山伯与祝英台……"好像有许多话不能说出来，叹了口气，一脸的惋惜的样子。那个时候我的好奇心不够，没想要问问这是什么东西。后来看到越剧电影的时候，第一个感觉是矫情。梁山伯的样子呆呆的，笨笨的，除了读书没有其他的爱好，和周围的人差距很大。话说我们平时见到的人都聪明得要命，怎么可能有那么呆和笨的家伙，还念书，还做官，简直是骗人呢。祝英台也是一样的，随随便便就和梁山伯一起读书三年，还没被认出来她是个女的，这怎么可能呢！幸好还有明白人，后来祝英台自己跑到师母那里要师母出面向梁山伯做媒的时候，师母坦诚早就知道祝英台女子的身份了。我总在琢磨，一个女子女扮男装三年，总觉得不太可能做成这个事。须知那个时候生活条件恶劣，要想隐藏女子的身份，各种难点明摆着在那里，每月一约就能为难得人不得了，和那么多男子一起生活读书，居然没被认出来，只有一个可能就是没发育好，"太平公主"一枚。不过，这个想法因为师母的坦率而打消了，她能分辨出来，应该还有别人也能做到。同样让我迷惑了很久的还有《花木兰》的故事，同样绊倒在相似的问题上。后来我想通了，应该是前人为了能把故事说下去，暂时将不能处理的问题摆到了一边。主线很重要，其他的先搁置。当需要解决具体问题而又不得法的时候，类似的思路一定会出现的。我们是中国人，明白灵活是什么意思。

为什么要把梁山伯塑造成现在的样子，单纯是因为故事的需要吗？梁祝的故事在民间流传已久，著名的《梁山伯宝卷》，明传奇《访友记》《同窗记》都有记载，浙江宁波还有座"梁圣君庙"，里面供奉着梁山伯和祝英台两个人。而在越剧里，梁山伯是会稽人，祝英台是上虞人，他们读书的地方在杭城，按照百度上的说法，会稽到杭城是七十三公里，上虞到会稽是四十公里，而上虞到杭城是一百公里。如果放到今天，这样的距离开车一到两个小时就解决了，而在故事里的年代，只能走路和坐车，那就是很长的距离了，耗时很久，即使对祝家这样殷实的家庭，也不是想回家就能回家的，祝英台还不是一口气读了三年才回去。当然，他们两个是哪里人，故事发生在什么地方，众说纷纭，都能找到根据、渊源，甚至还有墓地，墓碑，只能解释为人们太热爱他们两个了，恨不能让他们和自己所在地方有个勾连。对故事的流传者来说，他们两个是什么地方人，或者他们的墓地在哪里，都不是重点，更重要的恐怕是通过他们表达的对爱情的向往和忠贞的祈愿。

关于这个故事的剧目，越剧就不说了，京剧有大师程砚秋晚年的名作《英台抗婚》，杜近芳、叶盛兰根据川剧移植的京剧《柳荫记》，全国的各个剧种基本上都有，且每个剧种的故事的主要情节的出入都不大，多半重点放在十八相送、楼台会一节。在故事的设置里，除了呆头鹅梁山伯和女扮男装祝英台之外，还有逼婚的父亲祝员外，和那个只闻其名不见其人的正牌女婿马文才。对和祝英台相爱相守这件事，梁山伯开始是被动的，被动地和祝英台结拜，被动地在十八相送中反复被暗示，被动地成了九妹的未婚夫，被祝英台要求到祝家提亲，被请求放弃曾经接到的婚约，只有一个事是他主动的，就是死亡。在越剧里，他和祝英台在楼台会的最后，说了一句惊天动地的话："我总不能死在你家里。"彼时他刚刚被明确告知已经被悔婚，晴天霹雳是他的最大感受，他交代自己为了来见九妹，"一路上奔得汗淋如雨"，不禁有点奇怪，他如此激动难道是因为想到了九妹和祝英台的关系吗？我们能想到的是，这样的狂奔应该非常耗费体力，精神上处于亢奋中的他被兜头泼了盆凉水，受到了极大的打击，他的病从此不治，应该是心理因素占了更大的成分。这个结果和他的呆头鹅人设比较搭衬，如果是个头脑灵活、随机应变的家伙，保不齐这个时候已经和祝家的老爷谈了交换条件，拿点现成的好处。对祝员外来说，后面还想和马家联姻呢，总不能让梁山伯这个不知从哪儿冒出来的家伙给搅和散了。如此重情重义的年轻人是女孩们的心仪对象，可遇而不可求，让我们想起来尾生，就是那个和姑娘约好了在桥下见面的小伙子，发大水了，姑娘还没来，他坚持不走，抱柱而亡。有这样的故事存在，我相信一定有过尾生，这里面不只有信义的问题，还有爱情在支撑着他的信念。我也不能相信，仅仅化学反应，就能让一个人放弃了生的可能。

目前能见到的影视作品里，关于梁祝的非常多，电影拍了各种版本，电视剧也是。越剧电影《梁山伯与祝英台》的主演袁雪芬和范瑞娟是各自门派的创始人，她们的精湛演技给这两个人物划定了表演范围，后来人想超过非常之难。之后大约十年，香港拍了一部同样名字的电影，女主角的扮演者是乐蒂。这个出身于显赫家庭的古典美人，通过自己的表演把这部电影放到了经典的台架上，她本人也获得了中国台湾第二届金马奖最佳女主角奖。这部电影和当时的许多邵氏拍的电影一样，用了黄梅戏的曲调作为主要音乐形式，人物在里面且歌且舞，不过从技术的角度来说，严格地界定他们唱的是黄梅戏比较不科学，他们的演唱方法甚至不能算戏曲类的，划入歌唱类好像更贴近一些。帅哥何润东也曾经扮演过梁山伯，他身上有种温文尔雅的劲头，只是呆劲不够。让我比较跌眼镜的是徐克曾经拍过一版梁祝，主角是杨采妮和吴奇隆，时间是越剧电影诞生之后四十年。在这一版里，故事的关键情节被颠覆了，梁山伯早早地就知道了祝英台的女子身份，且在祝英台没有意识的情况下，为了掩饰她的真实身份给她打了许多掩护，到十八相送的时候梁山伯承认自己早就知道了，还趁着雨天成了好事。这个桥段是现代人的观念，传统的概念里，有了这样的关系，爱情的纯净感会大打折扣，只追求精神的契合，至纯至美是我们对爱情的要求，虽然普通人做到这一点不太可能。当初徐克版的电影出来的时候，很有些人不喜欢，出现了梁祝之间的实质关系应该是其中很重要的一个因素。不过，在结尾的处理上这一版比较符合科学，其他版本里，都是梁山伯的坟墓裂开了，里面甚至还射出来非常亮的光，祝英台循着光跳进去，墓又合上了。然后就是两只蝴蝶飞出来了，一只是梁山伯化的，另外一只是祝英台化的。这样的处理具有高度的想象力。首先说墓裂开又合上，这样的故事真实世界里发生的可能性比较可疑，倒是在《隋唐演义》里，程咬金做瓦岗山的混世魔王的来历上，说过他进入一个裂开的坟，从中取了印玺又出来的情节。可那里面程咬金是活着出来了，且在他出来后那个坟也合上了，换言之，从材质上分析，这样的墓应该是石头制的，才可能发生先开后合的情况。但是按照故事里的交代，梁山伯的家庭状况算是贫寒，他的墓地应该不会有这样的规格。所以徐克处理成妖风大作，飞沙走石，墓地坍塌，出了个大窟窿，也能说得通。江浙地区是中国龙卷风发生概率比较高的地区，勉强这样科学一下，也成。再有，就是化蝶，这个事应该仔细掰扯掰扯。古人肯定没见过人化蝶的现场，只是想象着化蝶是非常美好的事。现在科学技术发达，如果从分子生物学和遗传生物学角度考虑，这个事扯得有点大，人和其他动物之间的不同来自他们之间的基因排列和其他方面的巨大差别，如果真的发生人变成蝴蝶这样的事，就要在基因和细胞方面进行一系列的修正和重新排列，科幻小说里是有过类似的情节的。再有，人变成个甲虫的小说也有，卡夫卡的《变形记》里，主人公就变成了一只大甲虫，全家人的反应先是吓一跳，后面就是鄙视和嫌弃，不能让他和外界接触，不能让外界知道这个人，或者说这只甲虫的存在。这是什么让人高兴和值得炫耀的事吗？同样是人的幻化，外国人只能想象美人鱼变成个很可爱的姑娘，还要付出代价，每走一步脚都剧痛，像踩在刀尖上，最后这美人鱼为了王子的爱情，自己变成了泡沫，让人痛心啊。中国人还是比较现实，化蝶是想通过变化，让两个彼此相爱的人能终成眷属了。所谓变化是通向美好的一个手段。

这出戏里有个人一直躺枪，就是只闻其名的马文才。这个人是太守之子，祝员外心心念念想把祝英台嫁给他。戏里对这个人描述不多，没有证据证明这个人是强迫祝英台嫁的。甚至有可能，他也是被蒙蔽的人，是祝员外想攀高枝，才坚持让女儿嫁给他。从来人在年轻的时候都是梁山伯和祝英台，非要找爱情，因为爱情和某个人在一起。等自己成了父母，就知道锅是铁打的了，他或者她再给儿女找结婚对象，现实生活中的各种实在问题总恨不得一早解决掉，这一来就是祝员外了。可怜天下父母心，一代人总是往下疼的。戏里的马文才这个人可能还比较通情达理，在祝英台提出来要穿素服出嫁，且一定要绕道梁山伯的墓这样的事情上，没有来自马文才的反对声。即将要娶新妇的太守之子，为什么要接受这样不吉利的婚礼过程呢？也许在没有被提起的某个时候，马文才曾经和祝英台见过，爱上，然后放过话，只要能嫁过来，无论什么条件都能接受。这样的马文才，就不是被讨厌，而是要心疼了。

在中国人的文艺生活里，和"梁祝"有关的艺术形式还有一个不能不提，就是小提琴协奏曲《梁祝》。自从一九五九年首演，它就占据了这个领域的制高点，是许多人成名成家的关键。这部协奏曲的作曲者之一是陈钢的父亲，是曾经一度比他更有名气的词曲作家，他的《玫瑰玫瑰我爱你》《夜上海》流传甚广，是一个时代的象征。关于《梁祝》，有个事情比较有意思，好多演奏者都提到过，因为有对这个故事的理解，中国的小提琴家在演奏的时候，某些地方的处理非常中国化，而大家也默认了这样的处理方式。当外国人演奏的时候，虽然他们的曲调并没有错，但是听众在感觉上总会有隔着一层的印象。和这种情况比较类似的是，我们的音乐家演奏外国乐曲的时候，经常被说到的一个缺陷是不能展示出作品本身的韵致。和花样滑冰运动员在冰上做出各种动作时，如果使用的是中国的曲子伴奏，他们的艺术表现力可能更贴合乐曲营造的氛围和感情是一个道理。我猜想这是一个问题的两面表现，互为表里罢了。

我们都有过体会，当我们的身体里缺什么的时候，往往会忍不住要使劲儿地吃上很大的份额，总要吃撑了过劲了才放下手里的筷子。艺术也是一样，《梁山伯与祝英台》这样凄美的爱情故事流传不息，本质是和我们这个民族务实的性格相悖的，每个人成年后都向往的爱情，又很明确地知道自己不会是其中的主角，只能在台下，看着舞台上的演员演绎出来，解一下精神的饥渴而已。换言之，精神上，我们需要这样纯美的感情，但是离现实又太远，实现的概率太小了，看一下艺术形式的表现，望梅止渴之后，总能放下不安分，回到日常接着过平平淡淡的生活。

《大祭桩》：没成亲的丈夫要问斩，
姑娘拼死去法场送行

严格说起来，这其实是一出折子戏衍生出来的剧目，全本的剧目叫《火焰驹》，作者是清代陕西剧作家李芳桂，因其出生的地方叫李十三村，又被称为李十三，这种称呼方式和历史上许多著名的人物，比如李鸿章人称李合肥一个意思。李十三是陕西渭南人，根据推算，他应该经历了雍、乾、嘉三代，从他开始中秀才，三十九岁中举人到五十二岁去京试的年代应该是乾隆年间，后来物易时移，他已经对科举进阶失去了信心，改做其他营生了。他的死和嘉庆有关，朝廷说他的作品是"淫词秽曲"，自上而下传达下来逐级加码，他连吓带怕，逃跑途中吐血而亡。李十三留下了著名的十本戏，今天人们耳熟能详的《春秋配》《火焰驹》，还有根据他的作品改编的《谢瑶环》都是其中之一。李十三真正的创作时期只有十年，是在他看明白了功名仕途无望之后。他创作的戏本应该是给当时流行的皮影戏的，因为太受人喜爱而被人民群众口口相传，最后蔓延到全国，有多个剧种移植。几乎与他同时，欧洲诞生了一位伟大的剧作家席勒，创作出了《阴谋与爱情》《威廉·退尔》等著名的剧目，不同的是席勒的创作年代的长度要久得多。他们之间相同的地方，是都对东西方戏剧的发展做出了巨大的贡献。

要讲明白《大祭桩》，非要连着《火焰驹》一起讲才能搞清楚。大宋时候，兵部尚书李绶的长子李彦荣带兵去平反叛的藩王，有传言说他谋反，朝中的奸臣王强向君王进谗言将他的父亲下狱，全家被抄，母亲和妻子流落街头。弟弟李彦贵到准岳父家里求救，被一心退婚的黄璋设计，陷害他杀了送银子的女儿黄桂英的丫鬟芸香，中秋节开刀问斩。曾经被李彦荣搭救过的义士艾千，骑千里马火焰驹到边关报信，带着李彦荣回来劫了法场，救了李彦贵，昭雪了冤案，全家团圆。这样的故事，在传统戏文里很多，套路都差不多，都是因为个什么事被冤枉，受尽各种苦楚，后来遇到个明君或者碰到什么因由，得以昭雪，以前的荣华富贵又回来了，来结束。开头和结尾往往不是重点，中间的那个部分是可以仔细深挖故事的时段。这个故事最有价值的地方，是把从唐传奇开始就慢慢形成的这类故事的脉络理清楚了，什么时候需要故事做出转折，由什么人来担当这个任务是合理的，推演出的众多的小结论如何最后累积成一个完整的结论，让观众的观赏体验获得哪些能冲击他们的三观，虽然那个时候没有三观这个词，可戏曲在当年除了给观众讲故事，还把忠孝节义这样的人生大理传达给观众，且形式很先进，寓教于乐，直到今天，我们说寓教于乐仍然是做各种思想工作者希望达到的最优办法。李十三总结出一个符合故事发展的规律性的东西，对后世的戏剧有示范作用。在这出戏中，给黄桂英和李彦贵搭桥的丫鬟芸香做过牵线的事，被后人单拿出来做了文章。小丫鬟做牵线人是个惯例，和现在的中介的作用有点像，《西厢记》中红娘的作用就是这个。从《火焰驹》里抽出来的一段有关芸香的段落，被蒲剧搬上舞台，后来京剧《卖水》就是刘长瑜从蒲剧移植而来，其中丫鬟梅英"表花"一段成为经典，和评剧《花为媒》中的"报花名"一样，都是极有特色的桥段。有意思的是，在京剧里，梅英的"表花"先说自然界的花，表完了自然界的花约好见面的李公子还没来，为了拖延时间，她把生活中牵涉的花也表了："清早起来什么镜子照，梳一个油头什么花香，脸上擦的是什么花粉，口点的胭脂什么花红？清早起来菱花镜子照，梳一个油头桂花香，脸上擦的桃花粉，口点的胭脂杏花红……"这么有节奏感的词，搭着表演者清脆的念白，冲击力杠杠的。而评剧中，同样为了拖延时间，阮妈的"报花名"和一无所知的张五可的应答，就要亲切自然得多，一个心怀鬼胎的媒婆和天真的少女做了极端对立的展现。

由《火焰驹》中的另外一个段落截取的戏就是《大祭桩》，这出戏最著名的版本是常香玉和她先生合作排演的，一直是豫剧中的经典。故事从黄桂英听到了李彦贵要被杀，打定主意去祭奠法场开始，路上和也要去祭奠儿子的李老夫人和大儿媳相遇，因为误会黄桂英下圈套杀自己的儿子，老婆婆举起拐杖打了黄桂英，后来误会得以解释清楚，婆媳三人一同到法场祭奠，一番哭诉后，艾千来了，救下了李彦贵。

最早听到这出戏的名字是老家人来天津，和奶奶说话的时候，"县上的剧团来刘庄了，演了《大祭桩》……"奶奶和来人于是对黄桂英大加赞叹一番，给我的感觉这个黄桂英应该是什么人的老婆，非常忠贞地到法场和屈死的丈夫诀别，想着这有什么赞叹的，貌似这不是每个做太太的都应该做的嘛，长大了才知道关于夫妻有句俗话：夫妻本是同林鸟，大难临头各自飞。这出戏里有两个事比较出乎意料，一是此时黄桂英在严格意义上还不是李彦贵的老婆，他们还没成亲呢，准老婆去和准丈夫诀别，比较不合规矩；再一个是黄桂英和李彦贵之间的社会地位，此时黄在上而李在下，她还能义无反顾做了，没有迟疑，和通常熟知的人情事理不太合拍。在中国，即使是夫妻之间，也会不由自主地被某种社会约定俗成的地位影响，身处上位的一方，对俯就的对方总有施舍的意味，长此下去对婚姻的影响绝对是负面的。尤其在上位的一方是女的，就更容易出现糟糕的结局。在这一点上，受中国传统上下级观念思想影响严重的表现古代朝鲜生活的韩剧中，王世子的爱情里，被爱的一方也总是以仰视的目光看着他，即使想陪伴，也要被恩准，再唯美的爱情，也总有种怪怪的感觉。当然，还有一个可能，是接受了男女平等的教育的我，看到王世子用高高在上的姿态谈恋爱，觉得滑稽。

如果说《火焰驹》这出戏是忠臣良将被坏人冤枉，受尽苦难，后来冤情得雪的故事，那只挑了"坐楼""打路""祭桩"三部分，加以延伸丰富做成的《大祭桩》，应该划入爱情戏的范畴里了。在整部《火焰驹》里，黄桂英不是绝对的主角，李彦贵的冤杀一事因她而起，谁让她派丫鬟送银子为李彦贵解困，芸香被杀只能说明黄桂英的社会经验匮乏，空有好心做了错事，葬送了自己的丫鬟。而她的做法如果从正面理解的话，说明这个人物非常纯正，善良且有情有义。在独立出来的《大祭桩》里，黄桂英的各种正面因素都被放大了，其中感人最深的不是在法场面对李彦贵的表现，恰恰是路遇李老夫人，彼此知道都要去苏州祭奠李彦贵的时候，她的老婆婆因为误会举起手里的拐杖打她，她先是左躲右闪，后来明白了老太太的心情，干脆窝到地上任她打，又委屈又疼的那个样子，引起观众的同情，极易把观众代入到戏中，达到了唤起观众的通感的效果，这是一出成功的戏剧一定会做到的。而黄桂英能自己跑苏州去祭奠，也有前面的铺垫，她到底是有点见识，知道李彦贵在难处时，金钱是解决问题的关键，才让丫鬟送银子，这样的见识今天看来不是那么亮眼，在旧时，非常了不起。所以在一些落难公子和救助小姐的戏里，多半都有送银子的桥段。舞台上的黄桂英演这一段的时候穿着重孝，民间传统里，至亲的人才穿重孝，黄桂英此时和李彦贵还没成亲，她这样的打扮，本身就是态度，如果李彦贵没有被救下来，黄桂英后面的生活很可能只能和落魄的李家一起过糟糕的日子，她应该是经过考虑后才这样做的。传统中国的女子对爱情的坚贞有自己的认识，定亲的时候她们可能是被动的，一旦定下来了，她们便要从一而终。一身白衣素服的黄桂英，在舞台上飘忽来去，宛如一只美丽的白蝴蝶，应了老话：要想俏，一身孝。人民群众早就知道，虽然重孝没想取悦什么人，客观上，穿了通身白衣的女子的美丽是不同凡响的。

不知道为什么，每次看《大祭桩》里黄桂英穿着重孝在舞台上跑圆场的时候，都会想起来窦娥，那个被冤杀的小女子。同样是悲悲戚戚，黄桂英悲痛的是未婚夫的被冤枉和即将死去；而窦娥的悲痛是自己凭空被冤枉还没有人来救自己。她在许下三年大旱和六月飞雪的时候，是怀着既然冤情有天大，那就干脆老天爷表个态吧，不可能发生的天象和气候被窦娥的冤情逼出来，真是天亦有情，天亦老矣。

无论是《火焰驹》还是《大祭桩》，叙述故事的时候都会提到一个人，对李家的命运产生了深刻影响的坏蛋，王强。整出戏里他没有出现，但是这个人被反复提到，而且都是咬牙切齿的。王强是个出镜率很高的人，不仅和这出戏里的李家有关，评书《杨家将》里，这个人也出现了，说他是辽国派过来的奸细，通过救杨延昭进入了宋朝的核心，此后他干得最多的一个事就是陷害忠良。杨家后来被他反咬一口，如果不是传奇的八贤王反复出手相救，杨家早就垮了。老杨家也倒霉，早期是潘仁美，后来是王强，都对这个赤胆忠心的家族下手，各种陷害，各种黑手，想做个忠臣真不容易。王强的下场来得很快，他被杨延昭杀了。这很合逻辑，自作孽不可活，让杨延昭动手，大快人心。《大祭桩》里没有提到王强的下场，但是说李家冤情昭雪，一家人又过上了幸福的生活，估计王强应该有了说法。历史上宋朝没有王强这个人，不过同朝为官，有个把同人是自己的对头也很正常，都吃五谷杂粮，心思差得远，尤其是皇帝的心思和朝臣差得比较远的时候，那些能揣摩上意的家伙，就比较容易得势。

一九五八年，秦腔电影《火焰驹》拍摄，大约二十年后，豫剧《大祭桩》

拍摄，此后又拍了些版本，足见搞艺术的人对这出戏的喜爱。作家陈忠实二〇〇七年创作了短篇小说《李十三推磨》，对李十三生命的最后一段进行了文学的演绎，他把年迈体衰、贫穷无粮的李家老两口，连推磨的牲口都没有，只能自己沿着磨道推磨的事写了出来，看着实在让人心酸。这篇作品获得了第十三届《小说月报》百花奖的短篇小说奖。当年每逢单数届，《小说月报》都不会颁奖，因此没有任何关于陈忠实和这个奖项的影像记录，有点遗憾。

《望江亭》：女娇娥智斗恶衙内

上高三那年的四月，我们的历史老师突然换了，原来的老师中风了，那是个女老师，字写得特别好，都说学生的字有些是学老师的，我写的字中，有些比较像样子的就有这位老师的影子。新换的老师特别老，个子高高的，脸的轮廓长得像侯宝林，总是喜欢说"曾记得""忘怀"之类的话，同学们就在课堂上笑。我不笑，知道这些都是老戏里面的词。后来听说这位老师是返聘的，新中国成立前的回国硕士，想问问他学的什么，怎么到中学教历史来了，还上来就带高三毕业班，一直也没遇到合适的机会。不到三个月就高考了，他天天都不慌不忙的，和别的老师天天上满弦的架势迥然不同。某天晚上我路过中国大戏院，看见他在门口一派悠闲地站着，旁边立着块水牌，上面的戏名是《望江亭》。

《望江亭》这出戏是旦角为主的戏，故事是围绕着女性来写的。说的是寡居的谭记儿被无恶不作的杨衙内看中，为了避开他，谭记儿躲到清风观里给老道姑抄写经卷为生已经一年了。这天，老道姑的侄子白士中在赴任途中，特意到观里看望姑母，由老道姑做媒，谭记儿和死了太太的白士中结成良缘。

后杨衙内赶来，知道白士中和谭记儿的事后气愤不已，决定上京向父亲太尉杨戬进谗言，这父子俩哄得皇上相信白士中犯了滔天大罪，杨衙内得了圣旨和尚方宝剑来杀白士中。得到消息的小夫妻商量后，由谭记儿出面扮成渔妇灌醉了杨衙内，盗走圣旨和宝剑，第二天杨衙内出现想杀白士中的时候，拿不出东西，还被抓了，供出了实情。白士中把过程报给远在京城的李老丞相，解决了此事。这样的故事，放到今天，加上几个人物，添上些想象中衍生出来的情节，一部几十集的偶像剧就诞生了。到底是几百年前写的戏，完全不是今天的编剧们的思维方式。在关汉卿笔下，小女子谭记儿少年寡居，和二十七岁的白士中的相遇纯属偶然，所谓"千里姻缘一线牵"说的就是他们。这一对都是失去了另一半的单身，曾经的生活一定比较和美，才让他们对另一半有了基本的要求，白士中告诉姑母"无有称心如意的人儿"，说明他曾经有机会遇到过一些，但是没有达到他的要求。而谭记儿对来骚扰他的杨衙内非常反感，按照她自己的描述，已经在清风观里待了一年了，那之前杨衙内是多招人讨厌，才让这个小女子不得已采取了躲的办法来对付。通过这样的自述可以知道，那个时候的信息传递有问题，一年了，杨衙内才知道谭记儿在这里，放到现在，根本不可能。同样有趣的还有他们的相爱过程。如果是今天的男女青年相爱，提前都要有铺垫，两个人一见钟情虽然也有第一眼缘分，不过之前一定有某种情境和氛围在两个人之间营造出来。这出《望江亭》里，做道姑的姑母直截了当地就把两个人的缘分提出来，白士中答应这个事的时候，甚至还没见过谭记儿，这里除了信任，更多地还出于对长辈的尊重，既然长辈看得过眼了，那这个事首先就不能驳。之后谭记儿和白士中的进展之快简直生猛，聊了没十分钟，女方就写了藏头诗，同意"愿随君去"；男方回复一首同样的藏头诗，发誓"当不负卿"，这里不只是要表明心意，还有两个人的才艺比拼。这架势，不敢不努力，半斤八两力量对等、才华横溢才能匹配相宜。这些都是在交代铺垫前因，不能没有，只是正经要说的还没开始呢。

《望江亭》这出戏是被称为曲圣的关汉卿写的，关汉卿的作品留下的不少，有一种说法是一共有六十六部，著名的像《窦娥冤》《望江亭》《鲁斋郎》等等，《录鬼簿》中存了十八部，这就不多了。这些名字都应该算简称，比如《窦娥冤》的全称是《感天动地窦娥冤》，《望江亭》的全称是《望江亭中秋切脍旦》，基本上把故事的主线都说出来了。我研究了一下，有些地方把"切脍旦"中间的那个字写作"浍"，"浍"这个字的意思是小溪、小河，这个说不通。"脍"这里也可通"鲙"，是切细的肉，有时也作脍鲤，就是把鲤鱼切出细肉的意思，当然，还经常被用到的是"脍炙人口"。这个字的意思里就直接含着生肉，生鱼片，是古人喜欢的食物中的一种。《旧唐书·列传第十二》"李纲传"里，提到过这个字："时唐俭、赵元楷在座，各自赞能为鲙，建成从之，既而谓曰：'飞刀鲙鲤，调和鼎食，公实有之'。"这是李纲和唐俭、赵元楷在太子建成那里谈话时，建成对他们三个的评价，说唐、赵二人都擅厨艺，但是对李纲的评价是"至于审谕弼谐，固属于李纲矣"，从这个话来看，建成显然很了解他们三个，且评语中肯、明晰，具备了领导对下面人的长项的了解的基本素质，最后这人没当上皇帝，只能说上天有另外的选择了。在关汉卿的本子里，《望江亭》的结尾要多一个情节：湖南御史李秉忠暗访时查得此事，出面给白士中做了主。如果从故事的逻辑上看，这个结尾是可信的，符合类似事情的解决方式，杨衙内毕竟有太尉杨戬这个大后台，他朝里有人，胆大妄为，能被称为"衙内"，本身就说明父亲的权势，和父亲对这个孩子的宠溺已经过分得太多了。所以，单靠谭记儿和白士中的能力应该做不到彻底解决这个事。可是当初整理排演这出戏的时候，编剧显然放弃了这个结尾，直接让谭记儿出来在大堂上和杨衙内见面，使他知道昨晚和他饮酒并偷走圣旨和宝剑的渔妇就是谭记儿，干脆就结束了。既然这个故事的主人公就是谭记儿，解决问题的人只能是她，原著的情节设计可能更合理，但是不符合人物对这个事情发展的决定性逻辑，那就舍弃吧。通篇地看，这出戏的主角谭记儿着墨最多，且为了表现她的智慧和勇气甚至连她的丈夫白士中都做了反衬，当听说杨衙内要来宣读圣旨拿尚方宝剑杀他的时候，他的反应是吓得不要不要的，倒是谭记儿，很快地冷静下来，意识到如果不反抗，就会坐以待毙无法收拾，又知道杨衙内的爱好是漂亮女人，干脆自己去吧。在戏里，前面交代的谭记儿的美色这个时候用到了，在望江亭上和杨衙内喝酒交谈的时候，杨衙内曾经疑惑过谭记儿的身份，流露出这个人有些面熟但是没把握的意思，被谭记儿果断地打掉了这个想法。回溯这出戏开始的交代，唯一可能出现的问题是杨衙内以前应该是见过谭记儿的，他们时隔一年没见，是否就到了完全记不得的程度，或者印象模糊到记得不清楚了，对一个人惊鸿一瞥之下的印象总是有些不切实，改变装束都能辨认需要熟悉到一定程度。这是谭记儿能在望江亭上做成这个事的重要一点。

这出戏是张君秋的拿手戏，一九五八年曾经被拍摄成电影。电影和舞台的表现形式有明显的区别，电影里的故事是从道姑出场开始的，通过道姑的口把谭记儿的遭遇表白后，镜头才摇到隔壁的谭记儿那里。而舞台上，故事是从白士中到清风观开始的，前面的好一阵子是这姑侄俩叙家常，连带着把该交代的都交代了个够。其中张君秋饰演的谭记儿出场时唱的四平调非同凡响，直到今天还经常作为名段出现在各个晚会上。这段四平调是谭记儿叙述自己的生活经历和眼下的困境，很是愁苦的现状被平静地述说出来，有些生活经历的人能从中听出来寡居孀妇的不易和无奈，而她淡然自处又让人对这个人的适应能力印象深刻。白士中出现后，谭记儿迅速做出"愿随君去"的决定，既是因为她看到白士中的一表人才，未来官员的生涯也预示着可以不用再为生计发愁，同时也和她当时的生活困境非常有关系，一个选择解决了所有的问题，为什么不呢。类似的情况放到今天，和谭记儿一样做出选择也能理解，从为生计发愁，为被骚扰烦心，到过上官员夫人的生活，荣华富贵可能还暂时谈不到，至少生活稳定下来了，对当时的谭记儿来说，就是很自然的了。追求幸福生活是人的基本权利，何况她美丽又多情，才华横溢，温婉可人，迫切地想改变现状，有个基本合意的梯子出现，她一定会缘梯而上的。

另外一个出乎意料、给我留下深刻印象的是这部电影的开头，清风观门口的景观，简洁又透亮，其中那棵树和树下通向观门口的一块块看似不经意，其实下了大心思的石头，稍带弯曲感地摆放，颇具艺术审美色彩，甚至带着枯山水的意境，把道观不同于俗家的审美特点表现了出来。既有不食人间烟火的气息，还有一种看似不规整的奇美。谭记儿用来抄写经卷的书案上摆放的文玩，与传统中国画里书案上的文玩很相似，东西不多，一看就知道是按照规矩摆放的，包括谭记儿椅子背后放盆景的架子，简约而不简单，同样和人物的精神世界紧密相合。这些东西在舞台上的书案是不会放的，恰恰是电影，才能把谭记儿的沉稳、安静通过一种无言的静寂揭示出来。我立刻翻回去到职员部分，看见了美工韩尚义的名字。这个名字和中国电影史上一些经典连在一起：《一江春水向东流》《林则徐》《梅兰芳的舞台艺术》《子夜》等等。他曾经有过对电影美术设计的总结："讲究疏密布局的空间处理，构图的简洁异趣，多样统一。"话不多，但信息量巨大，是电影美术设计的核心中的核心。想想他给《子夜》中的各个人物设计的生活环境和工作场景，就知道他对电影美术设计这一行的理解已经达到了需要仰视的高度。

全国的望江亭有几处，其中庐山上有座望江亭，是看长江景观的绝佳处。在长沙的橘子洲头上也有座望江亭，承继了唐朝时的古意；还有广东和广西都有同名的建筑，应该和这出戏的关系都不大了。

《蝴蝶杯》：小小信物里，装下了
我们俩的未来

早年，看老舍先生未完成的作品《正红旗下》，里面有个大舅妈印象深刻，她带着儿子来看刚刚产后的小姑子，自己的身体不好还一个劲儿地闹着要留下来照顾产妇，产妇担心她的咳嗽把小婴儿传上，又不好明说，幸亏她的儿子说出来了产妇的担心："您那连本全台的咳嗽……"然后把大舅妈劝走了。里面的用来形容咳嗽的词——连本全台——从此在我的脑海里扎了根，有合适的地方就用上一回，可惜，能明白的人太少。

连本全台用现在的说法叫连台本戏，是说一出戏分很多部，和现在的电视连续剧差不多，像豫剧的《刘墉下南京》就至少有六部，可以连着演六个晚上。当年在郑州，郑织机俱乐部里演这出戏，场场爆满，加座的程度和今天的红歌星演唱会有一拼。至今许多老人谈起来当年的盛况，仍然念念不忘，意犹未尽。而《蝴蝶杯》全剧演完整了，超过五个小时，至少是两本戏，要演两个或者三个晚上。不过，现在多半只演一个晚上就结束了。

《蝴蝶杯》这出戏各个剧种基本上都演，故事出自《蝴蝶杯宝卷》，提到"宝卷"，以前在写《梁山伯与祝英台》的时候也说到过，那个故事的出处之一就是《梁山伯宝卷》，这两出戏出现的时代应该差不多。故事说的是，江夏县知县之子田玉川游龟山的时候，遇到卖娃娃鱼的打鱼人胡彦被卢元帅之子卢世宽强买不成大打出手，田玉川抱打不平救下了胡彦，失手打死了卢世宽。逃亡途中，田玉川偶遇胡彦的女儿胡凤莲，才知道刚刚被自己救下的胡彦已经因为伤重不治而亡，后面又有追兵，胡凤莲出主意让田玉川藏在胡彦的尸体下躲过抓捕他的公差。在两个人等着天黑好让田玉川逃跑的时光里，说到了如何替胡彦申冤，又订下了百年之好，以田玉川祖传的蝴蝶杯为证。带着蝴蝶杯的胡凤莲到了江夏县，找到田家父母，既诉说了冤情又认了公婆，在他们的帮助下到大帅府打赢了官司，而胡凤莲也被布政使董温认了干女儿。许多剧种演到这里就结束了，大团圆了嘛，但是，这其实只是上部，比较通行的说法是"前五堂"。还有下部，胡凤莲在大帅府的官司其实没有完全打赢，本来嘛，死的是大帅的儿子，不可能轻易解决。只是三四个官员，还都是坐在下手位置，上面的大帅不同意，底下人做不得什么的。此时，苗民来犯，朝廷派卢大帅去平息被打败了，差点丢了性命，来投军的田玉川救下了他，卢大帅于是把女儿许给了田玉川。当然，这个时候田玉川改了个名字，叫雷全州，他说自己有订了未娶的妻子，但是卢大帅听了媒人的话，谁先娶谁为大，还是嫁了姑娘。洞房里雷全州把实情告诉了卢姑娘，第二天趁着天没亮跑回江夏县衙，见到爹娘，被爹爹五花大绑地押到大帅府，还是原来那几个随审的，一通仔细询问之后，听到田玉川的名字，董温跑回家叫来了胡凤莲，小夫妻团聚了，小三口好好地开始了新生活。这么曲折的故事为什么后半部分整体消失了呢？河北梆子曾经在一九五七年拍过一部电影《蝴蝶杯》，当时的编剧是崔嵬，按照电影的需要，这个故事里的一个人物被舍弃了，就是那个卢大帅的女儿卢凤英。一夫一妻是婚姻法的基本要求，这里的问题和评剧老《花为媒》里王俊卿娶了他表姐王月娥和张五可一样，都涉及一夫多妻，这在当时是完全不能被接受的。因此，如京剧、秦腔、蒲剧和晋剧等演这出戏的时候，都会处理一下这个事，不过，没有了后面的内容，结构就有些不完整了，只看了"前五堂"的观众，总会有故事戛然而止的感觉，被忽然间断掉没有结束。

除此之外，早期在演《蝴蝶杯》的时候，"藏舟"一段中还有田胡二人成好事的内容，这就比较扯了。在戏里明明有交代，胡彦的尸体还在船上呢，而田玉川开始是藏在胡彦的尸体下面躲过追兵的，要多大的心，才能在这样的时候做成好事；另外，雷全州和卢凤英的"洞房"一折里，也有听墙根的情节，于整个故事情节的发展没什么作用，更像是为了让观众得点乐子才故意加的，没什么意思。说到改编，曾经有人把蒲剧的本子改得更彻底些，让雷全州做了卢大帅的义子，娶了董温的义女胡凤莲，还在"洞房"一折中多了许多有趣的情节冲突。这有点像故事中为了不娶种瓜的女儿做老婆，书生在小女孩的头上钉了个钉子，后来结婚娶了尚书的女儿，新媳妇总头疼，发现原来是头上的钉子闹的，说明夫妻的缘分也是有韧性的，甚至是不以人的意志为转移的。戏曲发展史中，许多时候就是这样的改变出现，被接受，继而重新焕发了新生力量。

一出戏被裁剪后仍然能存在，本身就很说明问题，首先一定是裁剪后的故事情节相对完整，人物脉络清楚，相关的要素齐全。《蝴蝶杯》这出戏，如果不提下部，单单是上部的话，到会审那儿结束了，从演出时间来看大概在两个小时左右，刚好是现在的观众比较容易接受的长度，而电影里甚至没有两个小时，更符合那个时候通常意义上的电影的长度。那部电影里，卢世宽的形象是个大胖子，带着混不吝的架势。胡彦卖娃娃鱼要两贯铜钱，在大家的怂恿下，这个帅府公子只给两百文钱，这之间差额有多少呢？十倍。一贯铜钱是一千文，这么大的差距，胡彦怎么可能接受，放到今天也不太可能。

除非是原价太水，等着买主砍价。还有个细节也值得玩味，胡彦是从长江里打到的娃娃鱼，今天的长江里打到娃娃鱼的概率接近零，《蝴蝶杯》的故事发生在明朝，换句话说，那个时候长江里还是有娃娃鱼的。但是被胡彦称为怪鱼，说明出现的时候不多，物以稀为贵，他开个高价应该不为过。只是碰到了卢世宽这个习惯欺负人的大少爷，不称心了，随便就让手下人用皮鞭打人，还把胡彦打死了，用今天的话说，他被田玉川打死也算罪有应得。

这出戏的名字叫《蝴蝶杯》，用它来向田家的夫妻证明胡凤莲的身份。老田太太早就告诉儿子，这个杯子是给未来儿媳的信物。其实我在看"藏舟"那场戏的时候比较疑惑，按照当时的情势，胡彦的尸体在船舱里，追兵随时出现，胡凤莲念念不忘父亲的冤情很正常，但是田玉川和胡凤莲在如此紧急的情况下，居然还有心情互相打量对方的长相，心生爱慕，最后甚至用蝴蝶杯做了定情的信物，有点不符合人性了。难道明朝时候的人这么理智，可以把情感独立出来，或者冷酷到即使父亲的尸体就在眼前，追兵不知道什么时候就出现，还能和第一次见面的小伙子谈情说爱，这个心，也太大了。

蝴蝶杯是什么，戏里对这个东西的描述是：倒上酒之后，会出现蝴蝶围绕着杯子飞，如果没有酒了，蝴蝶就消失了。据说山西有这种东西，里面的机关是一面凸透镜，倒上酒之后加强了物理效应，于是蝴蝶出现了。不过，我总觉得还是不太搭调，按照戏里的描述，它应该是类似《星球大战》里能放影像的盒子之类的东西。考虑到没有光源的情况下，做到这一点只有一种可能性，就是在蝴蝶杯的底部有类似夜明珠之类的东西，自带光源，才能出现想象中的情况。又或者这个杯子在底座的某个地方有可以透入光线的开孔，同样是为了有光源可以进入，造成投影的效果。

这出戏里有个人物有点意思，就是认了胡凤莲的董温。按照官阶来说，董温是布政使，这出戏里的故事发生在明朝，当时的布政使算掌管一方的大吏，官阶虽在卢大帅之下，但是和卢大帅没有上下级关系，这也是董温喜欢胡凤英的胆子大，有勇气状告卢大帅之子，为冤死的爹爹寻求正义而敢于认她做义女的主要原因。同在官场，如果有上下级关系，敢于不理上级，脑子就有点秀逗了。董温的可贵在于，他对正义有追求，对弱小有扶持之心，而且会识人。胡凤英因为董温的介入，才有了后来的和田玉川重逢、团圆的可能。

《蝴蝶杯》这出戏，河北梆子经常演。河北梆子有记载的历史大约是从十七世纪末开始的，和秦腔、山陕梆子有渊源，至今，河北梆子的演唱风格中激昂、高亢的特点都是主流。名字叫河北梆子，多数名角出风头是在天津，甚至有演员的艺名里还出现了"卫"字。老年间，戏曲和曲艺演员在天津唱红了是个标准，天津观众的眼界宽，辨识力高，能获得嘉许不容易，经过这个过程，带着天津卫的名气去北京、上海，更容易被观众认可。河北梆子发展过程中出现过元元红、银达子、韩俊卿、王玉磬和裴艳玲等名角，他们多半都有京剧的底子，在改革河北梆子的念白和唱腔的时候，京剧的营养给了很大的帮助。从来都是这样，跨界的本事更有直击痛点、一刀毙命的可能，关键的时候，本行当加跨界，直到今天都是走遍天下无敌手段。河北梆子演员中还出现过这样的人才，艺名小香水的李佩云既可以工青衣又可以扮老生，演青衣角色的时候，她把角色的悲苦哀婉演得到位，做老生的时候她又绝无女儿的脂粉气，深沉大气，这在女演员中非常少见。遗憾的是，日本侵略中国的时候，贫病交加，投亲不成死于天津。可惜了一代名伶，没赶上好时候。

《挑滑车》：英雄盖世，可惜了人单势孤

电视剧《大宅门》里，七老爷白景琦有一句台词，每当他面临需要鼓起勇气对抗现实里的各种不公平的时候，他就会用京剧念白的语调说："你看那前面黑洞洞，定是那贼巢穴，待俺赶上前去，杀它个干干净净。"这是昆曲名剧《挑滑车》里主人公高宠的台词。

《挑滑车》的故事取自清代钱彩所著《说岳全传》第三十九回，按照书里的交代，这个人很有来历：祖上是开平王高怀德，就是那个在《三打陶三春》里和赵匡胤、郑子明结拜的三弟，曾经出面扮成响马想打击一下来成亲的陶三春的气势，后来被陶三春打败的帅哥。高宠有这样的祖上，自然在武艺上的起点不会低。他听说宋高宗赵构被困牛头山，自己跑过去救驾，和牛皋、郑怀等人相遇，彼此惺惺相惜，成结拜兄弟。高宠押粮到前线，岳飞觉得他辛苦，本来想让他休息一下，高宠不干，一定要上阵前效力，岳飞于是婉转地派他去守大纛旗，其实还是想让他休息，高宠耐不住看着别人打仗的浮躁心理，终于跳下来自己上阵。遇到牛头山上金兵设置的铁滑车，他勇冠三军，挑了十一辆，到第十二辆胯下的坐骑累趴下了，被顺势滑下来的铁滑车碾压

成泥。这出戏早年间总是和《牛皋下书》一起演，因为其中交代了高宠是怎么和岳家军混到一起的，有了这个前因，才有了接下来的故事，后来《挑滑车》这出戏本身已经很叫得响，常听戏的都知道这里面的来龙去脉，且是许多优秀的武生大家的拿手戏，索性只演这一折了。这戏时间不长，一个小时多一点，里面的精彩部分连绵不绝，看着特别过瘾，是许多老戏迷津津乐道的戏。

作为长靠武生的经典剧目，京剧的许多大家都演过《挑滑车》。早年的俞菊笙、杨小楼，后来的高盛麟、厉慧良、张世麟等人都演过，且他们都有自己的绝活儿。据说在俞菊笙先生之前，高宠是勾脸的，走花脸系列，自俞菊笙先生开始，高宠才成了个俊扮的武生。还有行头，也值得说一下，他的学生杨小楼先生演的时候，会穿蓝靠，另外一位学生尚和玉先生会着绿靠。杨小楼先生的起霸据说极好看，按照惯例，高宠出场，起霸是要抬腿三次，杨先生是可以到脑门的，每次亮相，都是碰头彩。对武生来说，起霸不只是人物出场时的亮相，还能通过这个环节看出来演员的艺术造诣。看戏少的观众可能奇怪，为什么好演员一出场就会有碰头彩，就演员出场这几步走，亮相，就能看出来功底高低、厚薄，本事大小。武生比较特别的是，他们要一边拿长武器战斗，还要配合着唱，有些演员在高难度动作出现的时候，会把唱舍掉。多年前我上大学在天津的中国大戏院看戏，演杨再兴的演员就只表演没有唱，没看过这出戏的同学们没感觉，以为此时的音乐就是动作的伴奏，我却知道，其实是因为本事不够，他做不到唱和做一起上。《挑滑车》里高宠是有祖荫的武将，连岳飞都称呼他为高王爷，所以他穿长靠，脚下蹬厚底靴。

所谓长靠，是指武将在台上穿的行头，也叫甲衣，通常包括靠领、绣满象征武士盔甲的甲片图案的靠片、搂带、靠腿等，有人算过，大概是三十一片。最明显的，是他们头上要戴冠，背后要插四面靠旗，这种装扮意味着这员武将已经准备就绪，马上可以上战场杀敌了。这样的服装经过艺术加工，带着明显夸张的痕迹，是经过了多少代艺术家的改良才逐步形成的。舞台上对什么人穿什么颜色的靠也有规矩，比如赵云通常穿白靠，和今天那些外表俊朗的年轻男演员一样，当他们穿白色的时候，总会和俊秀、倜傥连在一起。高宠身上的靠的颜色各家虽然不同，但都没有穿白色的，说明这个人在舞台上没人注意到他俊朗与否的问题，他的武艺高强才是重点。穿着如此繁复的行头，还要在舞台上表演，不经过严格的训练是不可能完成、达到观众的审美欣赏要求的。

通常武生的厚底靴要超过两寸，最高的到四寸，许多名角在演这出戏的时候，足底的靴子高度在二点五到三寸之间，那靴子底看着很厚，刷白，用近千张纸轧制而成，覆青缎子直到膝盖以下。女孩子会想起来布料的高跟长靴，不过，整个底子都是均匀的高度和只是后跟是高的，穿起来的感受差别很大。为什么要用纸轧实做底，现在想来，和舞台表演有关，早年间找到其他合适的材质不易，且对靴子的分量和弹性有要求。咱们穿鞋的时候都有个感觉，如果鞋子非常轻，走路肯定没问题，甚至还会因为轻而分外喜欢。但在舞台上，演员需要做个大跳的动作的时候，如果脚底下轻，落下时会发飘，重心不稳。类似的情况在体操比赛中单项跳马里表现得很突出，那些年纪非常轻的小伙子和姑娘，从远处跑来，猛地蹬踏踏板，而后高高跃起，落下时总是会跳出一小步，比较糟糕的情况是直接坐到地上。这是因为他们跳起来后，在空中做出各种动作而导致重心不断偏移，落下的时候，控制已经偏移出去的重心很难，脚下又没有可以帮助他们平衡的辅助物，轻者会发生小跳一下的情形，严重的时候会发生事故，造成人身伤害。纸给人感觉每张都很薄，轧到一起后，却是分量很沉的，穿着长靠在舞台上做出"翻、打、扑、跌"动作的演员，脚底下没根是大问题，和体操运动员一样，甚至能造成重大伤害。但是穿着这么重的厚底靴也有个问题，就是对演员的脚下功夫有要求，早先长靠武生练习跑圆场的时候，不仅脚底下要穿着厚底靴，脑袋上还要顶碗水，跑一圈水不能洒出来，时间长了，脚下的厚底靴和演员的脚像长在一起了，经过了这样练习的演员，在舞台上跑圆场如飞，观众看着真是享受。

长靠可以加宽演员的体型，显得有气势，加上了厚底靴，高度就出来了，武将的威严和庄重感就有了，这样的武将自然生出了平定天下的气概。

《说岳全传》里，高宠的出现时间不长，好像就是为了解决牛头山之围才冒出来的。这个人一出场，就大战郑怀、牛皋、张奎等人，和这些已经成名的将军不打不相识，结拜成兄弟。这四兄弟不含糊，夜闯敌营，高宠枪挑大太子粘罕，还曾经杀了金蝉子。他跟随牛皋一起押粮到前线，看到战事于己方不利想亲自上阵，是有资本的。首先，高宠的枪有碗口粗，说明枪的力道沉；其次，他曾经打败过郑怀、牛皋、杨再兴，而从祖上起，他的家学已经传了若干代，本领高强自不必说，对付金兵这一群酒囊饭袋，在他的观念里完全不是个事。有观点认为，整部《说岳全传》里，高宠的能耐排第一，为岳家军第一猛将。他唯一没有考虑清楚的就是铁滑车，以及在对付铁滑车的时候，不只是他自己在应战，还有他胯下的马也是战斗的参与者。他的战死沙场，让岳飞痛心不已，是岳家军重大的损失。

根据书里的交代推算，一辆铁滑车大概有一千斤的重量。高宠连挑十一辆铁滑车，到十二辆的时候被碾死了。正应了以前的一句话：大将难免阵前亡。一九七五年，北京电影制片厂曾经拍摄了由高盛麟先生主演的《挑滑车》，高先生当时身体不好，还是坚持拍了这出杨派名剧。对高先生来说，这出戏的意义完全不同。早年间高先生曾经跟过几位名师学过这出戏，有机会看杨小楼先生的演出，发现杨先生的技艺高超，令他折服。后来和杨先生成了姻亲，可以天天泡在杨家，得到过杨先生的真传，所以，高盛麟在演这出戏时的许多表演方式，都有杨派的路子。他铭记着杨先生的"武戏文唱"的教诲，把高宠这个人物形象的演变过程逐步表现出来，比单纯强调他的武功高强又上了好几个层次。也幸亏他当时肯抱病出演，杨派的这出戏才有影像资料保留下来。其实在此之前的一九七三年，中央新闻纪录电影制片厂曾经拍过一版张世麟先生的《挑滑车》，不知道为什么，现在能看到的只有整出戏的最后十六分钟，虽然是这出戏的最高潮，即高宠要去挑滑车和他挑滑车的经过以及最后的阵亡，到底不是全部，总觉得遗憾。高盛麟先生的高宠一出场，他的风格就显露出来，他把高宠的世家风范、武艺高强而形成的气宇非凡、大家风度展示出来了，而张世麟先生的高宠更着重表现了武将的刚猛勇敢和顽强。同样是表演挑滑车，高先生从开始挑第一辆的时候就表现出不容易，到第四辆的时候，已经有马嘶了，后面的四辆挑得飞快，此时马嘶再次出现，声音长且伴随着高宠做出勒马、单腿跳、前仰后合、摔叉等动作，说明到这个时候，马的状况已经很让人担心了。但是高宠要强，他坚持着还要去做，到第十二辆，终于因为马再也支撑不住这样大的分量而倒地，高宠也随之被铁滑车碾过。而张世麟先生演这一段的时候，开始的第一、二辆都是一下就过，到第三辆之后出现了马嘶，随后四五六辆也是一下就过，第七辆挑了一阵，到第八辆就顶了半天才挑下来，还后退若干步，做出了勒马、摔叉的动作，后面几个也是反复支撑，咬牙顶住后才挑了，到最后一辆，马的叫声凄厉，高宠不愿意放弃，也去顶了，顶不住了，没用了。

一九九四年，在"厉慧良先生舞台生涯六十年"的纪念演出上，张世麟先生出人意料地和厉慧良先生合演了这出《挑滑车》，两位八十岁上下的老人，在舞台上翻飞，一板一眼地做戏，张世麟扮高宠，厉慧良勾脸演兀术。台下的戏迷都疯了，能坐两千人的中国大戏院甚至连过道都是人，那个晚上，灯火辉煌中的舞台和台上的他们，在许多戏迷的记忆里是不朽的。五个月后，厉慧良先生病逝。两年后，张世麟先生作古。

《刘海砍樵》：娶个狐仙做老婆

一九八四年，中央电视台春节联欢晚会刚刚办到第二届，姜昆和李谷一表演了一段对唱，他们大大方方地互相叫着"夫啊""妻啊"，一会儿把对方比作牛郎，一会儿又是织女，甜蜜又欢快地且歌且舞。许多人第一次听到这样的调调，以为是某个地方的民歌，后来才知道他们唱的是花鼓戏《刘海砍樵》中的一段。彼时，长江以北的人民很少听过这样活泼的对唱，超出了一贯外表端方的北方人民的习惯，一时间喜欢的人无数，这段唱红透了大江南北。

中国戏曲里，描写神仙的不少，写他们做神仙之前的生活的戏中，《刘海砍樵》算是其中的一个。这出戏说的是事母至孝的刘海，从小和母亲生活，天天到山上砍樵为生。山上住着狐狸一家人，其中的小九妹胡秀英看他天天这样勤劳，就喜欢上了他。某一天自己跳出来用了各种办法和刘海搭话，不让他顺利砍樵，最后还主动提起婚姻。刘海觉得这个穿着绫罗绸缎的姑娘来历成谜，不想和她有瓜葛，摆出各种理由拒绝，终于拗不过，还是答应娶了她。两个人高高兴兴下山去卖了砍的樵，回家侍奉母亲了。这出戏里第一个疑问是关于名字的，为啥叫"砍樵"不叫"砍柴"呢。根据《说文》的解释，

"樵"做散木，乃不能做器只能做薪之杂木。这个字，比"柴"字含义复杂又有文采。刘海，历史上确有其人，名字稍微有点出入，名操，字海蟾，本是道教宗师，年深日久的，居然被当地人编到故事里，又和狐狸扯上关系。这个人的来历很牛，和钟离权、吕洞宾都有过来往，在道行上也很深。曾经做过官，不过后来想通了，不做了，去做了比官员高得多的神仙。儒、释、道三家里，儒家的出路简单，学成了参加科举，成功了就能做官，如果顺利的话，治国平天下都是有可能的；释可以成佛；道家有神仙作为奋斗方向。相比而言，儒家太单一，受的限制也最多，可人都是世俗的，最喜欢的还是做官，想着荣华富贵。这个故事，舞台上花鼓戏演员又唱又跳，也不过一个小时多一点就演完了，与通常戏曲是用来讲故事的功用不同，这出戏怎么看都像是用来热场子的。演员通常只有两个人，男演员的服装很单薄，一帽一扦担，虽然经过了舞台上的夸张，仍然能看出来不富裕。他和胡秀英出场都先自我介绍一番，刘海说自己生活的地方是"常德武陵境"，就冲这个地方，这出戏的编剧已经说得很明白了，这是出神怪不拘的戏，和日常生活离得很远。大名鼎鼎的"世外桃源"就在武陵，生活在那里的人，天然地带着出离于世俗之外的气息。而生活在花山上的胡秀英，头面上直接就是只狐狸，我私下揣测，如果放到京剧里，这个胡秀英至少不会在外观上自我暴露，需要刘海自己一点点发现胡秀英是狐狸的真相。可花鼓戏就是"辣（那）么"直接，就像他们说"我爱你"，居然可以附会成"爱辣油"，颇具湖南特色。当然，这是现在我们能看到的视频里演员装扮的样子，当初是什么样子呢，一九五四年湖北人民出版社曾经出版了四联年画《刘海砍樵》，里面的人物造型和传统年画中普通人的样子很接近，刘海服饰质朴、憨厚实在，而胡秀英的样子更像个穿着小姐服饰的丫鬟，带着端庄又有娇俏劲，丝毫没有狐狸精的样子，反倒看着本分得很。这是当时人们观念里的刘海和胡秀英。想想当时刘海一个人在山里砍樵，忽然来了个姑娘，穿着特别华丽的衣服，没有一点害羞，张口就要嫁给他。换作是我，我的天，这是做梦吧，要不就是这个姑娘有问题，我要被吓跑了。刘海有做神仙的潜质，后来居然一句句地和胡秀英把各种话都交代个透，最后还抱得美人归，也够勇的。

《刘海砍樵》这出戏一九五二年获得了第一届全国戏曲观摩演出大会剧本二等奖，是一出专为这次观摩大会创作的剧目。那个时候新中国刚成立，文艺工作者觉得以前的戏拿去观摩大会上表演不像样子，以何冬保为首的一群新社会艺术家，调动了全身的本事创作了这出戏，立刻被人民群众接受，进而喜闻乐见，许多时候为了活跃氛围，单拿出来刘海和胡秀英定亲后对唱的那段比古调唱一下，这段就是一九八四年央视春晚上姜昆和李谷一合作表演的那段，从某种意义上说，这段唱已经被人民群众传唱得的确像民歌了。《刘海砍樵》这出戏通常是和另外一出戏《刘海戏金蟾》连在一起说。后面的这出戏里，刘海更神，他生活穷苦，奉养母亲艰难，这个人天天上山砍樵，练就了各种本领，其中一项是逮金蟾，象征着金钱、富裕的三只脚的金蟾在手，从此咸鱼翻生，过上了好日子，而在戏里开头，他的母亲佘老太太还唱了一段在茅棚如何如何艰难的词，告诉观众必须要逮到那只财富金蟾的重大意义。

花鼓戏也作湘剧，包含了地花鼓和灯戏，是地地道道的湖南地方戏，其他地方也有花鼓戏，但是都应该和湖南有点关系。在湖南，花鼓戏按照地区划分有六个不同的代表，其中的区别在湖南人之外的其他地方的人听来真心不大，而在湖南人的耳朵里，这之间的差别和北京到长沙的距离有一拼。十几年前我到过岳阳，当地人告诉我他们那里的话最好听，并指出同省的某地的话最不中听，还说到了某个字的发音，在用不同的方言都念了一遍之后，我听着差别很小，但是他们在类似这样的问题上看法很一致。于是先天地，我的头脑中就种下了湖南话的好听与否的标准。根据考据，花鼓戏这个名字也是后来才有的，地花鼓早有的，这名字太亲民了，演的内容也和老百姓的生活紧密联系，息息相关，是老百姓演给自己看的民间搭台就唱的戏。灯戏顾名思义是晚上演的，有了灯才演的戏，也没离开喜闻乐见这四个字。我曾经看过一份标注着花鼓戏、总数接近百出，但其实应该包含了地花鼓和灯戏的剧目单，那上面和官员有关的戏如果算上钟馗的话，大概占了三分之一，其他的从名字上就能看出来是婆婆妈妈的内容，《当罗裙》《王婆骂鸡》，尤其《王婆骂鸡》，许多剧种都有，可见人民喜欢生活气息浓的艺术作品。文艺是当地人所思所想的反映，至少说明绝大部分的人对生活本身的重视程度远胜于夸夸其谈。

《刘海砍樵》曾经两度被拍成电视剧，其中第一次的导演是陈怀皑，曾经导演过多部戏曲电影的知名导演，能成功穿梭于艺术和现实生活中的高手。还曾经改编成动画片，比戏曲里的故事曲折得多，可见这个故事中的元素之丰富，能从多个角度来讲述。

《刘海砍樵》和《刘海戏金蟾》的传说都和湖南常德地区有关，围绕这个传说还有丝瓜井等一系列遗迹。清朝孟籁甫《丰暇笔谈》中描述：苏州商人贝宏文的用人阿保从一口井里抓到一只三足金蟾，说是这个东西逃走了许久，终于被抓到，有了这个东西，主家会发财等等。听说了这个事的乡邻都跑来看热闹，瞧着一个人背着金蟾谢过了主人后慢慢地升天了。大伙都说这是神仙刘海做的事了。这是比较明确的和《刘海戏金蟾》的故事有关联的记述了。苏州贝氏是多少代传家的大商人，文学艺术作品喜欢用某个地方的大人物做托，以此说明记述的真实性，让读者相信，现成的例子是《桃花源记》，里面说到"南阳刘子骥，高尚士也，闻之，欣然前往"，毫无疑问地，这个刘子骥确有其人。不过，以讹传讹也常见，后来有人索性就说这个阿保是刘海化名，他抓到了金蟾，升天而去。自从刘海和象征着富裕的金蟾连接在一起，带着对富裕生活的美好向往，刘海在各种艺术作品里反复出现，前面说的年画是其中的一种。那种年画的画风质朴，有一说一，但是人民群众对这样的故事太热爱，各地的年画也是千姿百态，其中刘海的样子就各具特色。和舞台上刘海一副老实后生踏踏实实砍樵过日子的形象不同，在一些年画里刘海是个头上梳着抓髻，手里抓着一串铜钱的小朋友，他圆圆胖胖的，脸上一副喜笑颜开的劲儿，脚下是那只著名的三条腿的金蟾，带着福到财到的寓意。另外一种形象出现在甘肃的年画上，那上面的刘海蓬头散发，脑袋中间是秃的。脸是年轻人的，头发为啥要这样处理，以及为什么会发生这样的变异，就不清楚了。在年画里，刘海同样是拿着一串铜钱，脚下是三条腿的金蟾。甚至今天能见到一种厌胜花钱，清朝铸造的，上面的图案里刘海仍然拿着他的那串钱，旁边有金蟾、蝙蝠和桃树等代表了吉祥如意的图形。而那只三条腿的金蟾现在经常作为茶宠出现在爱茶人的茶海上，被茶水一次次灌溉得油光水滑，本来就突出的眼睛更明显了，那个劲儿特别带财气。

二〇一五年，湖南确定了一批省级的花鼓戏非遗传人，李谷一在册。早年李谷一是花鼓戏演员，现在仍然有人记得她在一九六四年拍摄的电影《补锅》里演的那个爱上补锅匠的小姑娘刘兰英，不过那个时候她叫李谷贻。电影里的她，娇俏可爱，嗓门特别高、亮，后来她到了北京，演唱了《乡恋》，因为用了气声的发声方式而一时被诟病。观众不管她的发声方式，就觉得好听，口口相传之后，这首歌成了新时期以来第一首流行歌曲。李谷一多次参加央视春晚，她还有一首歌是春晚的象征——《难忘今宵》，无论什么时候，乐曲响起，就仿佛回到了春节晚会上。而她和姜昆在一九八四年春晚上合作的那段比古调，最大限度地把长江以南的戏曲以且歌且舞的形式让北方观众接受了。说到底，那是她生长的根。

《雁荡山》：我不说话，也把故事讲明白了

　　人与人之间交流的方法，除了能说的语言，还有肢体语言。根据研究，一个人通过说的话表达出来的意思，只占他要完整表达的意思的不到一半，其他大部分都是通过肢体语言完成的。一九八三年，中央电视台春节联欢晚会上，王景愚表演了小品《吃鸡》，观众看着这个表演者在舞台上对着空空如也的盘子做出了各种吃鸡的动作，他一会儿把整只鸡放到嘴边啃，一会儿又生拉硬拽了一条鸡腿，咬着咬着塞了牙，要想办法把塞在牙缝里的肉剔出来。从头到尾王景愚没有说一句话，等他终于把那只不存在的鸡吃完，全场观众报以热烈的掌声。也是从那时起，中国的观众才知道世界上还有这样一种表演形式——哑剧。

　　哑剧无声的表演，颠覆了此前绝大部分人对艺术表现形式的概念，只有肢体动作的表演也能让观众理解和喜欢，是有点和通常对艺术表现形式的理解距离比较远的。世界各国的文艺形式里，遵循传统都是主流，作个妖搞个怪都比较难，最省事的方法是照猫画虎，不过很难获得巨大的成功，把原有的东西破坏了也是本事，更难的是还能被观众接受。不过，搞艺术的人多半

都是人类中的异己分子，他们最不喜欢延续别人的一切，成长中的他们确实曾经从别人那里汲取过营养，一点不耽误有机会这些人一定会抛弃固有的成品，自己创出个新玩意儿。观察总结成功者的经验后，发现这里面有个规律，即使作妖搞怪，根子上一定和主流有关，要对人们喜闻乐见的形式做个改变，不过是变个形式，内里的章程不能大动，还是原来的。京剧里就有这样一出戏，《雁荡山》，特别生动地对这个观点做了注脚。

《雁荡山》的故事不复杂，说的是隋朝末年，各地起义军并起，其中一支的主将叫孟海公，带着起义军把隋军主将贺天龙带领的人马打得一路败退。行至雁荡山，孟海公追上了贺天龙，他们在雁荡山里、山下的湖中和雁翎关都打了一仗，战后，孟海公把贺天龙赶出了关隘，取得了彻底的胜利。如此简单的故事，采用的表现形式非常有特点，全剧只有音乐、家伙点，演员在台上做出各种动作，人物没有一句唱，也没有念白。须知，戏曲的主要表现形式就是唱、念、做、打，虽然有些剧目的侧重点在唱或者打上，多半是四门功课都有而只是分量的多与少。名剧都是因了故事好看，演员表演上佳，而在戏曲舞台上留下了深深的印痕，被多少代演员反复呈现，不断传承下去。绝少出现的情况是在舞台上表演的演员不唱不念，只是随着音乐做出各种舞蹈和武打动作，有些戏里的片段可以是这样的，比如《三岔口》中的刘利华和任堂惠，因为误会而在黑暗中斗作一团，但是那只是其中的一个情节。而在《雁荡山》里，演员通过做、打，就完成了这出戏，还让观众看得明明白白。这出戏被称为折子戏，有点不太对头，故事完整而并非一般意义上的整个故事中的一个片段，演得比较充分，时长半个多小时，名角演的时候，有些平时不容易看到的动作会出现，可能会超过四十分钟，更长就少见了。这出戏作为压轴出现的时候比较多，它容易显露主角的本事，唱出彩儿。

《雁荡山》是大武生做主角的戏，主将穿长靠，军士众多且会在戏里发挥作用。开场就是贺天龙拖着枪，在兵士们的簇拥下倒行出场，显示出人物逃跑中仓皇的样子，后面紧跟着孟海公带领义军士兵追击而来。故事节奏很紧凑，没有丝毫的喘息。一般的戏，主要人物出场后，会念几句定场诗，这里没有，只有类似定场诗的伴奏音乐响起来，人物的表演如有定场诗一般，随着音乐完成了起霸等一系列武生出场的规定动作。观众第一次看这出戏的时候一定比较奇怪，后面每当该出现人物念白的时候，人物会做出相应的动作，但是没有台词。我看过许多次，仍然忍不住脑补如果我给人物写词，这个时候应该写点什么。只有音乐和表演而没有台词，这让我太纠结了，我比演员要纠结得多。

这出戏曾经被拍摄成电影，在一九五六年，北京电影制片厂摄制的，导演是曾经导过许多戏曲艺术片的岑范。岑范对戏曲优秀剧目的保留和传承，做出过非常卓越的贡献，从二十世纪五十年代初，他给吴祖光做副导演拍梅兰芳和姜妙香主演的《洛神》开始，一大批戏曲片里都有他的身影。《雁荡山》这出戏是沈阳京剧院的原创，一九五二年十月的第一届全国戏曲观摩大会上，张世麟是该剧第一任主演，他以高超的技艺把孟海公的彪悍勇敢展现在舞台上，获得了表演一等奖。作为关外的京剧演员，获此殊荣一炮打响，后来他四进中南海给中央领导演出。这出戏诞生在新中国成立之后，新编历史剧，戏里的故事不见于史籍，应该是从其他艺术形式那里把故事截取过来作为底本的。当时许多演员面临着以前掌握的戏因为种种原因不能再演的境况，甚至一些特别有名的角也是如此。国家领导人曾经为戏曲的发展题词：百花齐放，推陈出新。意在鼓励戏曲工作者拿出点新东西，《雁荡山》的出现提供了一种可能性，被领导人认为是"替京剧找出了一个方向"。这是一出专门给武生创作的戏，甚至可以被认为是专门用来晒武生表演根底的戏。全剧从大将到小兵，都有机会展示自己的表演功力，许多剧团要到特别大的节日或纪念日才会演。而其中有些表演，比如搭三张桌子，演员从上面跳下来，表现军士从雁荡山的山崖上跳入湖中的情景，就是专门给某个人设计的，没有这样的本领，这个情节必须舍弃。可往往这个表演者还不是这出戏的主要演员，连号兵都不是。对演员来说，小机会里也往往蕴藏着大前景，能表演这个动作，就奠定了在剧团里的地位。目前，根据不同演员的表演视频资料分析，特别是从张世麟先生的儿子张幼麟先生的表演来看，这出戏的表演风格具有张世麟式的刚强勇猛的明显特征，其中的勒马、提枪、劈大叉等许多动作编排都带有明显的张氏痕迹。曾长期占据武生头牌，一直在天津从事京剧表演事业的张世麟先生，最早是沈阳京剧院的演员，一九五七年才离开那里，具体原因不得而知。在张世麟先生的表演单子上，《雁荡山》一直名列其中。岑范拍摄的这出戏里，他没有请沈阳京剧院出演，而是用了北京的中国戏曲学校实验剧团，田汉、王瑶卿、萧长华做过该校的校长，有一大批著名艺术家做过这所学校的指导教师，著名的戏剧家吴祖光也曾经在这里工作。名师出高徒，许多名角如刘秀荣、钱浩梁、李少春等都出自这里，这所学校为新中国的戏曲发展做出过很大的贡献。

有些看过京剧《雁荡山》的人，因了其中技艺高超的表演，会联想起远在天府的川剧灯戏《皮金顶灯》。川剧的特点是和生活结合得特别紧密，这出戏开始的时候，皮金穿成个秀才的样子出场，人五人六的很是带着作威作福的劲儿。因为赌博习性不改，被老婆抓住大骂一顿，一层层地剥掉衣服，打掉头巾，最后就剩下个小肚兜，光脑壳上顶着油灯表演。皮金在这个过程中，各种被老婆打骂的小人物的反应，让台下观众忍俊不禁，笑得开心。戏里的重点是皮金顶的油灯里面真的有油，有灯捻，活生生地就着火苗。只见皮金在舞台上头顶燃着的油灯，一边扭来扭去想办法让油灯别掉下来，还钻板凳、翻跟斗，甚至做出向头顶吹灯的动作。有的老艺人本领忒大，还能把灯碗猛地滑到脑门上，再一点点地利用面部肌肉的抖颤，让灯碗回到脑瓜顶上。这本事，大了去了。

戏曲，无论哪个剧种，要想生存下去，都离不开两项，一是好剧目，一是好演员。戏好故事好，才能吸引人；好演员能通过自己的表演，把剧中人物的命运展示出来。谚云：唱戏的是疯子，看戏的是傻子。其实唱的人不疯，看的人更不傻，名角不是虚的，都经历过吃"苦"的过程，下过苦功夫才能在舞台上露那么一小脸。如前所说的武生跳桌子，从三张桌子搭的高台上跳下来，危险是存在的。当年盖叫天曾在跳桌子的时候把腿摔折了，可他不能因伤下台，就那么坚持着。那时优秀的戏曲演员粉丝很多，都是喜欢他们的"玩意"进而喜欢了他们的人，仔细分析，那时候的小鲜肉、大叔甚至超强男人都有，而喜欢旦角就更平常了，追着某个角各个城市跟着走的事情，当时就发生过了，多少情意绵绵的往事，想挖，肯定一大摞。这情形，和今天的粉丝喜欢爱豆，追着爱豆的足迹走遍天下的热情，没什么两样。

二〇一七年七月，英国足球超级俱乐部阿森纳足球队时隔五年后再访中国，除了该做的足球交流外，东道主还给他们提供了一个和中国传统文化近距离接触的机会：观看京剧《雁荡山》。之后，足球队的明星球员表达了对中国传统文化的钦佩之情。他们说看懂了，虽然在现场没有人对具体的表演给他们进行解说。如果换一个角度考虑，他们对戏曲表演是没有既有观念的，在看这出中国观众觉得有点奇怪的戏的时候，没有唱、念，他们完全可以当成舞剧来看，只有音乐，只在舞台上做戏、舞蹈和对打，说成舞剧完全可以，而且是一出只有男人的戏，充满了阳刚气息。或者下次，再有世界性的舞剧比赛的时候，让《雁荡山》的演员去呢，说不定结果出乎意料，也蛮好玩的。

《宝莲灯》：一盏既能护你也能害你的灯

　　某年的偶然机缘下，看到了林风眠大师二十世纪五十年代的作品《宝莲灯》，画面中的三圣母表情沉重，双目微合，身边的沉香举着一盏和戏曲舞台上常见的样子殊异的宝莲灯，那真是一盏莲花样子的灯。母子二人被金色的背景框着，最外层是黑色，整个画面沉重、压抑，不由得想到压住三圣母的华山，对这两母子而言都是牢狱一般的地方。这幅画后来在某年的春拍上被高价买走，和大师的其他作品一样受到买家的欢迎。林大师画过许多和宝莲灯有关的画，那是他思念母亲的表达方式，他对母亲的爱，借《宝莲灯》故事表现了出来。而《宝莲灯》的故事流传已久，也是因为其中的母子情打动了许多观众，被念念不忘。

　　现在我们经常看到的这出戏是河北梆子，南方的潮剧、越剧也有，早年评剧也演过。到了一九九九年，还被拍成了动画片，里面的人物进行了增删，故事也稍有变动，开创了一个先河——配音演员都是当时的明星，歌曲的演唱者也选用了流行歌星，其中的一些歌曲如《爱就一个字》《想你的365天》，直到今天还在被传唱，因为确实好听。《宝莲灯》这个故事说的是进京赶考的刘彦昌路过华山圣母庙，看到了三圣母美丽的样子，题诗一首表达爱慕。三圣母出去巡视救人和各种小动物，回来后看到了诗，和刘彦昌一见钟情。她的哥哥二郎神拦着，被三圣母掌管的宝莲灯给逼退。在三圣母和刘彦昌的儿子沉香的生日宴后，二郎神派哮天犬偷走宝莲灯，三圣母没有了宝莲灯的保护，被抓走压在华山之下，儿子沉香被霹雳大仙救走，苦练武功，长大后联合了当初受过三圣母恩惠的小动物们一起打败了二郎神，劈开华山，救出三圣母，母子团聚。不知道怎么回事，这出戏里的题诗情节，总是让我想到纣王给女娲娘娘题诗的事，同样是题诗，怎么结果差得那么远呢？只能认为写诗的人的出发点和表达出了差别，纯洁的歌颂会被爱上，表达了人的欲望就是倒霉催的了。还有一个题诗也招来了祸患，宋江在浔阳楼上题诗，本来是心情激动之下随手写的，被另类理解后，就成了倒霉的引子，给他后来上梁山撒了催化剂。可见，题诗这个事有必要慎重，能不写尽量不写，实在非要写了，也要从特别纯洁的角度出发。人心嘛，按照荀子的观点，性本恶，至少那些专门从恶的角度揣测他人的人，是符合这种观点的。刘彦昌和三圣母的爱情，认真琢磨一下有点不着调，只是看见一首诗就爱上了个男人，今天看来有点不搭，倒是遵循了传统戏曲里的逻辑，看看《墙头马上》里的小姐和公子，《牡丹亭》的杜丽娘和柳梦梅，都是双方的情况一无所知，看见了人就一见钟情。今天，各种社交手段丰富多彩，年轻人已经看多了各色人等，发生一见钟情的概率很小了。能一见钟情还能结婚生子，这里面包含着对人这种动物特性的理解的透彻。有些人谈恋爱也有八年十年，真结婚了可能离婚更快，古人在这个问题上看起来懵懵懂懂，他们一定让新人在洞房的时候才能见面，是非常有道理的，其实他们才是真了然其中的奥秘。

这出戏里面的二郎神又是坏蛋，说又，是因为前面还有大闹天宫里的他，那次他的对手是孙悟空，领导是玉皇大帝。如果换个角度看，这两次二郎神都没做错什么，和孙悟空战斗是为了完成他作为天兵天将的任务，他和他的宠物哮天犬用尽功夫、变化多端之后还是没能完成打败孙悟空的任务，铩羽而归。这次他和他妹妹的战斗，因为一盏宝莲灯而失败了，在派哮天犬做了回小偷之后，才把破了规矩的妹妹抓住压在华山下。这样的作为不太符合哥哥的立场，倒像个大义灭亲的清官。他的做法不能说有错，就是不让人喜欢，所以后来他外甥沉香打败了他，劈山救母，台下的观众欢声雷动就很自然了。维护了天界的规矩被人间的老百姓讨厌，想要做个守纪律的人，还想有人情味，不容易。

沉香是个符号，他的出现表明孝道在人们观念中的地位上升到新高度。这出戏还有一个名字叫《劈山救母》，故事出现得非常早，在宋朝就有杂剧表现过。现在的人多半认为元杂剧才是正根，动不动就往那上面说，实际上在《宋史》里，真宗时期就有记载，关于杂剧，关于表演。一个故事在一千多年前就存在，还流传至今，我的天哪，这里面一定有点什么让各个时期的人都能接受还愿意传承的元素。说沉香是符号是因为他的身份，他很特别，他的父亲是人而母亲是神，是人和神的杂交产物。在欧洲的神话里，这样的人往往都有点特别的能力，比如阿喀琉斯，神力无比，谁都打不过他，如果不是还有后脚跟这个弱点，基本上这个人就是神了，有弱点的才是人这一点，从神话里就能区分出来；沉香的身上人的那一面比较突出，没有天生神力也没有被神仙以神奇的本领灌入他的体内，比较让人失望，他跟着霹雳大仙要勤学苦练，还要吃老虎和龙的肉才能长大增加力气，只能认为他距离神的距离远大于人的距离，甚至可以这样说，虽然他的出身来历很牛，可到底还是人的属性更确实。这个故事还有更久远的版本，来自佛经，主人公叫目连，故事内容和现在的区别很大，后来一步步地演变了，其中的一个版本叫《目连劈山救母》，也是为许多人津津乐道的。

现在舞台上上演的河北梆子《宝莲灯》是二十世纪六十年代初出现的，根据舞剧和京剧的老本子改编。作为一出唱、念、做、打俱佳的戏，给演员提供了非常广阔的表演空间，真有本事的演员可以在这出戏里充分展示本领。一九七六年五月，北京电影制片厂拍过这出戏的电影，里面的演员个个都是好样的，齐花坦、裴艳玲、田春鸟等人，展示了河北梆子大气出彩的一面，和惯常概念中的地方戏曲不一样。许多人是因为看了《宝莲灯》才喜欢上了河北梆子。

现在人们比较少看到的是京剧舞台上的这出戏，往往大家熟悉的只是其中的一折《二堂舍子》。这一折在河北梆子的《宝莲灯》里没有，这就不得不说明一下京剧这出戏的构成了。在早期京剧台本里，《宝莲灯》分成"联姻""送子""送灯""舍子""救母"，只从名字上看，其中的"舍子"一折和整出戏的关联非常模糊，甚至游离在整出戏之外。这段的故事是说刘彦昌在三圣母被压在华山之后，娶了王桂英，生了个孩子叫秋儿。某天沉香和秋儿回家和刘彦昌说在学堂打死了告老回乡的太师秦灿的儿子秦官保，刘彦昌要带打死人的那个去偿命。两个孩子都说是自己，后来王桂英和刘彦昌一起问谁是凶手，反复纠结之后，决定带秋儿去，让沉香逃命去吧。原因是他的娘还被压在华山下呢，老两口儿可怜这娃。所以这一折的另一个名字叫《二堂放子》。这出戏在《戏考》里，还叫《打子放逃》，左不过是"放"沉香"舍"秋儿。这一折经过梅兰芳和周信芳先生、马连良先生的再加工，成为戏曲舞台上的经典，多少名角都演过这出戏。这出折子戏早年演的时候还有一个部分叫"打堂"，是刘彦昌带着秋儿去秦府，秦灿让人把秋儿乱棍打死给官保偿命。侯喜瑞先生曾经出演过秦灿，可见这是个净角。后来这个部分就没有了，甚至全本的《宝莲灯》在京剧舞台上出现得也很少了，曾经一度有剧团排演过，都当成个新闻说呢。

《二堂舍子》这出戏我非常不喜欢，类似不喜欢的还有《赵氏孤儿》，原因只有一个，都是把自己的孩子给舍了，救了非亲生的，看起来大义灭亲，完全不符合人性。前面那出戏里的沉香打死了同学要偿命，这是天经地义的，为什么还要救他，找出来的理由是沉香的母亲被压在华山之下，而让非常无辜的秋儿去，甚至连秋儿自己也要求去，到底刘彦昌和王桂英曾经对秋儿说过什么，导致这个比沉香还小的孩子要替哥哥争着顶罪，且最后秋儿确实被乱棍打死，这样的逻辑有点奇怪；后面那出戏里被屠岸贾杀掉的孩子，或者说认贼作父的赵晋的孩子，都是政治斗争的牺牲品，把一场政治斗争说得和人性关联紧密，且分出来正义和非正义，恐怕不是人人都会赞成的。历史像一面镜子的正反面，就看照镜子的人从哪个角度观察了。这两出戏里面的矛盾冲突，最后采用的解决方式无一例外的简单粗暴，作为母亲或者父亲，被环境氛围所迫，非要做违背人性的选择，还要给出个高大上的理由，牵强而带着某种诱导色彩，好像面临那类情况，不如此选择就不符合道德规范，以此给他们的举动做出解释，相当不靠谱。在《二堂舍子》里，王桂英在沉香要被带走逃命前，拉住他说"记得今日我对你的恩惠"，说明她此时已经有了以后要依靠沉香生活的想法，把这个想法还说出来，虽然是人物的举动，也能看出来写这出戏的人的思维方式。当然，如果只是看表演，看演员在舞台上演绎人物的能力，又另当别论了。

《宝莲灯》里的三圣母和通常的女神仙不太一样，在她的身上有更多的人的痕迹，她和刘彦昌的一见钟情，对孩子的爱，以及为了爱情曾经和自己的哥哥对抗的这些事，甚至去拯救小动物，都更接近于一个从姑娘成长为母亲的女人。人们印象中的神仙多半是高高在上的，除了自己的领地，其他都不在他们的关注范围内，或者因为掌管着生杀大权，对人类的态度冷冰冰的，亲切感全无。他们的爱情要么根本不存在，要么就需要某个误打误撞的人类阴差阳错之下开启了情感的锁头。甚至在《聊斋志异》里还有个关于女神仙和人间男子的故事，里面的女神仙提了两个选择，如果人间的男子和她做夫妻，只能过五年；如果做朋友，可以在一起三十年。人间的男子果断地选择做夫妻，先过了五年再说，而且女神仙生孩子也很好玩，和三圣母不同，她是把自己的衣服让某个丫鬟穿上，那个丫鬟经历了生产的全过程，痛苦不堪。五年后，女神仙果然走了，回仙境了。这样的女神仙，娶来有什么意思呢？

《卷席筒》：救哥救嫂救侄儿，
不是亲人胜似亲人

　　在河南，豫剧是比较大的地方剧种，除此之外还有河南越调、曲剧等等。这是河南曲剧，同样叫曲剧的，北京也有一个。它们的相同之处是都从曲艺形式发展而来，不同之处恰恰也在于此，因为本源带有明确的地方色彩，使得最后的结果虽然都叫曲剧，但是演唱风格、曲调的差距都非常大。此曲剧非彼曲剧，先要搞清楚。

　　河南曲剧中，有出戏绕不过去，《卷席筒》。这出戏在一九七九年被拍成了戏曲艺术片。故事说的是张苍的娘赵氏带着他改嫁给曹林，掌管了曹家的财权，因为嫌弃曹家的长子曹保山，平时对这对夫妻和他们的两个孩子的生活克扣不止，倒是改名为曹张苍的苍娃对哥嫂和两个侄子关怀有加。后来曹保山要去赶考，到父亲曹林这里要点盘缠，曹林害怕赵氏的无理取闹，只给了十两银子，但在出门的时候被遇到的赵氏夺走。在路上，曹保山遇到了苍娃，弟弟苍娃把收账要到的五十两银子和自己身上的衣服给了哥哥。苍娃的娘赵氏想害人，在曹林的药里下了毒，让儿媳张氏端去，赖她害了曹林，又买通了县令关押了张氏。苍娃知道了，自己替换了嫂子出狱，还承认是自己害了曹林，被押到洛阳问斩。刚好遇到了状元哥哥曹保山审案，冤案得雪。苍娃淘气，跑到法场上装死尸，让带着席子来收尸的张氏被他的各种举动吓坏了，后来才道出实情，一家人团聚，而苍娃的娘羞愧之下撞墙而死。这出戏从开始很长一段都是悲情戏，里面的人物除了苍娃和赵氏，日子过得都很糟糕，被赵氏欺压不止。一个继室对前房的孩子如此态度，生活里很常见，且无论在什么时候，什么地方都可能发生。比较少见的是苍娃，这个弟弟也许是年龄小，还没有完全被母亲的贪财思想洗脑到位，善良在他的心中仍然占主体位置，这才能说得通后来发生的事。这出戏还叫《曹保山中状元》或《斩张苍》，有说是清末民初的文人周任根据唱本《三贤传》改编的。这个故事的前半部分很平常，比较不寻常之处是苍娃在嫂子含冤入狱后，自己替嫂子坐监的举动。说起来苍娃此时的年纪也不大，他和嫂子说两个侄子因为看不到妈妈哭闹，而他自己没其他的解决办法，只好和嫂子换一下。此时的他好像还没理解到底什么是坐监、斩决，等他被押朝洛阳走了，他唱了一大段经典唱段："小苍娃我离了登封小县，一路上我受尽了饥饿熬煎，二解差好比那牛头马面，他和我一说话就把那脸翻"，话不多，也不长，四句就交代全了自己的处境、受的磨难和长途跋涉的过程，好比优秀的文学作品，往往也没有废话，字字千金，用得省俭，该说的才说上那么一句，不该说的，多一个字也没有。

　　《卷席筒》这出戏如果从结尾和戏里人物的丑角出演来看，能被划分成是喜剧；如果仔细分析故事本身，能看出来悲剧的成分要更多一些，如何把一出悲剧表演成喜剧，能从侧面看出来表演者和编剧的思维方式。把一出明明是悲剧的戏按照喜剧的路子演出来，让观众在轻松自在的喜剧感受中，不会因为故事本身的悲剧实质而心里太难过，是一代代戏剧人了解观众的心理需要，对观众欣赏戏曲的心理变化掌控能力之强的伟大之处。优秀的艺术作品要"哀而不伤"就是这个意思了，道理许多人都懂，能做出来不容易。这出戏里的苍娃是孩子扮相，头上梳着一把抓，脸上的粉也是红色为主体，鼻子尖上的白色不是一般丑角的那种形状，面积更大，在一张红扑扑的脸上只觉得可爱得紧。顶着这么一张脸的苍娃，和哥哥嫂子说大人话的时候有了反差，更显得真诚；到后来替嫂子坐监的时候，就让人看着特别难受。只是这个扮相，可以给观众这么多感受，都说脸谱化应该摒弃，还要具体问题具体分析，不能一概而论。

这里面有个人物比较有意思，故事因他而起，一家人家破人亡就是因为他的死亡，这个人就是曹保山的亲爹、苍娃的继父曹林。这个人出场的时候穿着人五人六挺虎式、标准的员外衣着，拿着本书，和亲生儿子曹保山在一起的时候，还要儿子好好地对他行礼，说话。等儿子说要上京赶考，需要银子了，这个老头直嘬牙花子，他说"可恨你继母娘把所有的银钱都拿着了……你继母给你的苦，儿子你要忍……切莫忘为父我疼儿之心"，言下之意是钱我没有，都在后老婆手里了，自己没有办法给儿子钱，瞧瞧四处无人，房门关着，尤其是后老婆没在，唧唧索索拿出来十两银子给了曹保山，此时他唱的那一句差点让我笑出来，"十两银为父我攒了三月"。明明是家里的老爷，把自己的地位搞到了第二等级，只能是这个人自找的。通常类似的家庭里，人与人之间的相处很麻烦，尤其夫妻二人都有子女，谁占了上风，连带着子女跟着沾光，另外一方当然就比较苦了，像曹林这样的，古往今来太多了。经济学的观点认为，婚姻和任何经济行为一样，都包含着某种外在和内里的利益交换，想取得某种平衡，一定是因为其中的某些项的匹配达成了妥协。因为戏里没有交代，我们不知道曹林和赵氏交换的是什么，结果很明显，赵氏占了上风，显然她需要的没有得到完全的满足，才会侵占了曹林的经济命脉，而曹林还没什么好办法解决。甚至在亲生儿子要上京赶考的时候，都不敢开口向赵氏讨要。曹林最后的结局很悲惨，让自己的老婆下毒害死了，这是谋杀亲夫，按律法是很重的罪。赵氏没有人狱，她把儿媳妇送到监狱里，让曹保山的两个孩子没娘照顾，这样的情形下，曹家灭门是有可能的，曹家的家财顺理成章到了赵氏母子的手中。从戏里人物的装扮看，赵氏明显比曹林小许多，和曹保山相比都大不了多少，显然曹林是自作自受，怨不得别人了。曹林这个人，因为自己的一个决定，娶了继室，最后闹得家破人亡。正应了外国人培根的劝诫：不娶少妻。

现在比较少被提起的一个事是，豫剧名角牛得草也演过《卷席筒》，我不知道他在这出戏里是唱豫剧还是曲剧。虽然没有看过，我仍然相信不同的演员对同一出戏的理解和表演方式存在差距，哪怕是一个师傅教的，也有天然的不同，尤其是优秀的演员，在这一点上就更明显了。《卷席筒》这出戏我们现在经常提起的是第一部，后面还有续集和第三集，都是类似的情节构成和人物关系，总之，是曹家的哥哥嫂子、侄子被苍娃反复救了就对了。所以这出戏也可以和其他连台本戏一样，演出的时候连演三天，很好看。对没有在现场看过曲剧的观众来说，《卷席筒》很可能构成他们对曲剧的全部印象。改革开放之初，一大批戏曲电影拍摄上映，好一通热闹。时隔多年，经济发展了，各种娱乐形式层出不穷，到戏院里看戏比守着电脑和电视要费事得多，当初自然而然做的事，现在已经往奢侈的方向上走了。就像看电影，如果告诉今天的年轻人，一张电影票曾经只要两毛钱，是不可想象的。今天的人想看看各地的戏曲，才发现能找到的版本里，最方便的还是被拍成电影和电视剧的那些。

这出戏里有一条线索的发展设计得有问题。继母赵氏先是杀了曹林，让儿媳张氏顶缸，为此还买通了县官。后来她的儿子苍娃去替嫂子坐监了，她从这个时候开始就消失了，没有交代，直到苍娃被哥哥救下后，她忽然出现，失魂落魄地交代了自己过去一段时间的经历。从律法上说，赵氏犯了大罪，谋杀亲夫，按律当斩，在戏里没有，而且因为苍娃替嫂子坐监和问斩，曹保山居然原谅了杀父的赵氏。虽然戏里圆得挺好，但经不起细琢磨，谁会随便就原谅杀父仇人呢？据说曹保山确有其人，在他中了状元做了官后，一步步忘了为官的本分，最后不仅自己被杀还连累了家乡人，乡里人为求自保，连夜改了姓氏。这是一个人逐渐膨胀最后爆掉的坏典型，谨守初心，要克服各种诱惑，难啊！

　　小时候看《卷席筒》，最好看的地方是苍娃在和哥哥曹保山相认后，要带嫂子来见哥哥。想起来嫂子要去法场收尸，就到法场躺下，等着张氏。嫂子张氏一无所知，含悲忍泪带着买来的席子给小叔子收尸，装死的苍娃在那张席子上左倒右转，翻来覆去地装神弄鬼地吓嫂子，终于把张氏吓坏了，向着意念中的小叔子说了许多安慰的话，之后苍娃才和嫂子相认，告诉了实情。就这场戏，戏剧冲突强烈到爆，喜剧色彩是苍娃创造的，悲剧氛围是嫂子张氏做的，一喜一悲撞到一起，台上的两个人各自沉浸在自己的世界里一会儿哭一会儿笑，特别好看。那个时候我还小，看着舞台上扮演苍娃的演员辗转腾挪，动作灵活地满场飞，把个淘气小孩的各种举动都表现得淋漓尽致，想不到是大人扮的。过了许多年后，海连池这个名字才和舞台上那个淘气的苍娃连在一起，一直留在我记忆深处的小孩是大人扮的，总觉得不太真实。就像当初看秀兰·邓波儿主演的电影，里面的配音声音稚嫩甜美，居然是已经成人的刘纯燕给配的，也让我好长时间不能相信。

《孙悟空三打白骨精》：不顾一切
打败妖精中的战斗机

　　"白骨精"这个词，在我小时候不是个好词。总是用在某个不被人喜欢的女子身上，通常带着明显的贬义，是个标签，一旦被标志了，就像墨汁滴到皮肤上，可以洗淡一些，痕迹要留下来好久。最近这些年这个词发生了变异，成了部分精英女子的代称：白骨精，白领、骨干、精英。实际上是做了拆字处理，加大了内涵和外延，才能有如此改变。多半用的时候是要做一点说明的，不然，人们的直接反应仍然是那个死在美猴王金箍棒下的白骨夫人。

　　《孙悟空三打白骨精》这出戏特别出名，首先和出处有关，《西游记》，吴承恩的这部作品，充满了各种奇幻想象。他生在五百多年前，大约是明孝宗弘治年间晚期，赶上了明朝中叶最励精图治的皇帝，最出奇的是此人只有一个正妻，完全违背了皇帝惯例的三宫六院七十二嫔妃，明朝在他的管理下一度兴旺。不过，吴承恩大部分的生活年代是嘉靖朝，明朝最后的败亡，这个皇帝要负很大的责任，王朝由盛转衰是有节点的，和今天许多人说的攒人品做事类似，王朝也要攒各种运气，都怀着励精图治的心态小心谨慎对待朝政，好运气慢慢多起来；负面的运气也一样，总要攒够了才能看出来颓势，结果和某个人无关，就像崇祯，他自己使劲中兴没用，祖先已经攒够了倒霉的运气，到他这里，就剩水到渠成了。吴承恩写《西游记》这个事在学界的质疑虽然还有，但基本上是肯定了。《西游记》这本书讲了那么多的神鬼怪故事，到底是要做什么呢？古人对文以载道这个事很在意，写一个"不着边际"的小说赚稿费吗？虽然那个时候的书商已经很牛了，那也不能明确地认定就是因为这个原因。还有一种看法，认为吴承恩的这本书是有大智慧的，恰恰是通过神仙鬼怪的故事，把儒、释、道三家融为一体，从多个角度写几个主要人物的命运起伏。总之，对《西游记》的研究，还处在经常更新的状态。《孙悟空三打白骨精》这个故事是一连串故事中的一个，长篇小说章回体，对讲故事来说很自在，一两个章节把一个小故事讲完，接下来继续走主线，完成主人公的西行之路，下一个故事拉开序幕。从讲故事的角度说，"三打白骨精"的故事和这本书里的其他故事大体上的结构没区别，都是到一个地方，有个妖精出现了，为了长生不老想吃唐僧肉，变化了种种形态都被孙悟空识破还打死他们。唐僧不干了，要不念紧箍咒要不赶走孙悟空，总要发生点波折后才能给妖精以毁灭性打击，然后唐僧带着徒弟们继续前行。这个故事里的妖精是白骨修炼千年后变化的，是个女的，她变化了三次，分别是少女、老妇和老者，击中了唐僧心目中的要害，这是三个通常状况下被认为是无害的人群，这样的人物设置对唐僧的危害格外大，唐僧可以接受孙悟空抡着金箍棒和膀大腰圆、孔武有力的妖精大战三百合，对他举着金箍棒直接就砸到一个小姑娘身上还是有怨念的。从这个角度说，白骨精是心理大师，她明白对什么人要怎么下手，像唐僧这样的，遇强则强，柔软和无害是他的软肋。从一开始，白骨精就把身段放低，使出连环杀手逼唐僧做出有利于白骨精的决定，而唐僧确实沿着这个路径走下去了，随着事情的一步步发展，孙悟空的离开几乎是肯定的。

中国戏曲里，以动物作为主角的不少，像孙悟空这样被万千宠爱的不多，从剧目上说，以孙悟空为主角的戏可以列出来一长串，《大闹天宫》《水帘洞》《智激美猴王》等等，都是名剧，包括这出《三打白骨精》，一直在戏曲舞台上长演不衰。而南北猴王也出了不少，著名的杨小楼、盖叫天、李万春，都是演孙悟空的名角，所谓南猴的灵巧、多变，北猴的沉稳、大气，是对当时不同地域的演员的不同表演风格的描述。这说的是京剧。离京城一千一百公里外，有个江南小城，那里的戏曲以猴戏著称，就是绍剧。

绍兴是神奇的地方，不仅出过书圣王羲之，伟大的鲁迅，在这里还诞生了两种戏曲形式：绍剧和越剧。绍剧这个名字是新的，被命名是在新中国成立后，此前它的名字之一叫绍兴乱弹。"乱弹"是很有渊源的字眼，清朝初年就出现了，而这种戏曲形式如果仔细深究起来，甚至和京剧的诞生都有关系。今天听绍剧的时候，如果是第一次听有可能觉得奇怪，明明是江南水乡的剧种，怎么如此高亢行云，豪放洒脱，而不是如越剧一般温婉柔和，缠绵百转。熟悉陕西秦腔的戏迷听到绍剧又觉得亲切，这个江南的剧种表演时行腔动作都不陌生，甚至其中一个曲调"二凡"几乎就是秦腔的味道。今天有研究者认为绍剧（绍兴乱弹）是当年北人南来的时候带来的，而今天的相像正是当年的遗存。绍兴的历史太过悠久，连名字都是南宋皇帝、杀岳飞的赵构给命名的。绵延不绝的战火和朝代更替，使这里的文化多元，宋时的南北曲，自成一格，后来逐渐演变，有了四大声腔——余姚腔、海盐腔、弋阳腔、昆山腔，其中昆山腔更被世人称为雅部，盖因为沿用的是曲牌，是从"词"这种艺术形式变化来的。这样的沿袭很文化，懂的人一定有限，慢慢地阳春白雪起来，之后的命运堪忧，如果没有刻意的保护恐怕很难延续下去。此时一定会有更符合人民大众需要的文艺形式出现的，虽粗鄙但贴近生活，充满生机，逐渐地连文人也喜欢了。清朝焦循在他的戏曲专著《花部农谭》里说过："花部者，其曲文之理质，共称为乱弹者，乃余独好之"，更认为"花部不及昆腔，为鄙夫之见"，这也为花雅之争提供了理论基础。《扬州画舫录》中明确指出乱弹大体包括了京腔、秦腔、弋阳腔、罗罗腔、梆子腔、二黄调等，如此众多的形式对一个昆山腔，确实有点敌众我寡的意思，足见当时人民大众多需要能被他们喜欢的戏曲形式。绍兴乱弹就这样有了几百年的历史，说它是文物，也有点道理。有意思的是就在绍兴治下的嵊县，诞生了今天影响非常大的另外一个剧种——越剧，认真研究一下发展史，可以看出来这两个剧种之间互相影响的过程，而越剧在今天的影响力后来居上，显然不能简单地认为是某个人或某几个人的作用。

绍剧《孙悟空三打白骨精》是一出名剧，多个名角出演过，现在能看到的早期版本是一九六〇年拍摄的戏曲艺术片，里面扮演孙悟空的是六小龄童的父亲六龄童。六龄童表演的这只猴子和京剧常见的不一样之处很多，脸谱的不一样是最表面的特质。在京剧里，孙悟空的脸谱既有猴子的特征，又有"王"的特征，甚至连是否出现金色的眼圈都有讲究，在进太上老君的炼丹炉之前，那个眼圈可能是粉色的，而那之后，必须是金色的了，因为经历三昧神火之后，孙悟空的眼睛已成"火眼金睛"。在六龄童的表演里，孙悟空的脸谱的主要色彩是大红色，配以白和黑色，突出了孙悟空的忠诚勇敢。仔细看了这出戏，可以找到一些后来出现在电视连续剧《西游记》里六小龄童饰演的孙悟空的表演痕迹。当年六小龄童被选中扮演孙悟空，他爹六龄童曾经给他提供过表演建议，再加上长期的耳濡目染，想不带上痕迹恐怕都很困难。关于这出戏，最出名的诗有两句：金猴奋起千钧棒，玉宇澄清万里埃。

这出戏里有个人物比较好玩，就是唐僧。由筱昌顺表演的唐僧带着股特别正经的样子，看不出亲切感，与惯常见到的总是表示亲切又慈悲的唐僧的样子有区别。这个唐僧严肃，板着脸对三个徒弟的行为都要做出指导，如果徒弟们做得不合要求，他可以直接指责而看着一点不生硬。从人物的逻辑发展来说，当孙悟空棒杀由白骨精变化出来的一家三口之后，反复犯错误让唐僧忍无可忍，终于说出来让孙悟空"滚"的意思，这样的唐僧能做出来就合情理了。这个人也不想当然，先听了孙悟空的表白，但是他显然精神意志很强，做出了自己的判断后就不再犹豫，后来白骨精显露了真相后，他才后悔。唐僧的实事求是的精神被表现得更扎实。此前我看其他艺术形式里的类似情节的时候，总觉得唐僧这个人对徒弟们一贯很亲切，孙悟空又是为了保护他才杀妖怪，怎么能做出来赶走孙悟空的事呢！让观众有了疑问，显然是故事逻辑或者演员的表现方式上出现了可以商榷的地方。筱昌顺是老生演员，还能演老旦，绍剧的表演艺术大家，和许多著名演员一样，他也遇到过倒嗓，后来找到了解决方法，终成一代名伶。

二十年前，电影《大话西游》上映了，我在一个冬天的晚上坐在电影院里看了第二遍，第一遍是看的录像。那个时候录像机的主要功能之一就是看各种港台的电影和电视剧，还有年底的金曲奖颁奖礼。看录像的时候没觉得这部电影的各种好玩，到电影院里视角一变，我忽然发现这里的许多东西具有了象征意义。又过了许多年，有人专门扒出来这部电影里的各种梗，编剧让我敬意顿生，甚至超过了主演周星驰。某一天粤剧名角罗家英在舞台上清唱，我觉得这个人怎么那么眼熟呢，忽然想起来，这不是《大话西游》里的唐僧吗，"Only you ……"情景重现，立刻笑出来。还有那个著名的"如果再给我一个机会，我会……"好长时间里都是文艺青年热爱的对心上人的表白方式。

"三打白骨精"这个故事在中国太耳熟能详，根据这个故事不仅拍电影、动画片，甚至网游都有，文化的传播是有规律的，那些更有戏剧性、更吸引人眼球的故事，也更容易被代代相传。

我一直对《西游记》这书里的一个逻辑很有敬意，即那些妖精对自己的父母，也就是老妖精都很孝顺，抓到唐僧了要吃肉还不忘把父母接来一起吃，此前他们显然不在一个洞窟里生活。这样有独立精神又孝顺的果然是精英妖精，尽管不免给了孙悟空屡屡得手的机会，可见坏人的品质有复杂的一面，吴承恩对妖精的道德感给予了很高的评价，虽然这给他们带来的结果不一定是好的。

《打侄上坟》：做侄子的父母很难

恨铁不成钢，这是做父母对孩子不争气的时候经常有的心理，有些时候，不是父母也可能出现这样的表现。比如许多曲种都有的一出戏，《打侄上坟》。

这是一出和生活关系密切的戏，它讲的是陈家大员外的儿子陈大官在父母双亡之后，被叔父和婶母抚养了八年，受朋友的挑唆要和叔父分家。为了不让旁人说闲话，二员外就请来了陈大官的舅舅做见证，给了侄子大部分家产。结果这个年轻人几年间就把家产花光了，赶上叔父放粮也来领粮米，被叔父发现好一顿打。陈大官后来带着婶母给的银子跑了。第二天恰逢清明节，陈大官的银子被贼偷了，他只好乞讨了几个铜钱打了点纸钱给父母上坟，后和叔父婶母在坟地相遇，经过一番对话认了他们做父母。这么一出戏，演起来时间在一个小时前后，可涉及的问题比有些两三个小时的戏还多。

先说这个陈大官。按照戏里的交代，这个人七岁就失去了双亲，在叔父和婶母的抚养下长大。而他的双亲在去世前向自己的弟弟和弟妹托孤，同时也一定把自己的家财给了兄弟。所以二员外应该是把两家的钱合在一起做，经过了几年后应该做大不少，邻里间风言风语多了，才会有不三不四的学友给陈大官出主意要他分家。如果按照时间分析，陈大官闹着分家的时候，才十五岁，这个人运气还不错，已经入了黉门了，什么意思呢，就是他正式进入了官学，对他这个年纪来说算早的了。这个年纪是青春期反叛最厉害的时候，戏里说他和叔父是"朝吵暮闹"，就是天天一通胡搅蛮缠。之后他得到允许分门另治，获得了大部分家产，他心里认为是理所应当，然后和这个年纪的所有孩子一样，天上掉下来的钱财，肯定是想干什么干什么了，而他的旁边一定还有当初出过主意的学友继续给他出主意帮他花钱，直到他的钱财殆尽。以上这些都是根据戏里的粗浅交代一步步推导出来的。陈大官对自己家财尽失的几年的生活的总结是"不习正道，日赌夜游，浪费家财，失却功名"，落到了乞讨的日子，而且自己定了调子，说是"不好"，如此看来，这个年轻人是有自省精神的，根子还不坏，他的生活从衣食无忧、功名在手到沿街乞讨的境地的巨大落差，他知道问题出在哪里，这为后来他的改过自新埋下了伏笔。虽然在这出戏里没有演到这一点，只是在结尾通过二员外的口顺便提了一下。

像这样的小朋友，人生开始的几年有巨大的不顺，父母双亡，面临着被叔父拿走财产，自己活不下去的危险。他的父母托孤本身就有替孩子找保护伞的意思，他的叔父良心还是不错的，虽然拿了他家的钱财，可到底还是抚养他八年。养过孩子的都知道，即使是个听话懂事的孩子，也一样有让家大人操心的地方，而且还不少。衣食住行在这里绝对是小问题，和孩子在思想上的沟通才是最大的事。许多人回忆成长历程的时候，都会找到后来性格上某个不太平和的地方，当初造成的原因，往往做父母的有不可推卸的责任。所以，我一向的观点是，做父母至少应该学一点教育心理学，给孩子一个成长的舒服的心理环境非常重要，如果再从长远的角度说，短短几年中孩子的愉快与否可能和未来许多年里是否能完美适应社会有直接的因果关系。再回到父母上，如果孩子成长得不顺利，父母想靠着孩子养老，就比较不着调了。

　　《打侄上坟》里的二员外和安人都"年过半百"，而戏里二员外曾经问安人，陈大官多大了，安人说"二十一岁"。这里能看出来两个细节：一是他们已经许久没有来往，可能自从分家之后二员外伤心了，他就不想再看见这个侄子，所以都没有记住陈大官的年纪，而安人是记得的；二是交代了当年二员外抚养陈大官开始时的年纪，陈大官十五岁和叔父分家，现在二十一岁，已经六年，此前叔父抚养陈大官是八年，那就是说十四年前当叔父的还没有到四十岁就接下了做父亲的责任，那个时候他一定是想着要做个好父亲的。而在戏里交代，二员外自己是没有孩子的，当他看到张公道的六个儿子的时候，非常惊讶于张三十五岁就有了六个孩子，而张告诉他，自己的老婆马上临盘，还有两个小娃马上降生。二员外问他："就这么有准？"张公道说"是"。这些都是扎二员外的心的刀子。他后来把挨的扎都赠给老伴了，他把陈大官打了一顿之后，安人表示对这个"少娘无父"的孩子很心疼，他对安人说："这样败家的子嗣，你给我养上他几个，你再来心疼……"这话说得简直了，那个时候只要没生孩子就是女方的问题，安人只能在一边哭着，二员外还不让，旁边的家人陈志哭也不让。然后，就有戏可看了，他自己也哭了。所以传统戏有看头就在这里了，很简单的对话，一个表情动作，就交代了各种线索。此时二员外的父性出现了，为后来的认下陈大官做自己的孩子也做了铺垫。其实从一开始，二员外对陈大官的称呼就有点奇怪，他叫他"儿啊"，这是个父亲在叫自己的孩子，说明当初他是把陈大官当作自己的孩子看待的，一个被托孤的孩子，抚养者自己又没孩子，很容易就建立起来一个良好的亲情关系，是陈大官当年小，没看明白这里面的事，着急分家，其实如果不分，有朝一日也仍然都是他的。年轻人的城府，到底是浅的。

　　这出戏是从一个叫张公道的人开始的。他做个买卖，能度日，但是孩子多不够吃的，听说二员外放粮，他就带着孩子们去领粮米。他的六个儿子一溜排开，把二员外刺激得够呛。而这个张公道，说了句大实话："穷人能生养"，这还真是句实话，君不见现在的大城市里，那些天天衣食无忧只在精神上有巨大忧虑的白领们，想生个孩子有多难，经常听到某个朋友为了生孩子辞职了。而生活得很一般的尤其是做体力活的市民，生孩子好像没那么多的困难。老天爷是公平的，给了你这个就把别的拿走，人总是要平衡的。如果从这出戏来看，这样的情形在很早以前就存在了，吃得好穿得好可能生孩子上就不好了。张公道是善良的人，他听说二员外没有孩子就劝他，听说陈志没儿子，也劝陈志，不过其实没啥用途。这个张公道只在开始阶段出现，而他的出现就占了整出戏的三分之一，后面的发展和这个人再无瓜葛。这个人的作用，如果按照文学写作的角度分析，就是个引子，为了引出主线，或者说是用来起兴的，和"孔雀东南飞，五里一徘徊"这两句的作用是一样的。而他的人物设置是个三花脸，就更好玩了。说明这个人物就是这么点作用，看了可以扔到一边了，而且在看的时候是有点开心逗乐的。传统戏里的人物，都不是平白地用什么行当的，千百次的磨炼之后，人物定型了，仔细一琢磨，就他最合适。

现在我们看到的这出戏，音配像就有三个版本，一个是马连良、姜妙香的，一个是李少春、叶盛兰的，一个是周信芳、俞振飞的，南北派都有，从表演方式和演唱上来说，都好看、好听得紧。比如，陈大官去领粮米要见二员外的时候，家人陈志带他进去，而他在跨过门槛的时候，腿不听使唤。三个版本里，有两条腿都不听使唤的，只能对每条腿都告白一番"老腿啊……"，或者一条腿进了门，另外一条腿哆嗦着抬不起来，陈大官要自己用手去搬自己的腿，同时还要做自己的思想工作："你大相公还未曾进去，你怎么就哆嗦起来了……有你大相公在此，你就大胆地进去，大、大、大胆进去。"这显然说明了所谓的老腿不听使唤，干脆就是陈大官自己吓得够呛，也说明当初二员外对他是严厉的，没把他当侄子，是当了儿子来养的。非常有可能陈大官在家财的逐渐败落中，从没有知觉到知道到最后流落到乞丐的地步，他是慢慢明白了叔父对他的好，也就越发不敢来见两位老人了。这是实在过不下去了，才来领点粮米度日，结果被打了一顿。好演员的作用，就是不仅把故事讲明白，还把人物演透彻。即使今天看的音配像，也是当代的好演员配得像，他们的表演和声音搭起来，仍然能把观众带入好看的境界里，叶少兰配的陈大官开始是哆哆嗦嗦的，被叔父打了之后婶母要给他银子，他和陈志说要两大封，那个急切劲儿把人物心理也顺带表现出来；而张学津配的二员外在指责安人没生育的时候，气急败坏的样子和马连良的声音搭在一起，确实有股子理直气壮又恨得不行的劲儿；而南派的周信芳是小王桂卿配的，从形象上和周信芳很接近，抑扬顿挫间每每会觉得好像真的是周大师在表演呢。

《打侄上坟》这出戏其实是折子戏，后面如果再加上陈大官痛改前非，下功夫读书最后考上状元，就全了，那这出戏的名字就改了，叫《状元谱》。前面的折子戏里，陈大官的行头是富贵衣，这有个讲究，凡是曾经落魄后来做了大官的人物，才穿富贵衣。什么是富贵衣，就是黑色的袍子上补着些彩色的布，通常是丝绸的衣服上补缀上丝绸的块子，看着有个落魄劲儿，又能暗示这个人后来了得。除了这个陈大官穿过富贵衣，还有一个人也穿过，就是薛平贵，王宝钏的丈夫，在刚出场的时候，他就是富贵衣加身，后来做了皇帝，这个富贵衣穿得有道理，没毛病。

有人说这个故事来源于《绣襦记》或者《玉簪记》，是否确实不能肯定，不过也有疑问，无论是《绣襦记》还是《玉簪记》都有男主人公被督促上进的情节，可两出戏都有女主角，且分量很重，故事情节都要曲折和复杂得多。而《打侄上坟》里，人物设置简单且主题单一，就下结论说脱胎于某出戏，总感到稍有些牵强。顺理成章才是自然的，没有这样的感觉，还不能简单下结论。

《屠夫状元》：屠夫逆袭状元，
只因为他伤天害理

　　底层逆袭的故事，一向为老百姓喜闻乐见，许多故事流传甚广，和这个因素关系很大。"卖油郎独占花魁""神奇小子喜中五百万"等等，通常都是实现难度超级大的那些事居然成为现实，不由得要大声叫岔了音才是正常反应，完全没有关系的旁观者，也能从中获得某种足以令人激动的鼓励，这样的故事就传了一个人又一个人，直到天下人都知道了。

　　《屠夫状元》的故事里，这个因素也存在。这出戏说的是从小父母双亡的屠夫胡山在寒冬腊月里救了上京赶考、改名为朱文进的党金龙，并和他结成拜把兄弟。后来党中了状元，他的杀父仇人杨猎要收他当义子，经过一番思想斗争后党同意了。出行时和胡山相遇，党不认这个义兄，还给了他一顿鞭子。党的母亲和妹妹失散后来找儿子，被推到灞河里，胡山救了她还认了个妈。过了几天又救了妹妹党凤英。老皇帝想传位给太子，需要夜明珠当证明，这颗夜明珠当年由党尚书收着，后来给了党夫人，又交给了胡山，胡山因为献宝有功成了西台御史，和朱文进的东台御史杠上了。大结局是胡山抓了杨猎，把党金龙投灞河里，和党凤英结婚了。一个屠夫，按照社会阶层排序来说肯定是底层中的最下层，胡山是孤儿，凭手艺吃饭，他自言"从小看尽各种白眼"，居然也没对世界产生敌意，正能量满满，需要救人的时候肯定出手，需要打击坏人的时候也能下得去狠手。那个朱文进，把自己的亲娘扔到灞河里，天理不容，胡山就能做得出来用绳子捆了把他扔到河里喂王八这样的事。显然这个人够粗鲁，可也够仗义，对舞台下的大多数看客来说，看着顺眼得很。那些天天咬文嚼字的读书人里，能有朱文进之流很正常，不过把这个人物塑造成这样的形象，也是老百姓看出来读书人中的五色杂陈的特点，可以分成好、中、差三类，在这一点上和其他群体没什么区别。

胡山的形象在他成为西台御史之后仍然延续了他一贯的做派，让上轿不肯，说是怕抬轿子的轿夫们辛苦，又让平时一起打闹的哥们儿坐进去，浑然没想到这个轿子是个象征，也是权力，甚至是朝廷的脸面。和他看见党金龙必须救一样，他的反应是简单和即时的，基本上没经过大脑，说单纯是好听的，本质上是思想意识没真正进入到新的阶层。那种一阔脸就变的家伙，虽然很让人气愤，尤其是在如果这个人曾经需要帮助还伸出了援手的那个人看来，像胡山之于党金龙这样，党的反应虽然招恨，但是说明党金龙进入自身的新环境很快，如果不是遇到了反面人物杨猎，那这个人就这样一条道走下去，他日封妻荫子几乎是肯定的。从这个角度说党金龙显然有不成熟的一面，还不会做出个面子上的事来对付义兄，让胡山可以名正言顺地把他正大光明地暴露在天下人面前。而胡山作为一个简单纯朴的屠夫，付出后需要回报的想法很正常，没得到回报还被打一顿鞭子，显然党金龙在这个事情上做得过了，当然，他对待他母亲的态度和做法就应该划入该杀的行列了。

《屠夫状元》这出戏里有个重要的指导思想，就是关于好人有好报的观念。这个观念由来已久且受众范围非常广，人是需要精神支柱的，做事情都存在着思想上的合理性和潜意识里的回报要求。像胡山，他救了党金龙的时候，有个潜在的要求是党如果中了进士，他也能跟着捞点好处。而救了党氏夫人，虽然给自己找了个妈，但是也从此有人给补衣服了；而党凤英在被他救了后，直接的反应是觉得这个人对自己有不良企图，可见这个思想是大范围整体思维，即做事当然有回报，完全没有任何要求和想法，就和正常人不太一样了。尽管如此，做了好事和好人就有好报，仍然是一个能被大家充分接受的思想，说明人是趋向于做好事的，且还给做这个事立了个原因，带着点自我安慰的意思。人生而多艰，能做好事的时候，就搭把手，天道循环也是有的，善虽小，仍然需要做。

眉户剧是陕西的地方戏，所谓的"眉"是眉（原为郿）县，"户"是户（原为鄠）县，这个名字的字面意思就是眉县和户县的地方戏，老百姓念得俗了，就叫"迷糊戏"，又称郿鄠戏。陕西的商洛地区历史上曾经很出名，明末的农民起义军首领李自成曾经在这里韬光养晦，休养生息，从这个地方出去后，把明王朝一举推翻了。这里的野生剧种迷糊戏已经出现三百年了，按照老陕的划分，陕西可以被分为东府和西府，商洛属于东府，陕东南，这里主要是山区，人民生存不容易，在这里还有一个剧种也很有意思，就是花鼓戏。人们的印象里花鼓戏是湖南的地方戏，其实不然，这个剧种的受众面比想象的要宽泛得多。在人们的印象里秦腔应该在三秦大地上哪里都有，其实它主要的范围在西府，大致上是陕西的西部，到了商洛这里，就没有眉户戏更让人喜闻乐见。而热闹欢快的花鼓戏一向被人民群众喜欢，人是有情绪的高级动物，都想要个乐呵，那些整天悲悲切切的文艺作品虽然很容易被感染和接受，但是从心理趋向来说，还是能让人高兴的文艺形式更受待见。在这一点上，花鼓戏显然更有优势。而迷糊戏也受了影响，比如在《屠夫状元》里就有多个地方的唱腔到最后的落脚点是"咿呀咿兹喂"，听着就那么欢快。和秦腔的吼劲完全不同，要生活得多么压抑，当初才会诞生了这样的剧种！

　　《屠夫状元》里有个师爷，只出现了一场戏，就是党金龙高中后到杨猎家拜谢的时候，他挑了头让杨猎认干儿子。当党金龙因为自己家的深仇大恨不想认的时候，这个师爷跑前跑后地居然悄悄拿厉害的话威胁他，导致党金龙为了看得见的荣华富贵就放弃了自己的立场。从人物的命运来说，这个师爷的作用显然很不堪，他推着党金龙偏离了本来的轨道，站到了党家的对立面，后来发生的不认胡山这个结义的哥哥，把母亲推到灞河里，任由妹妹自生自灭都和认父这个事有直接关系，最终导致党金龙被胡山扔到灞河里。如果仔细听这出戏，杨猎是有后代的，一个女儿，在宫里给皇帝做妃子，按照一般的观念已经可以了，杨猎是皇帝的老丈人，对杨猎来说这不够，古人的意识里没有儿子是很让人沮丧的，所以即使他的女儿已经给皇帝生了儿子，在杨猎的操纵下还有可能当皇帝，仍然不能改变杨猎认为自己有缺陷，仍然要认党金龙这个实际上是仇家的儿子做自己的儿子，有想扩大势力的一个方面，更多的是为了给自己一个老来依靠。这个想法有点可笑，以他那么大的势力，要风得风，要雨得雨的，如果还需要靠一个刚刚高中状元的干儿子才能顶住，未免太凄惨了。像党金龙这样的家伙，从高中到真的能掌握一朝的权势，要走的路还很长。那些曾经站过队的人，比如李商隐，最后因为吃挂落受牵连，多少理想没有能实现，他的诗有些根本看不懂是在说什么，大概就是心情压抑又不能直陈地表达。实际上戏里的最后结果也确实是这样的，当皇帝得到了党家一直保存的夜明珠让太子登基后，杨猎的巨大威慑作用就不存在了，他和他的干儿子一起被抓的被抓、投河的投河，彻底败落了，宫里做妃子的女儿顶不住了，说不行立刻完蛋，曾经被反复说过的"眼看他起高楼，眼看他楼塌了"上演了现场版，勃也迅疾，颓也干脆，好像是自然灾害一样，无法补救。

　　这出戏里提到了一个官职，御史，且党金龙是东台御史，胡山是西台御史，鲍溶曾有诗云："西台御史重难言"，说的是他在淮南卧病，对路群侍御访别有感时作的诗中的第一句。鲍溶是中唐诗人，其作品对后世的欧阳修和曾巩影响很大。戏里还提到了一座重要的桥——灞桥，自从秦穆公改称灞河，此水之上的桥就没少出现在著名文学家的笔下。作为唐时著名京城长安城外的桥，它的身影曾经出现在杜甫等大诗人笔下，而西台御史本身就是唐时的官职，如果反推一下，那《屠夫状元》这出戏就是说唐时的事了。但是也不一定，毕竟编故事的人为了让听故事的人相信，是会做出来假借真实人物的事的。比如唐朝的笔记《次柳氏旧闻》里，曾经提到过玄宗养在兴庆宫前水池里的龙，在他因为安史之乱逃亡到嘉陵江上时，傍着他的座船在飞，玄宗认出来这是当年的小龙，让手下人拿酒食让龙又吃又喝，还"泫然流涕"，感念这龙还记得他这个主人。明明是一个带有玄幻色彩的故事，却又告诉读者，这里面提到的故事都是根据高力士的讲述记下来的，言下之意都是真的。这显然是小说家的自证之法了。

《花打朝》：敢和皇帝叫板的女人

　　温柔如水说的是女人，如藤缠树说的也是女人，还有一种女人，她们的温柔在心里，她们要表达对所爱的人的感情，如小鸟般依人不太可能。自从商王武丁妻子领兵打仗并战胜了敌人之后，这类女人就把忠君爱国作为温柔的一种表达方式，和她们的丈夫并肩作战，为君上卖命，功成后受各种荫封，享富贵荣华。有时候，她们也会参与到朝政里，干出和皇帝对着干的事。

　　有一出从女性角度写的戏，表现的是忠臣良将的遭际和女人们的反抗以及最后的胜利。这出戏叫《花打朝》，是出豫剧。说的是大唐边关起战事，罗成的儿子罗通受命去打石建王，得胜还朝后被允许游街夸官受贺。皇帝的小舅子苏定方不乐意了，当年就是这个苏定方参与了害死罗成的阴谋，他与罗通起了冲突后自己派人砸了皇帝御赐的下马牌，皇帝被激怒，让人把罗通捆了要问斩。以程咬金的夫人七奶奶为代表的一群诰命夫人去求情未果，不得已抄家伙要和皇帝动武，也不起作用，程咬金刚好回来了，把皇帝要斩罗通的进程耽搁了一下，到最后皇帝在知道不是罗通砸的下马牌后放了他。这出戏的名字《花打朝》里面的"花"指的是女人，一群曾经舞刀弄剑、征战沙场的女将，曾经给大唐的江山立下汗马功劳的女人，"打朝"就是和她们保的皇帝打起来。这个故事的总体结构简单，事情的起因和发展，到最后的结局都是戏曲中常见的套路，忠臣良将被有宿仇的、背景深厚的坏蛋给坑了，另外一个资历深的家伙跳出来说情，之后当然是各种不顺利，终于出来个有尚方宝剑的家伙压了最大的 Boss 一头，解决了问题。许多戏都有这样的情节，这出戏不一样的地方除了主角是女的，泼辣，能豁得出去之外，还把生活中的一些真理讲出来了。比如曾经有过共同经历的人们始终是一伙的，当年瓦岗寨上的那些人，后来大部分都归顺了唐朝，可心里都认为他们的交情是从瓦岗寨开始的。这些被封为诰命夫人的女人们的表现，足能看出来她们的丈夫当年也是这样想的，一说起来就是那个时候如何如何的，小团伙的架势十足。对皇帝来说，这个很讨厌，现在有个通行的说法，叫针扎不进，水泼不进，这怎么能行，马上想办法掺沙子，搅散了他们，甚至更狠的皇帝，还有可能用了杀招。

掺和事的诰命夫人们都是名将忠臣的夫人，除了程七奶奶，她们的另一半都故去了，她们曾经和自己的丈夫一起给大唐江山的建立流过血，出过力，皇家待她们不错，封了诰命，让她们过着衣食无忧的生活。其中有始终怀着冤屈的，就是罗成的老婆、罗通的母亲。按照戏里的描述，罗成当年被射杀后，他的老婆千辛万苦抚养大了儿子罗通，教他武艺，告诉他要忠诚，要为国家出力。当外敌入侵的时候，这个母亲狠心把独生儿子送上战场，盼着他得胜还朝重振家声，她的儿子做到了。第一次出征就把外敌石建王打败了，回来后皇帝让他在御街上夸官。在最后一幕，当皇帝终于赦免了罗通之后，他管罗通叫"皇儿"，这让观众有点糊涂，不是刚刚还要杀人吗，怎么转脸就叫得那么亲？！须知皇帝一定要这样，所谓有功赏，有过罚，不仅是做样子，对皇帝来说是真章。一个人屁股坐到皇帝的宝座上，他想的是如何把朝廷平稳地维持下去，不能让功臣倚仗着有功就作威作福，骑到皇帝的脖子上，那样皇帝就没办法再统御朝廷了。

这出戏的主人公程七奶奶，叫王月花，很平民化的名字。以前的女子出嫁后都随丈夫的姓，所以七奶奶应该是程王氏。程王氏不得了，年轻的时候上过战场，做了诰命夫人有社交活动后，特别有热情地参加，还要当个主角。秦琼的夫人都让着她，因为她是全可人，夫妻都在儿女都有，而其他人至少是没有夫君了。一群诰命夫人因为要给罗通庆贺来到了罗府，吃个饭也和男人一样为了座次让来让去。七奶奶开始不想吃，因为没带饭单，听着有点奇怪，这个东西貌似是小朋友才用的，大人如果用的话，只有西餐的餐巾了。后来她把手绢掖到衣领下面胸口上，和小朋友吃饭的样子没两样，看着就让人笑。坐了上座，上了个肉菜还左让一下秦琼夫人，被告知她的胃口不行，不能吃肉；右让一下罗成夫人罗通的妈，被告知要吃天斋，也不能吃。于是七奶奶自己大吃，肉进了口这左右两位就问她味道如何，好吃吗。七奶奶又要吃又想赶紧回话，把自己的嗓子烫掉块皮。看着她一通忙乎，再看那个饭单就明白了，如果真是吃东西，就刚才的架势，她嘴里的东西非得掉出来点汤汤水水不成，大费周章地掖饭单就有了理论依据。她不仅自己吃，还想着给车夫带吃的，车夫小郎要"蛤蟆拱泥"，就是馒头夹肉丸子，她一直想着，自己吃得差不多了，找馒头夹丸子给车夫送出去。看来那时候仆人的饭不在请客的主人家的计划内，赶上个体贴下人的主人，就有吃的，如果主人不地道，饿肚子把主人带回家之后才能喂自己。

七奶奶的这些事迹都不是重点，重点是她带着众诰命和皇帝打擂台。皇帝要杀罗通，因为他违反了律条，砸了皇帝御赐的下马牌。这是造反。七奶奶不干了，一直作为孤儿长大的孩子为了你的朝廷上战场杀敌，得胜还朝居然落得个被杀的下场。她开始是拿着功劳簿去和皇帝理论，但是皇帝不买账。这里就有个误区了：功臣都曾经豁出命来给主家打江山，想着自己不容易，被不公平待遇了就忍不住翻一下老账亮亮功。皇帝多半都是不理的，他认为你的功劳我已经给你相应的待遇了，现在你犯事了，咱们一码归一码，你现在抖落当初的那点破事，以为我就能让着你，不可能。除非一种情况能说得通，就是恰在此时皇帝遇到个只有眼前的这个功臣才能解决的问题。比如京剧《银屏公主》（又叫《斩秦英》）里外敌入侵了，只有秦英能被派出去杀敌，皇帝赦免了杀了自己岳父的秦英。那种情况很罕见。对待功臣，不妨看看朱元璋是怎么做的，当初和他一起打天下的老哥们儿，还不是一通大炮伺候，炮打庆功楼；给犯了背痈的徐达赐了鹅肉，徐达知道吃了鹅肉背痈一定更严重，甚至死人，面对派来的宦官含泪吃下去，当天晚上背痈发作死了。这正是君要臣死，臣不敢不死的活生生例子。

七奶奶和她的姐们儿一起去和皇帝钉对，先是说自己的功劳，再拎着铁棒槌要和皇帝动武，皇帝稳如泰山不动摇。最后程咬金出场了，拿着已故皇帝给的上打君下打臣的宝物，才把事情拖下来。有个细节很重要，看戏的时候许多人可能都没注意到，在戏的最后，皇帝的小舅子苏定方出来了，他禀告皇帝下马牌是自己的家人给打碎的。这个细节的时间非常短，是个一晃而过的情节，但是皇帝听了之后就赦免了罗通，说明无论是七奶奶还是程咬金都没有对这个事的解决起决定性作用，罗通没有砸下马牌才是最重要的原因。换言之，罗通没有触犯王法，没有无视皇帝的权威。这出戏前面的九十九拜都是走形式，最后的一哆嗦才是正格的，没有做出对皇权不恭敬的举动才是问题的真正关键，既然这样，那罗通还是我的好孩子，所以当罗通再上场的时候，皇帝叫他"皇儿"。从这个角度说，无论是七奶奶，各位诰命还是最后看着特别有力量的程咬金，其实都做了无用功，完全说无用也不对，至少他们把情势拖到最后发现真相的时刻。像赵匡胤杀郑恩，郑恩死了皇帝酒醒了，陶三春再生气也只能打黄袍，毕竟人是死了。好多事情是这样的，"事缓则圆"，不是说事情发生了要干等着，而是说事情总要发展到能解决的时候，才是彻底解决的好时机。

豫剧是地方剧种，通常地方剧种的一个重要特点就是和生活结合得特别紧密，能从许多细节看出来当地的人们对生活的向往的高度。比如戏里一直没现身，但是对整个戏的走向有重要作用的苏定方的姐姐，皇帝的妃子，她住的地方叫翠花宫。这完全是人民的想象了，按照我们通常的认知，皇帝的妃子住的宫殿的名字都是有来源的，文艺的，带着厚重的文化气息。比如长生殿，是杨贵妃和唐玄宗起誓要生生世世在一起的地方，长生殿这个名字不仅有文化，还有对生命的渴望。多复杂的含义，高大上得很。能给皇帝妃子住的宫殿起名叫翠花宫，只能说当初写这出戏的人想的是要有个人民群众能一下子接受、喜闻乐见的效果。再有，把一种吃食用一个绰号命名，比如前面说的"蛤蟆拱泥"，也是人民群众愿意做的。类似的例子今天仍然有，比如"轰炸东京"。

这出戏的主演是马金凤，豫剧当初有五大名旦，马金凤是其中之一。曾经有人说她的拿手戏是"一挂两花和游春"，即《穆桂英挂帅》《花打朝》《对花枪》《杨八姐游春》，其实这些是这位优秀的艺术家晚期常演的几出戏。从旧时代过来的老艺人，当年为了生存，会的绝不仅仅是这些。就像京剧的许多大家，后来被津津乐道的只有一些很少的剧目，其实谁还不是有了山一样高的本领，藏在水面以下，露出来的只是一小部分，有幸看到过水面以下的那部分，才是真幸福。不过大部分人都是想当然的，没看过就当不存在。马金凤的演唱让人印象深刻，嗓音水亮，据说小时候曾经抱着水罐喊嗓子好长时间，才练就了这个本领。为了不伤害嗓子，她一直坚持不吃凉东西，人人喜爱的冰激凌，她就能抵抗得住诱惑，几十年里没尝过。演员的嗓子是看家的本儿，有些演员天赋异禀，烟酒不忌也没影响，绝大部分的演员想保持艺术水准，是要小心对待的。马金凤的演艺生涯很长，和她总在舞台上表演俏皮活泼的人物有关，性格开朗对一个人的影响一定是正向的。就像这出戏里的程七奶奶，想说什么直接说出来，不因为自己是诰命夫人就随时端着架子，她的理论是皇帝也不能不讲道理，这里有个直率劲，观众看着解恨，演员演着一定是特别过瘾，台下多不开心的事，上了台随着表演都宣泄了，相当于做了心理按摩。

《断臂说书》：为了救急，把自己 弄残疾了也值得

一九八〇年，每天中午十二点，广播电台会播评书《岳飞传》，刘兰芳说的。为了能早一分钟听到，中午放学后我用惊人的速度向家里奔跑。可惜，总是少听十分钟。我喜欢的人物遇到的各种不顺利，都会让我很不开心。这个事的意外结果是，那一年区里的运动会上，我的短跑成绩创了区里的青少年纪录。

听评书带来的结果还有一个，就是开启了我的阅读历程，到现在差不多四十年了。我读的第一本书，《说岳全传》，钱彩写的，里面的内容和刘兰芳讲的评书太不一样了。自此，我树立的观念之一是对同一个事，不同的人的记录和描述可能相去甚远，但是不能轻易下结论哪个更正确，离真相更近，之所以造成巨大的不同可能只是因为记录的那个人的立足点的问题。当时评书里有一段我的印象特别深，后来在戏曲舞台上，这段故事也有描述，戏曲里这一段叫《断臂说书》。说的是宋朝潞安州守将陆登在抗击入侵的金国四狼

主金兀术的攻击时，兵败被杀，他的夫人自尽，儿子陆文龙被带到金国养大，认贼作父，跟着金兀术杀回南宋，在朱仙镇遇到岳飞的岳家军。陆文龙骁勇善战，岳飞头疼不已。帐下王佐断臂，自请到金营诈降，想办法对付陆文龙。后来他在乳娘的陪伴下，给陆文龙讲了他父母的故事，陆文龙幡然醒悟，投宋营，杀金兵。这段故事评书里有，《说岳全传》里也有，但是有区别。在评书里，陆文龙是几个月的婴儿的时候就被金兀术带到了金国，且陆夫人是悬梁自尽；在书里，陆夫人是碰头而死，陆文龙当时已经三岁了。关于陆登和陆夫人以及他们的儿子和乳娘的故事，也有一出戏《潞安州》，在这出戏里，粤剧里是陆夫人用丈夫的剑自刎而死；京剧里陆夫人的自尽方式同评书一致，而陆文龙还在夫人的怀里抱着，应该和评书里的年龄对得上。对陆夫人的自尽描写相同的地方，就是她的死，作为丈夫的陆登是看到的。眼睁睁看着自己的女人死去是什么样的心情，不管是书里还是评书里，或者戏里都没有描述。我专门琢磨过这个事，一来是因为我们的文学传统或者艺术传统里，对心理描写这一块始终不太在意，天大的事情我们的态度都是泰山崩于前而不变色，喜怒不形于色是我们对一个成熟的人推崇的表达；还有，作为一个旁观者，即使想描述，恐怕也会流于不真实。或者说，真实的那一刻到底是什么样子，没有人知道。潞安州是哪里，大概是今天的山西省长治市附近，那里非常靠近当时的宋金边境，宋朝时每每发生战事，都会有百姓涂炭，守城的将领牺牲的情形。这其中的一个原因现在说来比较奇怪，任何一场战争，朝廷都要有对策，要求下级必须按照指示做，做事的人受上级制约，但是上级并不知道前线的细节，仔细想想这其中的怪异之处是为什么呢？因为中央政府要控制军队，而又没能力随时掌握前线的战事进展，于是面对战事的守将就很被动了。

　　天崩地裂的时候，身处其中的人是什么样的心情，作为外人的我们不能体会。我们会好奇，于是要看他们的回忆录、传记，我们通过文字，代入自己，仿佛那一刻我们在场，历史上有许多时候让我好奇。比如崇祯知道李自成进城后，他敲金钟没人来的时候，他在想什么；一向风雅的宋徽宗和钦宗被带往金国的路上，看着他们的帝姬（公主）们被金兵反复蹂躏时的表情；还有，汉武帝在卫青、霍去病大捷后，他知道汉帝国会在相当长的一段时间内稳定，人民不会再被匈奴滋扰，那个时候他会想什么呢？老百姓遇到天大的事，放到大人物那里都是微不足道的，而大人物的目光所经之处，随时会掀起惊涛骇浪，多少世事已沧桑，只有天地间的星朗月辉，才是永恒的。

《断臂说书》是折子戏，《八大锤》中的一部分，和《牛皋借粮》可以连演，也有人把《潞安州》加上，多半是想把陆文龙的前因后果说清楚。关于陆文龙的英勇，他的双枪之厉害，甚至连岳飞的拜把子兄弟汤怀都死在陆的手里，这个十七岁的小将，一出场就技压群雄，不给那些身经百战的名将一点面子，把初生牛犊不怕虎的劲头晒了个够。有一种说法，战场上的女人和小孩都了不得，盖因为战场本来不是他们应该出现的地方，但凡他们出现，一定因为他们有超乎常人的本领。陆文龙才十七岁，按照通常的看法，还属于胎毛未退、乳臭未干的一类，小小年纪一连串干掉了岳家军几员大将，确实很让人头疼。而解决问题的王佐也不是一般人。他原来是杨幺的手下，杨幺是谁？是宋时洞庭湖起义军的首领，这个人打着"等富贵，均贫富"的旗号拉起了队伍，曾经干得不错，做了些劫富济贫的勾当，后来有点地盘了，就开始要享受生活。他的手下人不乐意，因为他做的和当初说的对不上了，只顾着自己享受忘了弟兄们，这怎么能行呢，和朝廷打仗的时候要有人给你出力，你说得好听，到真有好处了，你就自己跑到前面，想不起来一起战斗的兄弟们，不能接受。杨幺的问题和历代造反的农民起义军一样，出在不患寡而患不均。岳飞被朝廷派到洞庭湖剿匪，镇压了杨幺，王佐归降。作为一员降将，他的待遇应该比他自己想象的好，所以，王佐去劝陆文龙实际上是要报当初岳飞的不杀之恩。

　　传统戏里，关于岳飞和岳家军的不少，《八大锤》《牛皋借粮》《牛皋招亲》《九龙山》《风波亭》《满江红》等等，还有非常著名的《挑滑车》，多少名角都演过。中华民族的历史很长，有种说法，四大文明古国里，只有中华文明一直绵延下来。造成这样的结果的原因很复杂，有一个原因在其中不能忽视，就是每当遇到民族存亡的关头，总有英雄出现，带领人民顽强抵抗，把来犯之敌赶走。宋朝是比较特殊的朝代，北宋的消失和南宋的出现，都和他们的治国政策有关，而无论在任何时候，宋朝的武将都曾经为了王朝的延续、人民的安全做出过艰苦的努力。这里有个因素赵匡胤应该负责，因为他本人是通过陈桥兵变黄袍加身，所以他对武将始终心存芥蒂，他认为文官对国家是安全的，至少他们不会因为手握重兵而起了反叛的心，他曾经做出过给后代帝王巨大影响的一件事：杯酒释兵权，通过貌似温柔的手段把武将的兵权拿下来了，所以有宋一朝，许多时候是文官在主持朝政，即使是像军国大事也是文官做主，宋朝出现过文人做武将还打仗打得不错的，比如辛弃疾，他的著名的词——醉里挑灯看剑，梦回吹角连营——就是对军中生活的恰当描写。因为文官治理天下的思想始终占上风，后来岳飞的死和这个主导思想也有千丝万缕的联系。更不用说，对赵构来说，与金国媾和，迎回母亲是孝道，但如果是徽钦二帝就要另作打算了。事实上，徽钦二帝在北国度过了难以忍受的苦难日子，死后才回的中原。岳飞想"靖康耻，犹未雪，臣子恨，何时灭"，又说"待从头，收拾旧山河，朝天阙"。什么是旧山河，还要朝天阙，在高宗赵构看来，不起杀心只怕是很奇怪的。所以，秦桧和他老婆王氏这一对坏蛋，为赵构做了想而说不得的天大的坏事，"为领导分忧"的结果是，赵构反复赏赐，在绍兴十五年四月，曾经赐第望仙桥，转过年来，赐银绢万两匹，钱千万，彩千缣。这样做的原因，是让秦桧"假以教坊优伶"，这些都要花在演员的费用上的。要给皇帝做事做到什么程度，交情好到何种样子，才能让皇帝用这样的借口赏赐，细思极恐吧。

老百姓有自己的评判标准，在杭州西湖边的岳庙里，秦桧和王氏直到今天一直跪在人们面前，虽然不能确定他们的真实长相是否就是塑像的样子，但是提到奸臣，这两个人就是样子，做了奸臣，就要有精神准备，被百姓们骂得狗血淋头，谁从那里过都会"呸"，看谁还敢做奸臣。

忠臣良将是一个朝廷的栋梁，他们在和平时期推动朝廷各项事务顺利完成。危难的时候，挺身而出解朝廷的危局于水火，奉献之后他们会受到什么待遇，自古至今一直备受关注，不只是他们自己，许多要做忠臣的人也看着。只是对许多想着要给帝王家卖命的人来说，他们的困惑始终都在。

岳飞是要把金国夺走的土地抢回来的爱国将领，他的手下也是和他想法一样的人。王佐断臂去敌营诈降，固然是因为看到古书上的"要离刺庆忌"的例子，说到底还是因为他太想给岳飞分忧了。他到了金营，看到金兀术居然认了陆文龙做义子，又可气又好笑。到底是没有彻底开化，认了仇人的孩子做儿子，还好好地养大，甚至连当初的乳娘也留下，这就种下了很大的隐患。或者说，斩草除根这样的思维方式，在少数民族那里貌似不是很坚定，无论是成吉思汗还是后来的努尔哈赤，都曾经面临过这样的困境，能平安度过，和本民族的一贯做法有关。反倒是文化底蕴深厚的汉民族，在这个问题上看得更透彻，而且坚信，没有张屠户也不会吃到带毛猪。谁也别认为自己重要，不可或缺。

这出戏里的主角是陆文龙，他的年纪非常小，但是对问题的反应很快，当王佐给他讲他家的历史的时候，他很快就意识到这不仅是故事，还和自己有关。而故事的真实性得到乳娘的证实后，他当即表示要反了金营，给父母报仇。我在开始看这出戏的时候有点不解，陆文龙是怎么突破金兀术这些年给他的养育之恩带来的心理负担的呢，金兀术从陆文龙几个月的时候就开始抚养他，给了他王子的身份，衣食无忧，他的本领是和乳娘学的，但是一应供养可是金国啊，这个人能瞬间就做出了置所有这些都不顾的举动，也是一个天生的狠人。比较让观众容易接受的一个细节是，当金兀术被陆文龙逼到死角，要被杀的时候，陆文龙放了他。这让我想起来关羽在华容道，到底是武人，报恩思想让他们看起来人性仍在，不是怪物。

《断臂说书》这出戏许多名角都演过，杨宝森、马连良、谭富英等人都留下了录音，其中马连良那一版里，乳娘是马富禄演的，这个一贯能把不同人物的经典性表现得淋漓尽致的演员，扮乳娘也一样到位，他和马连良的配合可谓天衣无缝，天才演员之间的默契让观众得到了最舒服的艺术享受。让人既遗憾又庆幸的地方也恰在于此，因为只有声音没有影像，就需要后代演员的想象力更丰富，才能复原当初的舞台精彩。

陆文龙在《岳飞传》里的出现就是这么一段，后面就消失了。和许多昙花一现的人物一样，流星般地出现和消失，让读者知道了曾经有个小孩，本事很大，一直受蒙蔽，被人点化后弃暗投明了，然后不见了。江山代有才人出，每个人都可能闪烁十五分钟，这是今天的观点。在古代，时间相对要缓慢得多，所以，他们会闪烁一段时间，甚至一个战役。在陆文龙投降岳飞后，金兀术此次进犯中原宣告失败。胜负只系于一身，始终都不太扎实，万一这个人出了点意外，一切都完蛋。金兀术好像一直在进犯宋朝，他最后也死在战场上，对他们这样的武人来说，可能马革裹尸是更符合他们希望的事，而且在《说岳全传》里，金兀术和他的老对手牛皋一起死了，和对手携手赴死，不亏。能如金兀术这般把战争一直坚持下去，且只有一个方向，只有一个人，诸葛武侯，虽然他们的目的迥然不同。

《姚期》：为你尽忠一辈子，到最后落得个家破人亡

这是一出来源早，出处多，后来经过裘盛戎大师精心改编后成就的名剧。姚期这个人确实是有的，东汉时，刘秀麾下确实有个武将叫这个名字，只是他的姓是铫，非姚，为了传播，也为了顺应人民群众的习惯，这出戏的主人公就叫了姚期。

但是，在早期的戏单上，曾经出现过铫期这个名字。作为剧目的名字来说，《姚期》简单扼要，和《红娘》《李慧娘》一样，都是以主要人物的名字命名的。这些戏还有另外的名字，比如有些演员演的时候，就叫《西厢记》《红梅阁》，之所以会有这样的不同，多半和谁演，演的时候对故事的阐释方式和主要人物在戏里的重要程度有关。《姚期》讲的是刘秀手下大将姚期，在东汉立朝后被刘秀派到草桥关镇守。随着时间的推移，刘秀和许多开国皇帝一样，琢磨着功高震主的功臣们的后患，就把姚期调回来，想找借口杀人。不意姚期的儿子刚杀了宠妃郭氏的父亲郭荣，姚期吓得绑子上殿，求情不允，

刘秀要将父子二人一起杀。恰在此时牛邈犯境，刘秀听从了马武的劝解，派姚期去边关解围，戴罪立功。这个本子有来历，是京剧《草桥关》头、二本改的，在《草桥关》里，姚期的下场是要说一下的，姚期被杀了。有一出现在仍然在演的戏《打金砖》，也有这个部分的内容，只是在《打金砖》里，刘秀借酒醉杀了姚期，还杀了邓禹等其他开国功臣。刘秀酒醒后痛悔不已，到太庙去忏悔，因为心理负担过重，惊惧而死。这是现在的演法，更科学，也更符合逻辑。以前的演法里马武的魂会找到刘秀，在太庙里各种虐，刘秀跳天台而死。所以这出戏的前半部分也叫《上天台》。因为马武的脸谱主要是蓝色，所以这出戏又叫《蓝逼宫》，和其他"红、白、黑、黄"并称"五色逼宫"，是京剧里类似内容的戏的统称。而因为戏里有姚期绑子上殿一折，所以又被说是"男绑子"，既有男就有女，"女绑子"也是名剧，《银屏公主》里面有公主绑子上殿一幕，煞是好看。

草桥关的具体地方今天已经不能准确定下来，有人认为是今天北京丰台区的草桥，如果从历史上看，北京这个地方一直是古代的边关，草桥关被认定在这里，也说得通。历史上的姚期是著名的"云台二十八将"之一，和邓禹、岑彭、马武等人并列。所谓云台是汉朝南宫中的一处建筑名为云台，是刘秀的儿子明帝刘庄为了纪念当年和父亲一起打天下的功臣，把他们列到一起供奉的，其中没有著名的伏波将军马援，理由是马的女儿是明帝的皇后，为了避嫌，出于同样的原因没有列入的还有光武帝刘秀的表兄来歙。在范晔作的《后汉书》里，专门给这二十八人作传，并认为功劳最大的是冯异和岑彭。在书里姚期被描述为忧国事爱君上、见到不平事会犯颜劝诫的直臣，曾经劝退过刘秀微服出行游玩，要他更注意民生问题。后来的文艺作品也对这段故事多有描述，人数也被加到三十二人，到了评书大家连丽如表演时，她直接加到三十六人，把马援等人也加进去了，同样有她的道理。

在裘盛戎先生改编《姚期》之前，这出戏通常演出的名字是《草桥关》，裴桂仙、金秀山、金少山都是演这出戏的名角，尤其金氏父子，自成一派，后来许多净行大家，都从他们身上学习到了优长。这对父子很有特点，尤其儿子金少山，开净行挑班唱戏的先河，对花脸的发展做过重要的贡献。金少山这个人非常有个性，成名后以各种耍大牌著称，说话做事不给人留面子，迟到更是寻常事，在他光芒四射的时代里，他得罪过不少人。金本人曾经向好友承认，之所以这样是因为他看不惯那些喝艺人血、欺负艺人的各种老板，只是客观上他给同行造成了许多困扰，成了池鱼，有一天当他需要同行帮助的时候，就显出来当初的不智了。金少山是铜锤、架子双抱都能演，这在净行来说是少见的，而且颇富创新精神，演出时多会在一些细节上不断修正，往他认为正确的方向调整。而对迟到这个事可能引起的糟糕的情况，也有对付的办法。在老先生的记述里，曾经写到过有一次金少山又迟到了，人家都上场了，他匆忙间做了最简单但是基础的勾脸，和其他演员混在一起，专等老生、老旦的演员开始表演又没人注意他的时候，抓时间补上了其他要素，又趁没人注意他回到自己的位置，不料想台下还是有人注意到他，看他转瞬之间就有一个变化，叫了声"好"，金少山心里的得意劲儿直上心头。他的爱好广泛，自己养花养鸟，还养过一只老虎。小虎崽的时候到的他家，他没觉得怎么样，养大了来家里的客人都有点怕了，他仍然不以为意。某天睡午觉，金少山习惯光脚，那老虎舔他的脚把他叫醒了，他才想到这个家伙终究是个畜生，才起意送到了动物园。自己养只老虎，这样的举动即使在今天，也是异于常人的。可惜的是一九四八年金少山因贫病交加而死，如果能再等上几年，以他的盛名，可能就是另外的样子了。他在一九二九年录制过一张唱片，是《上天台》中姚期的一段唱，即使过了差不多九十年，再听的时候也不像其他老唱片那样，弦和板带着种久远的味道，反倒是其中透射出来的孔武有力，豪放不羁又对儿子展现出的温情脉脉，和今天人们对父子情，尤其是面对惹祸的孩子的父亲的表达方式很接近。这个人好像从未离开，他的艺术一直在随着时代同行。

艺术形式里的人物的正反性多半是一致的，这出戏里的刘秀是个意外。刘秀从南阳起兵，经过多年奋战后建立东汉，作为开国皇帝他绝对是个英明之主，在艺术形式里表现的时候，也多是作为正面人物出现。这个人曾经说过的"仕宦当作执金吾，娶妻当娶阴丽华"，对后世许多人影响很深，和陈胜、吴广当年提出的"王侯将相宁有种乎"类似，都开拓了人生理想的上下限，其执着精神无与伦比。历史上这个人对功臣还不错，到不了翻花样杀人的程度，他所营造的东汉王朝，尤其是前三代，被司马光称为"自三代既亡，风化之美，未有若东汉之盛者也"。这说的是儒学在东汉的影响和功用，司马光给后世的皇帝指出了一代中兴之主的伟大之处，他想让那些有机会掌握天下的极权人物能从思想上找到一个标杆、一个榜样，虽然他想的和现实生活的距离有点远，一点没耽误这个人到清朝时被认为和他的九代祖先刘邦比起来，要更伟大一些的评价。

无论是在《姚期》还是原来的《草桥关》《打金砖》里，郭妃都是反面人物，历史上刘秀在娶了阴丽华之后，为了能统一天下，还娶了郭圣通做正妻，过起了两妻一夫的生活，且登基之后还把后娶的郭氏封为了皇后，她生的儿子也被封为太子。直到十九年后，废郭后而册阴丽华，太子也给了阴丽华生的儿子刘庄。对于刘秀和阴丽华来说，十九年里到底是什么维系了他们之间的感情，而且把这份感情推到了顶点？成大事的人都有点奇怪的地方，刘秀在别的地方和常人区别不大，在这一点上，非常不同。看一个女人十九年，什么样的一见钟情也磨损得差不多了，按照现在的科学家看法，爱上一个人是因为发生了化学变化，而这样的变化能维持的时间也有长度，半年也就到了极限。刘秀和阴丽华非常不科学，他们把一份感情维持得出乎意料的长，且最后下场很好，难得得紧。

无论是姚期还是铫期，说的都是一个人，唱的也是他的故事。为皇帝卖命了一辈子，到老来还因为孩子惹祸最后牵涉全家不得善终的事，历朝历代都有发生，有些人想着先拿一个不杀令，免死金牌，到需要的时候再用，其实也是一厢情愿。这样需要的前提是说过话的皇帝要认说过的内容，如果这一辈皇帝不在了，那继承的皇帝也要认账。和珅诚然是大坏蛋，但是嘉庆皇帝上台后立即杀了他，也是受乾隆皇帝宠眷多年的和珅想不到的，那些年里和珅权势熏天，甚至和乾隆做了亲家，从这个角度说，他和嘉庆还是亲戚，可政治上结了仇怨就不得了了，乾隆高寿，一直护着和珅，到嘉庆登基后，朝政归他做主了，和珅的好日子就到头了。人与人之间，除了有怨报怨，有仇报仇之外，还因为原来在舞台上的老人儿不想下台，且对新的事物不想接受，总有一方不得已只好手动清理。前进的道路就像车轮，一旦开动起来，惯性就不能停下来，想人为地阻拦多半是妄念。

戏曲里，有些戏是一个系列，像三国戏、杨家戏、岳家戏、水浒戏等等，都是可以演上一连串的。只一个曹操，相关的戏就能列出来一大堆。早先的戏剧家很高明，看见一个好题材，不是只在现成的故事上演绎，还会通过想象衍生出不少新的，这就丰富了戏曲舞台，对观众来说，这样的好戏正是他们想看的。

《寇准背靴》：再贼也贼不过老家雀

　　这出戏听说得非常早，每次打算看的时候都有其他的事给岔过去。所以有点好笑的是，居然首先看的是由葛优演的《寇老西》，那是一九九七年。不过，坦率地说，这部集合了当时一众明星的电视剧，不是那么好看。后来葛优也在某些场合表达过，古装电视剧和电影还是有区别的，他今后的表演重心还是希望放在电影上。又过了些年，他出演了《让子弹飞》《赵氏孤儿》等。

　　《寇准背靴》这出戏许多剧种都有，尤其是长江以北的剧种，现在能从视频上看见的最早的是淮北梆子，里面的寇准非常老，是由八十八岁的老艺人顾锡轩表演的。这出戏说的是杨延景被王强陷害充军到云南，朝廷里有人带着毒酒和圣旨去了，要杀了杨延景。杨延景的大将任堂惠因为和他长得一样，替他喝下了毒酒，杨延景得以借扶灵回到汴京。此时边关告急，杨延景被想起来要挂帅，这才知道原来他已经死了。寇准和八贤王去天波府吊孝，发现柴郡主的样子不像真悲痛，外穿孝衣内穿红袍，而老太君提出来要全家回老家河东，不在朝廷里混了。至此寇准怀着疑心开始查证，通过跟踪柴郡主晚上给杨延景送饭发现了真相。大宋又有了元帅，边关的事解决了。戏里寇准是一位替皇帝和朝廷考虑的标准好官，是他通过各种蛛丝马迹把天波府的各种不对头线索梳理后，得出了事情可能，是杨家人表现出来的样子。真的假不了，假的当然也真不了。在淮北梆子的这出戏里，最引人注目的是寇准的表演者，当时已经八十八岁的顾锡轩。按照片头的解说，当时有个项目，顾锡轩是研究对象，他表演的这出戏拍的电影，不能完全视作戏曲艺术片，而更接近于纪录片，即用电影的形式记录下来老艺人的艺术表演。现在想一想都觉得不可思议，已经八十八岁的老人，还能在舞台上表演已经很令人惊讶了，而在电影里，他在休息时假寐，又要观察外面的动静，柴郡主来试探，扔了石头，他做出来被打到的样子。后来亦步亦趋跟着柴郡主，在花园里好一通折腾，一会儿摔倒了，一会儿又在地上轱辘好几下，帽子被折腾掉了，黑灯瞎火的终于摸到，顺手扣到头上戴反了，两个帽翅顶在面前。因为花园里不平，高一脚低一脚的，没个照亮的灯，惦记着别跟丢了柴郡主，走得急，终于把一只靴子甩脱了，好不容易找到了靴子又再次掉在地上，只能重新摸了半天，他最后的解决办法是把那只靴子背上，一只脚有靴子，另外一只脚上只有袜套接着走。此时他的样子太好笑了，当朝大员，没了平时的端正劲儿，看着狼狈得很呢。终于到了后花厅，从外面听到杨延景和柴郡主的对话，证明了自己的判断，老寇准那个高兴啊，为了躲开柴郡主，自己要随时小心被屋里的两个人发现，各种艰难都来了，他自己扛起来。这其中还有个地方也有趣，在花园里跟着柴郡主的时候，柴郡主觉得后面有人，一慌，放着菜饭的食盒就扔地上了，老寇准悄没声地打开，伸手进去，摸了一手的菜汤，甩了甩手，还顺带着拿出个馍。柴郡主先藏起来，仔细观察一番后，没发现有什么特别的事和人，她找到食盒，伸手进去也摸了一手的菜汤，同样地甩手，这个细节看着特别真实。而为了让柴郡主相信，她是安全的，少了个馍没啥大不了的，寇准居然学了狗叫，还骗过了柴郡主，可见天波府里平素就是有狗的。让当朝天官为了访帅做出上述的举动，当时的大宋确实是没人了，这个元帅除了杨延景找不到第二个人来当了。对杨延景来说当然不完全是坏事，甚至可以因此而把冤情解决了，但是对国家来说，边关有大敌，朝廷里能领兵挂帅的舍此人而没有第二个，该是多么被动。这出戏里的顾锡轩，只有一个地方能看出来确实年事已高，就是他的迈步走圆场，他的步子太小了，碎碎的，想想也能理解，到底是那么大年纪了，四方步如果迈出来，也是需要拿着劲的。

寇准被称作天官，这个天官是什么官职，还要从武则天说起。当年则天皇帝主政的时候，她根据《周礼》把朝廷的官职名称给改了，中书省为凤阁，门下省为鸾台，吏、户、礼、兵、刑、工六部，改成了天、地、春、夏、秋、冬之名。后来虽然这些部委的名字又给改回来了，但是同时也被人记住了曾用名，于是像寇准被称为寇天官，甚至民间传说他是双天官，也就是他统领了两个部，不过，这个说法没有史实依据。人们称呼他为寇天官，因为宋真宗时他是吏部尚书，也就是人事部部长，管着全国的官吏，他来天波府吊孝，访帅，是职责范围内事，应当应分的。这个人被冠以智慧型官员的符号，也和杨家有关，当初杨六郎被冤枉，朝廷里没人敢接这个案子，因为牵扯着的另一方是潘仁美，皇帝的老丈人，还掌握着军权。八贤王提议让时任山西太谷县令的寇准来审案，寇准用了计谋成功地把案子破了，还杨家一个公道。从此，他就被赋予了智慧的象征。需要说明的是，这是老百姓的看法，和历史是有距离的，这一点和民间对包拯的看法比较像。包拯是著名的青天大老爷，曾经坐镇开封府，铡过驸马陈世美，还铡过自己的侄子包勉，救过太后，打过龙袍，今天在河南开封有座包公祠，时常有人到那里向包公的塑像哭诉自己的冤情，可见他的青天美誉流传之广。而寇准在历史上的确做过天官，甚至更高，两度出任宰相，他的最著名的功绩是劝说宋真宗不要迁都，而要亲征，和金国签订了"澶渊之盟"，取得了宋金之间几十年的和平。寇准在出任宰相后，被权臣丁谓排挤，被贬，死在衡州任上。后来丁谓的下场也不咋地，到真宗去世，下一任皇帝以同样的办法对付了他，世事沧海桑田，谁都有高潮低谷。寇准当时还有文名，所作的诗文和晚唐的风格比较接近，著有《寇莱公集》。寇准在许多文艺形式里被形容为清官，甚至在评书里有"他让衙役去做散工，因为不搜刮老百姓，他们的日子也过不下去"的情节，说明了两个问题，第一，当时的俸禄给得少，第二，真的清官不能生存。而在史书上，曾经有人记录下来寇准家里开宴席的场景，奢华和靡费是给记录者最深的印象。这就比较好玩了，一个本来在生活中既奢华又讲究享受的官，怎么会在百姓的心目中成了清官？有一种可能，就是记录的人自己见识少，对奢华和享乐的标准拉得低了。总之，这是个有趣的问题。

有关杨家将的戏里，多半都会出现一个人，八贤王。按照戏曲里的讲述，他是赵匡胤的儿子，母亲是贺皇后，与《贺后骂殿》里的贺后是同一个人。他曾经做过多次救急的事，甚至还曾经救过皇帝，在《遇皇后》《打龙袍》里，就提到他曾经救过当年被狸猫换太子的婴儿时期的皇帝。而救杨家将就更多了，杨六郎被潘仁美陷害是他推荐的寇准，这时杨六郎还是年轻人呢，到后来杨宗保和穆桂英在穆柯寨成婚，临阵招亲坏了朝廷的规矩，要被杨六郎问斩，也是八贤王来解围。从时间上分析，他出现的时候已经是有长髯了，到杨宗保都长大娶媳妇，他还活跃着呢，这个人的年纪应该很大很大了，其实是有点说不通了，只是根据情节分析，只有他才能解决问题，因此这个人就被戏曲艺人反复起用，没人在意他的年纪了。历史上这个人有原型，但没做过这些事。当年从赵匡胤到赵光义，兄弟两个的传位中有许多传说，最著名的是杯弓蛇影，真相到今天已经不可考，早湮灭在历史的尘烟里了。作为赵匡胤的儿子，赵德芳和赵德昭都去世得很早，否则不可能被宋太宗、他们的叔叔轻易放过，八贤王这个称呼是民间和传说给的，后人在各种艺术形式里反复用到这个人，不能说没有替这兄弟俩张目的意思。

顾锡轩是淮北梆子的早期著名演员，和他一拨的还有人称朱大鼻子的朱秀林，王大眼的王登科。在被正式定名之前，淮北梆子只是简单地被称为梆子戏，因为流行的地区在安徽北部、河南东部一些地方，有人也认为它是豫剧，它们有像的地方，但是仔细分辨差别还是很大的。关于淮北梆子的来源现在众说不一，没有统一的看法，比较流行的有两种：一个是豫剧的分支，从沙河调而来，汲取了豫剧的很多特点，在表演上也很像；还有一种认为淮北梆子属于梆子一类，和上党梆子等其他一些梆子戏渊源更深，尤其是在声腔上。二十世纪六十年代早期，淮北梆子正式被确定为一种独立的戏曲形式，淮北梆子的剧目有数百种，其中一些分类也很有特点，红脸戏，黑脸戏，等等。

　　杨家将中的杨六郎到底叫什么名字，始终是个谜。在顾锡轩演的这出戏里，他叫杨延景，而在其他许多艺术形式里，他叫杨延昭。杨家将通常认为有七郎八虎，延字辈，老大、老二和老三死去得比较早，宋朝的皇帝每次出昏着的时候，解围的杨家将就要搭上一个，金沙滩那一仗，搭上了不止一个。所以对杨家来说，失去的每个孩子都是国家欠下的老杨家的情，而围绕着这些杨家将的戏也非常多，著名的《四郎探母》《杨五郎出家》《金沙滩》《碰碑》等等，这还没算上女将为主要角色的戏，《穆柯寨》《穆桂英挂帅》《十二寡妇征西》等等，太多了。随着兄弟们都为国捐躯了，剩下的杨六郎就独领风骚了，担起了光大杨家的重任。他的成功之路也不平坦，每当他率兵出征的时候，他都要外御来犯之敌，内受朝廷之扰。打胜仗了班师回朝，很可能等着他的是又一个麻烦。就像《寇准背靴》这出戏里演的，他被王强诬陷入狱不说，还被发配到云南受苦，多么偏的地方。这还没完，一个假钦差出现了，带着毒酒要杀了他，这是多大的仇，一定要消灭掉他的肉体。幸好任堂惠舍己救他，他才侥幸逃脱。这个任堂惠不是别人，看过《三岔口》那出戏的观众一定记得这个人，黑暗中拿着佩刀和店主刘利华缠斗多时，小伙子武艺高超，人也漂亮，那个架势到一定岁数也不会差到哪里去。这出戏说杨延景是任堂惠救下的，完全说得通。无论是杨延景还是杨延昭，杨家的老六都是不得了的人物，是大宋朝保驾护航的关键人物。

凡是有关杨延昭或杨延景的戏里，通常都有他老婆柴郡主的影子。这个柴郡主是前朝后周皇帝的女儿，赵匡胤陈桥兵变后，做了皇帝，对人家的女儿不能亏待，封为郡主。皇帝的女儿是公主，她爹不再是皇帝了，自然女儿也要降一等。杨延昭娶了他，自己就成了郡马，不知道观众发现没有，他这个郡马只有个名，除了为国家出力，什么实际的好处都没有，还经常被奸臣诬陷，下个大狱，没给自己多一个保护伞，家人就更别提了。所以前朝的公主，到了新朝干脆就要明白自己的地位，什么待遇之类的事，都算了吧。作为一个长期生活在老公身后的女人，柴郡主算是幸福的，只有自己还有老公，算上婆婆在内，杨家的其他女人都是寡妇，所以当知道杨延景被杀后，阖府上下都惊了，因为他们明白，有杨延景在，他们还有依靠，能从朝廷那里获得尊严，如果没有了，他们除了回老家河东，真没有其他的路了。佘太君向八贤王启奏要带一家老小回去，除了要借此隐藏杨延景仍然活着的事实，同时也是保全杨家非常明智的选择。只是因为实施之前，被寇准发现了隐藏的端倪，她的想法才没成。

在《寇准背靴》这出戏的最后，寇准和八贤王把杨延景抓了个现行，杨延景立刻拜倒，表示要挂帅出征，替国家抵御外敌。而八贤王马上表示他会出头替杨延景把冤情申诉，为他昭雪。在有的剧种的版本里，此时佘太君出现了，她绝口不提要回河东老家的事，说国家的事最重要，我儿一定要挂帅出征。这些看来口风变得飞快的人，都是长期浸淫在政坛的老手，他们明白，隐藏杨延景没死已经是欺君之罪了，如果不是有边关的危局，以后被坏人知道了，可能给杨家带来的危险更大。还不如趁着此时朝廷需要他，把这个最大的隐患除了。这是真正的政治家的长远眼光。

《柳毅传书》：为了大义，即使
我喜欢你也不能娶你

　　鸿雁传书说的是以鸿雁为书信来往的中介，更是形容彼此之间的书信往来。由此上溯一百年前，中国许多地方的邮路不畅通，想把消息传给亲人是非常艰难的事，甚至能写封信都是大本领，可以用来挣钱、养家糊口的，有个职业叫"信人"，是专门代人写信的活儿。而邮递员在相当长时间里所起的作用，甚至和上帝一样。那些改变我们命运的录取通知书、表白的情书都是他们送来的。曾经每天到信箱里翻找来信，是每个谈恋爱的姑娘的必修课。那个时候，邮递员的绿衣服是快乐的颜色。不过，有些邮递员不是职业的，而是临时性的，或者说，他做了邮递员的事，改变了某个人、某些人的未来。这其中有个叫柳毅的人，甚至因此得到了龙宫的公主做妻子。

　　故事说的是读书人柳毅到长安赶考，落第回乡，心情不好。他的老朋友住在泾阳，他去那里逛了一圈散了散心。回家的路上，遇到一个异常漂亮的姑娘牧羊，还哭，他就去关心了一下，知道是洞庭湖龙女被丈夫和婆家欺负了，写了血书要给父母诉冤。柳毅当即决定给龙女传书。后来龙女被解救了，要嫁给他，他觉得不能因为自己救了人家就要娶她，经过了各种曲折之后，有情人终成眷属。这个故事来源很早，唐人李朝威曾做《柳毅》一文，后来收入宋朝成书的《太平广记》，名字也变成了《柳毅传》；到元朝时，尚仲贤做杂剧《洞庭湖柳毅传书》，且是尚仲贤目前存世的四个剧本之一，艺术价值很高。对这个故事本身来说，尚仲贤的作品也非常重要，在《洞庭湖柳毅传书》中，他写了柳毅自我介绍的时候说是"淮阴人氏"，和现在我们从舞台上看到的戏里人物的家乡设置是一致的，而在当年李朝威的《柳毅》一文里，这个柳毅是楚人，换句话说，他可能是湖北或湖南人。这就出现了个问题，这个设置的改变是做什么用的。如果按照地理位置，一个淮阴人，要从陕西泾阳回安徽的淮阴，和从泾阳到湖南岳阳的洞庭湖，再回淮阴，前者是相当于三角形的斜边，后者是三角形的两个直角边，方向和里程上的差距很大，家乡的改变，就把柳毅这个人物要做传书这件事的难度增加了不少。放到今天，让你去给某个不相干的人送个信，千里跋涉还和自己没什么关系，大部分人都会认真考虑一下，做这样的事情是需要有点奉献精神的。而在唐朝，这个事的难度就更大了。为什么说是唐朝，因为在《柳毅》中的第一句是"仪凤中"，而在《洞庭湖柳毅传书》中，提到柳毅落第是"仪凤二年"，而"仪凤"曾是唐高宗的年号。这个写于唐朝的故事，在宋朝收入了《太平广记》，到了元朝进入杂剧，直到今天依然在舞台上演绎着，各个剧种都有这出戏，生命力强大到无法忽视它。

我们经常说爱的种类多种多样，看看哈姆雷特、林黛玉，他们爱的方式不一样，有一个像哈姆雷特或者林黛玉似的爱人，是不是一定会发生悲剧，就是伪命题了，生活多复杂，怎么可能完全拓出来文学作品里的故事？不过，无论是哈姆雷特还是林黛玉，他们两个人的关注点都不只是爱情，他们之所以是立体的，还因为忠诚、价值观之类的因素存在。可见，爱情想独立主导生活，反倒是比较奇怪和脱离实际的了。《柳毅传书》中类似的成分也有，还左右了故事的发展。如果一段爱情是从怜惜开始的，这样的爱情是健康的吗？不仅今天，古人对这个事也有疑惑。《柳毅传书》里，龙女和柳毅见面时，龙女落魄得很，但是天生的气质始终在，一个娇生惯养的姑娘，从小不仅衣食无忧，还锦衣玉食，一定会在身上烙下痕迹。还记得《豌豆公主》的故事吗？即使在许多层垫子下面放上颗豌豆，真正的公主也能感觉到，并为此不能安眠。龙女的出现在戏里很平淡，而在李朝威的笔下，是渲染了一下的："至六七里，鸟起马惊，疾逸道左。又六七里，乃止。"然后才是姑娘出场。用异象发生来表示贵人出现，本来就是传统文学写作手法，与古人描述贵人出生的时候一定要红光满天类似。而在后面，这个姑娘讲述的事打动了柳毅，是因为楚楚可怜。柳毅带着姑娘的书信直奔洞庭湖而去，一举改变了龙女的命运。龙女被解救后回到龙宫，盛装出现的时候，他仍然是以恩人的居高临下的视角看她的，他们之间的交谈、龙女的新形象和龙宫里的氛围让他意识到两个人之间的差距，这个差距让他不舒服。自从男性占领了两性关系之间的绝对上层之后，男女之间的相处方式逐渐固定下来，即男人对大部分的外事有决定权，内事虽然可以交给女性，但是非常重大的、有可能决定着家族未来的那些事，仍然是男性主导的。这样的处理方式早已经约定俗成，所以，才会有许多作品在表现男女之间感情的时候，女方如果占了上风，那故事一定要在某个阶段发生反转，哪怕是和社会伦理道德相违背。比如《西厢记》里莺莺的父亲是已故宰相，张生只是个秀才，他们之间的爱情一度是女在上男在下，但是编剧和观众看来都不太舒服，设计发生了先是张生的朋友白马将军救急，后又背着老夫人自己去约会的事，小丫鬟红娘不明白，还积极促成，导致后来他们的关系至少是拉平了。在元稹的《莺莺传》里，莺莺和张生没有成眷属，和得到之后的心理变化有关系。而在《柳毅传书》里，他们之间的这种变化促使柳毅的心理发生了改变，他的脑子很好使，有个问题让他不能释怀：他是为了救龙女才传书的，现在事情办成了，如果他娶了龙女，那他不就成了为了私心而做这个事了吗？他做事的高尚程度就打了折扣。作为一个有道德的书生，怎么能接受呢？于是，他决绝地表示不行，拒绝的理由古今的变化是有的，在元杂剧里，柳毅是因为母亲年老要照顾，这个理由不太靠谱，难道不是为了更好地照顾年老的母亲才要赶紧娶个媳妇才对吗？而在越剧《柳毅传书》里，他说的理由是我本来是因为"义"才做了传书这个事，现在要我娶她，就不对了，违背了我当初做这个事的初衷，所以我要拒绝。那些存在于心里的各种不舒服，被一个正大光明的"义"毫不客气地盖住了，他的形象更高大了。

相比较而言，龙女的形象变化比较大。龙女先是因为父亲和泾河老龙的亲如兄弟的关系被嫁到了那里，但是泾河小龙不喜欢她，用小龙的话就是"不知怎么说，但见了她影儿，煞是不快活"，这是元杂剧里的话，和今天许多人表达两个人不来电的表述很一致，所谓古今一理没毛病。倒是龙女，认为小龙虐待她是因为"躁暴不仁，为婢仆所惑，使琴瑟不和"，夫妇之间的了解程度可以给差评了。她求柳毅传书救自己，后来又想嫁给柳毅，许多话是借别人的口说的，奇怪的是这样一个被前夫家里折磨过、一度生活在最底层的放羊的女人，保留着很高的自我评价，认为柳毅不答应娶自己是因为他有顾虑。如果不从人物的设定上有缺陷的角度理解，那龙女就是因为经历过更糟糕的情况，而有了思想上的蜕变，她从不了解男人变成了非常了解他们的想法。以至于她后来借着送柳毅，虽然没到梁祝十八相送的程度，大致上也差不多，把柳毅的话套出来了。女人再善变，这样的巨变也是惊人了。而在越剧里，龙女还想把幸福掌握在自己的手里，她和他老爸洞庭湖君一起到柳毅家附近居住，还认了柳毅的妈做寄母，也就是干娘，老龙和柳老太太约好了孩子们的婚事，其时柳毅还没从洞庭湖边赶到家里呢。一来说明洞庭湖和淮阴之间距离确实远，二来也说明龙王一家的本事大，人要一步步量回家的路程，他们瞬间抵达了。而且初心不改，仍然要和柳毅联姻。这样执着，让人有何至于此的感觉，总觉得哪里不太对劲。

如果从社会学的角度说，我以为李朝威的故事讲得更好。他写到柳毅从洞庭湖回来后，先娶了张氏，张氏死了，又娶了韩氏，也死了。后来有个媒人介绍了卢氏女，巨富，柳毅觉得很像龙女。但是卢氏不承认，直到一年后生了儿子，才"乃秾饰换服，召毅于帘室之间，笑谓毅曰：'君不忆余之于昔也？'"承认了自己的真实身份。本来嘛，男人要娶妻，死了一个再娶一个，到卢氏已经算三婚了。卢氏，龙氏，太接近了。曾经有过心动的龙女，知道了柳毅的一娶再娶，还能坚持着嫁给他，已经很令人叹服了，不想立刻承认自己的身份，恐怕也是报复，说好的爱呢，转脸已是别样。不过，要求男人为了缥缈的爱守身如玉也不现实，他们本来就是社会化得更彻底的族群。

《柳毅传书》曾经被拍成电影，一九六二年由南京越剧团出演。柳毅是竺水招演的，当初越剧的几大小生里，竺水招是比较特别的一个，她能工好几种行当，小生是她最擅长的。曾经有个提法，叫"越剧十姐妹"，她在其中年龄最大。在这出戏里，她把柳毅的沉稳勇敢都表现得很到位。也是在这出戏里，提到了美人鱼，"鲛人珠泪纷纷落"，鲛人就是传说中的美人鱼，她们的眼泪能变成珍珠。最近播出的韩剧里，这个存在了一千年的梗都在用，甚至能根据变成的珍珠的颜色判断是高兴的泪还是痛苦的泪。一滴眼泪就是一颗珍珠，眼泪能变成美丽的珍珠，从液体到固体，算是强大的物理变化了。

某一年，我到湖南岳阳，在君山上看见了一口井。朋友指着说，《柳毅传书》里的柳毅就是从这口井里进入的洞庭湖龙宫，这是通往洞庭湖湖底的通道的入口。我在脑子里迅速回想了一下《柳毅传书》的故事情节，确实没有提到他进入龙宫的方式，看了一下周围，没有橘树，有点遗憾，不过既然柳毅必须有进入龙宫的通道，这口井的存在就非常有必要了。

跋：幻境大天地

这个系列的写作酝酿已久，真正动手是在两年前的夏天。

唐山大地震两年之后，我的手被戳到，右手中指第二关节肿得很大，四个手指不能并拢，当时认为这点小事没必要去医院，和家里的大人到曾经住地震棚时的邻居家里，让邻居家的大爷给捻捻。前后大概去了四五趟，慢慢好了。某天晚上，我的手捻过后，出门发现院子里有一群人聚在隔了几个门的门口，都向里面张望。门里灯火通明，亮得邪乎。我当时还小，个子矮，有人群挡着看不到里面的情形。刚刚有点失望，人群忽然开了个口子，有强光散出来，一个身着白衣、脚蹬厚底靴的男子出现了，他的脸上是异于常人的白色，脑门的正中有一道红色，端着个盆朝院墙那里走去，把一盆水都泼出去了。我当时都呆住了，以为自己肯定是到了什么奇怪的地方。随着他又走回那光里，人群又把光围到了里面。

童年时代最不可思议的一幕就这样出现，然后消失。

后来的许多年里，我看过了许多不同剧种的戏，舞台上也见过无数的和那天晚上见到的类似的人物，再没有那天晚上的幻境般的冲击。

时日渐长，对人的了解让我总不由自主地想到当初看过的戏。当初那些看来总有些奇怪的结构和荒唐的处理方式的戏曲故事，每每让我感慨前人对人性的了解如此深入，又或者古籍里的故事到了戏曲舞台上，可能呈现出的故事又不同，每每让我着迷。有一天，我忽然告诉自己，好吧，是时候把那些长久以来存在心里的戏拿出来说一说，做一下个性解读——从文化，从习惯，从心理，还有别的，能说的方面太多了，我尽可能言简意赅。单说某一出戏可能不会有整体的概念，说得多了，就逐渐立体了，生动了，也能把许多一下子说不清楚的东西，慢慢说明白了。只是，写作的过程比想象的更艰难。

感谢在这个系列的写作中曾经给予过我帮助的老师和朋友们，感谢古耕老师和中国言实出版社给这部书稿以出版的机会。中国戏曲的天地之大，之宽广，还有无尽的未知可以探究。

刘洁

2019 年 3 月 27 日